a outra namorada

Lucy Dawson

a outra **namorada**

Tradução de
Mariluce Pessoa

EDITORA RECORD
RIO DE JANEIRO • SÃO PAULO
2012

CIP-BRASIL. CATALOGAÇÃO-NA-FONTE
SINDICATO NACIONAL DOS EDITORES DE LIVROS, RJ

Dawson, Lucy
D313s   A outra namorada / Lucy Dawson; tradução de Mariluce Pessoa. – Rio de Janeiro: Record, 2012.

Tradução de: His other lover
ISBN 978-85-01-08731-7

1. Adultério – Ficção. 2. Vingança – Ficção. 3. Romance inglês. I. Pessoa, Mariluce. II. Título.

11-6047   CDD: 823
                                                              CDU: 821.111-3

Título original em inglês:
His other lover

Copyright © Lucy Dawson, 2008

Texto revisado segundo o novo Acordo Ortográfico da Língua Portuguesa.

Todos os direitos reservados. Proibida a reprodução, no todo ou em parte, através de quaisquer meios. Os direitos morais da autora foram assegurados.

Editoração eletrônica: Abreu's System

Direitos exclusivos de publicação em língua portuguesa somente para o Brasil adquiridos pela
EDITORA RECORD LTDA.
Rua Argentina, 171 – Rio de Janeiro, RJ – 20921-380 – Tel.: 2585-2000,
que se reserva a propriedade literária desta tradução.

Impresso no Brasil

ISBN 978-85-01-08731-7

Seja um leitor preferencial Record.
Cadastre-se e receba informações sobre nossos
lançamentos e nossas promoções.

EDITORA AFILIADA

Atendimento e venda direta ao leitor:
mdireto@record.com.br ou (21) 2585-2002.

Para Camilla

Agradecimentos

O meu obrigada a Sarah Ballard, Joanne Dickinson e a todos da Little, Brown, minha família, meus amigos e James, por todo o apoio.

Capítulo 1

Estou tão cansada na hora de voltar para a cama que não consigo encontrar posição. Cheguei a tal ponto de exaustão que o quarto parece girar de leve e é como se eu estivesse caminhando sobre enormes bolas de algodão. Deslizo em silêncio para baixo do edredom ao lado de Pete, entrego-me satisfeita ao calor e, por fim, fecho os olhos. Chorei tanto que é como se tivesse passado uma lixa nos olhos até ficarem em carne viva. Estão doloridos por dentro.

Quase bati com a cabeça um segundo atrás, quando voltava para o quarto na ponta dos pés para não acordar Pete. Infelizmente tropecei na moldura de um quadro que ainda não havíamos colocado de volta na parede depois do assalto e machuquei o dedão no pé da cama. Doeu bastante e eu gritei, mas ele não acordou.

Hoje mais cedo estávamos deitados na cama conversando antes de pegarmos no sono... bom, antes de Pete pegar no sono. Ele comentava sobre os estragos que os ladrões fizeram num espaço de tempo relativamente curto, poucos minutos talvez. Não fiz nenhum comentário sobre o assunto, e ele, tirando as próprias conclusões sobre o meu silêncio, estendeu o braço e segurou minha mão de uma maneira reconfortante, como se dissesse "Estou aqui". Logo em seguida, começou a roncar.

Não está sendo nada fácil. Nem mesmo agora, no limite da exaustão, encontro conforto. Não consigo me desligar.

Apertando os olhos um pouco mais, tento respirar fundo e me concentrar em esvaziar a mente de pensamentos terríveis... mas não consigo. Meu cérebro continua zumbindo cegamente, como uma abelha presa numa garrafa.

Depois de um tempo eu desisto e tento imaginar algo alegre e relaxante. Então me vejo junto a minha mãe e minha irmã num piquenique na praia. Ah, meu Deus, a vida era simples quando éramos crianças. Posso ver a mim e minha irmã pulando na areia, rindo, e mamãe nos olhando feliz — se bem que pensar em minha mãe me dá vontade de chorar de novo.

Quero levantar e telefonar para ela, confessar tudo, para que alguém fique sabendo o que fiz. Porém, imagino-a cheia de piedade e preocupação, dizendo: "Ah, coitadinha... Estou indo aí o mais rápido possível." Isso arruinaria suas férias, e ela precisa muito desse descanso. Sei que não vou lhe contar nada, nem hoje, nem amanhã. Principalmente porque tornaria tudo real.

De qualquer forma, amanhã ainda tenho muito o que fazer. Descobri um caco de vidro que entrou na sola do meu sapato quando estava passando pelo corredor hoje mais cedo, apesar de ter passado o aspirador na casa com bastante atenção.

Pete ficou simplesmente estarrecido quando chegou do trabalho e viu o estrago. É difícil preparar alguém para uma coisa dessas pelo telefone, embora eu tenha tentado. Expliquei a ele que nenhum cômodo fora poupado e que a destruição tinha sido completa, mas mesmo assim ele estava visivelmente abalado. Ficou ainda mais chateado quando viu o elefante caído no tapete da sala, uma presa quebrada largada ali no chão.

— Não acredito — disse ele, pasmo. — Eles quebraram até o Bert. Filhos da mãe! — Saiu pisoteando as caixas de CD, esmigalhando sobre o tapete as flores de um vaso quebrado. — Quem poderia ter feito uma coisa dessas? Será que não pensam que tudo isso faz parte das recordações de alguém, da vida de alguém? — Apanhou do chão o elefante e me disse, com tristeza: — Você se lembra daquele carinha engraçado que criou o Bert, aquele desdentado?

Eu não conseguia dizer nada; apenas fiz que sim com a cabeça e continuei muda, me controlando para não chorar. Na verdade, eu não confiava no que pudesse vir a dizer.

Pete colocou Bert de volta no móvel, com cuidado, e ficou balançando a cabeça devagar, inconformado.

— Como pode alguém ser tão mau? É uma tamanha falta de consciência! Espero que tenham o que merecem, esses filhos da puta!

Nós dois ficamos ali olhando a sala da nossa casa: porta-retratos destruídos, almofadas rasgadas, as portas dos armários balançando, abertas, desoladamente, e o que havia dentro, derramado sobre o tapete. Em cada um dos cômodos em que entrávamos ele perdia a fala. No banheiro havia frascos abertos rolando sobre o piso e deixando poças de xampu pelo chão, protetor solar espalhado pelas paredes e no espelho, metros de papel higiênico decorando o box do chuveiro. No nosso quarto, as roupas haviam sido jogadas sobre a cama, as gavetas, no chão, os livros e as revistas lançados desordenadamente por toda parte, e os quadros pendiam tortos na parede.

— Como alguém pode ter tido a coragem de destruir tudo sem pensar no mal que estava causando? — perguntou Pete, incrédulo.

E nesse ponto, eu *comecei* a chorar. Não consegui me controlar. Solucei forte, e as lágrimas começaram a escorrer pela minha face.

— Ah, não chore! — suplicou Pete, aproximando-se depressa de mim, puxando-me para seus braços e envolvendo-me num abraço forte. — São apenas coisas. O que importa é que nenhum de nós dois sofreu nada.

Isso me fez chorar ainda mais. Ele precisou me abraçar, embalando-me como quem acalenta um bebê, até que consegui me acalmar.

A lembrança de Pete me abraçando tão carinhosamente faz meu coração doer quando olho para ele deitado do outro lado da cama. Há um buraco enorme entre nós dois, e ele puxou praticamente todo o cobertor. Sinto leves tremores e me aproximo, procurando tocá-lo. Pete se esquiva no sono quando meus pés gelados tocam sua perna, mas não protesta quando envolvo seu corpo atrás de um pouco de calor. Ficamos assim por uns instantes e depois, irrequieto, ele se vira. Eu me viro também, dando-lhe as costas, mas ele se aproxima de mim como sempre faz e me puxa para si. Ele me envolve e suspira, satisfeito, antes de cair novamente num sono profundo.

Durante todo esse tempo em que estamos juntos, ele sempre gostou de dormir abraçado comigo. Levou um tempinho para eu me acostumar, mas agora não durmo até que ele me *envolva* em seus braços.

Na primeira noite em que dormimos juntos, me afastei instintivamente quando ele apagou a luz, como sempre fizera com todos os outros homens com quem dormira. Pete acendeu a luz de volta e questionou, surpreso:

— O que está fazendo?

Um pouco confusa com aquela pergunta, respondi:

— Ora, indo dormir. Por quê? O que você está fazendo?

— Nada. Só queria saber por que você se afastou para a beirada da cama. Estou cheirando mal, por acaso?

Enrubesci e murmurei, envergonhada:

— Não!

Pete riu, bem-humorado, e disse:

— Ora, então venha cá!

Eu me aconcheguei em seus braços de bom grado, meu coração se desmanchando.

E assim tem sido desde então.

Tentei descrever essas coisas há pouco tempo para minha irmã mais nova, que estava tendo problemas com os homens. Ela passou uma hora assoando o nariz no lencinho de papel e dizendo que queria encontrar uma pessoa que *fosse* certa para ela. Era querer demais?

— Tenho a impressão de que isso nunca vai acontecer — disse ela, desesperada, enquanto eu lhe afagava os cabelos, e ela recomeçou o lamento: — Poxa, eu estou com 22 anos! Não posso continuar errando. Já não tenho mais tanto tempo assim! Não vai demorar muito para que tudo comece a despencar e *ninguém* me queira mais.

Ignorei o que ela dizia e tentei pensar em algo positivo para consolá-la. Afinal, os namorados dela sempre me pareceram muito legais, e eu não conseguia enxergar o problema.

— Bom, você podia ao menos... — comecei carinhosamente.

— Não me venha dizer para voltar com o Jack! Nem pensar! — Ela se empertigou na cadeira e olhou para mim de forma ameaçadora. — Você não entende. Não posso continuar com uma pessoa que não compreende *por que* eu preciso fazer isso.

— Mas estamos falando de uma grande mudança, Clare — tentei argumentar, oferecendo-lhe mais um lenço de papel. — Você tem que admitir que poucas pessoas iriam querer desistir de estudar direito para... dar aulas de salsa.

Mordi o lábio para me controlar e não rir. Realmente não era nada engraçado; ela já tinha conseguido um financiamento enorme para os estudos e teria que devolver tudo.

Clare dispensou o lencinho e, com raiva, estendeu o braço para pegar o saquinho de Revels, enfiando quatro de uma só vez na boca.

— Detesto essas balas — disse, irritadíssima. — Vê se não compra mais.

— Mas é muito divertido... enfiar a mão lá dentro e não saber o que vai encontrar, se uma de café, de caramelo ou...

Ela revirou os olhos.

— Uau, estou empolgadíssima, mal posso me conter. Bom, mas estávamos falando de mim e do Jack. Não sei o que tem de errado em querer... querer explorar mais a vida. Sair por aí... para...

— Mas na verdade, Clare — interrompi —, ele não disse que você *não podia* ser professora de tango...

— *Salsa!* — ela explodiu, de boca cheia. — É *salsa*, cacete! Não tango! São duas coisas completamente diferentes!

— Ele não disse que você não podia dar aulas de salsa — continuei —, só disse que não entendia por que você queria isso, mas que se era importante para você, então era importante para ele também.

— Exatamente! — Os olhos dela faiscaram. — Você não está vendo o que tem de errado nisso?

Hesitei; a resposta era simplesmente: não, não estou.

— Se meu namorado não sabe *por que* eu preciso fazer alguma coisa, se não consegue *realmente* entender o que me faz feliz, se nós dois não estamos *totalmente* na mesma sintonia, então de que adianta?

Suspirei para mim mesma e me senti uma velha de 100 anos. Clare ainda tinha muito o que aprender. Gloria, a nossa cachorrinha, entrou. Peguei-a no colo e comecei a fazer cócegas na barriga dela.

— Como *você* descobriu que Pete era O Cara? — perguntou minha irmã.

Dei de ombros.

— Descobrindo. É assim mesmo, a gente descobre. Quando acontecer com você, você vai saber.

Ela me lançou um olhar raivoso.

— Não fique aí me dando lição de vida. — Ela ficou calada por um instante, olhando para o nada, e em seguida falou, num tom mais suave: — Mas *o que* você descobriu? Não entendo.

Suspirei e tentei pensar.

— A gente simplesmente se dá bem.

— Eu me dou bem com meu chefe no restaurante, mas não quero transar com ele. Não mais.

Levantei a vista, alarmada, e ela revirou os olhos, irritada.

— Brincadeira. Mas, falando sério, o que fez você se sentir atraída pelo Pete? Não estou dizendo que ele não seja interessante, mas o que foi que fez a diferença?

— O jeito dele de rir, o sorriso — respondi sem hesitar.

Ela resmungou.

— Meu Deus, vocês dois são ridículos. Eu quero mais vinho.

E com isso levantou-se, mal-humorada, para ir à cozinha.

Mas é verdade: quando nos conhecemos, uma das coisas que me atraíram imediatamente foi uma espécie de brilho ao redor de Pete. Seus olhos reluziam, e ele era cheio de vida, do tipo que gosta de se divertir. Na primeira vez que o vi, ele estava com algumas pessoas num pub movimentado e barulhento. Pete contava uma história e todos o escutavam interessados, esperando o final. Quando terminou, o grupo explodiu numa gargalhada, inclusive ele, olhando para todos com um sorriso de satisfação. Era óbvio que ele gostava de fazê-los rir, e aquilo era, bem, encantador. Ele então levantou a vista e nossos olhares se encontraram; enrubesci e desviei os olhos. Sempre fui desajeitada com esse tipo de flerte. De qualquer forma, pouco tempo depois ele foi até onde eu estava sentada, num banco alto do bar, tentando parecer atraente e não a ponto de cair dali, como eu realmente me encontrava, e me perguntou se eu era o tipo de pessoa que daria ouvidos a uma conversa sedutora barata.

— Será que você é — quis saber, como se aquela fosse de fato uma pergunta interessante — do tipo que leva na brincadeira uma cantada de mau gosto, ou será que preferiria que eu simplesmente a convidasse para tomar um drinque?

Isso iria depender do tipo de cantada que ele escolhesse, respondi (estava um pouco tonta e, portanto, permaneci sentada). Qual seria a proposta dele?

Pete entendeu o jogo na hora, puxou um banco para se sentar ao meu lado e perguntou se eu me interessaria por uma proposta indecente, que começasse dizendo que aquela era a minha noite de sorte. Respondi que sempre que um homem diz isso a uma mulher, pouquíssimas vezes é de fato a noite de sorte *dela*, e, sim, a dele, que está inconscientemente revelando que só quer transar e cair fora... e que é o tipo de homem que não faz sexo com muita frequência. (Nunca teria dito isso se estivesse sóbria. Nunca!)

Pete sorriu e disse que entendia perfeitamente. Que tal, então, uma conversa em que ele usasse algum objeto sugestivo? O que eu acharia se ele conseguisse uma pedra de gelo e ficasse batendo nela até quebrar inteira?

Isso, eu disse, seria maravilhoso se ele fosse o George Clooney e se estivéssemos no bar Sky, em Los Angeles, mas um tanto ridículo no George and Dragon numa noite fria e chuvosa, convenhamos.

Hum, ele disse. Que tal algo um pouco mais audacioso, então? Um "Não vamos perder mais tempo com amenidades, vamos sair daqui para um outro lugar *agora mesmo*..."? Nada mal, respondi, pensativa, exceto pelo fato de que ele poderia muito bem tentar me matar com um machado e de que um homem que não investe numa conversa inicial provavelmente não dá a menor importância às preliminares na cama, então, não, obrigada. Lembro-me de ele ter sorrido e dito que não havia levado em consideração o sexo assim tão cedo, e será que eu teria considerado a possibilidade de bancar a durona só para conseguir uma noite com alguém?

Ele quase me perdeu ali. Se eu estivesse sóbria o suficiente, teria ficado ofendida com a observação, ou mesmo envergonhada de falar sobre sexo com um estranho, mas não estava, apenas me divertia. Que tal algo com senso de humor?, sugeri, solícita.

— Me faça feliz: diga que é sueca, solteira e que tem uma irmã gêmea — tentou ele.

Fiz uma cara feia; não mesmo. Se aquela era a sua melhor maneira de ser engraçado, então que tentasse algo romântico.

Ele pensou um pouco e disse, com serenidade:

— Você é o tipo de mulher que me faria voltar para casa feliz.

Ri com aquilo e disse que não queria ser grosseira, mas que esperava da vida mais do que ficar em casa fazendo tricô e esperando meu homem voltar da mina para comer o jantar que eu lhe havia preparado.

Droga, ele resmungou, mordendo o lábio para fingir medo; seu repertório estava se esgotando. Então, ele continuou: Que tal simplesmente "Quero te dar um beijo"?, porque era verdade, era isso o que ele queria.

Olhei para o seu sorriso meigo, seus olhos castanhos brilhantes e carinhosos, com linhas leves nos cantos que revelavam o quanto ele sorria, e me derreti um pouco. Então ri novamente, um riso um tanto nervoso dessa vez, porque houve um momento em que tudo à nossa volta pareceu parar e ficar em silêncio, em que ambos percebemos que alguma coisa começava entre nós... e disse com firmeza que aquilo não funcionaria. Por acaso eu parecia o tipo de mulher que saía beijando homens aleatoriamente em pubs, pelo amor de Deus? Claro que não. De qualquer forma, era uma tentativa de sedução barata, que jamais funcionaria. Definitivamente.

Mas funcionou. No final da noite, ele havia me dado seu número de telefone e pedido, por favor, para telefonar, porque queria tentar uma conversa de primeiro encontro comigo. E que eu ficasse sabendo que era puramente pelo espírito empírico.

Deixei que se passassem três dias antes de telefonar, e dois dias depois eu estava num restaurante, sentada à mesa com ele, examinando o cardápio e tentando pensar em alguma coisa inteligente e divertida para dizer.

— Detesto essa parte — disse ele. — Já aviso logo que provavelmente, para tentar iniciar uma conversa, vou dizer qualquer coisa que vai acabar me fazendo parecer um idiota, e você vai ficar aí se perguntando onde é o banheiro e pensando no tamanho das janelas.

Isso me relaxou um pouco. Eu disse que ele se sairia bem. Afinal, já sabia o que dizer em um primeiro encontro, não sabia? Pareceu um pouco envergonhado e disse que não, que na verdade não sabia, que tudo se resumia a "Você está linda" e "Me conte um pouco mais sobre você".

Ambos concordamos que, embora aquilo não fosse muito original, era um início seguro. Então passamos uns vinte minutos nos distraindo, compondo uma lista de coisas que *jamais* deveriam ser ditas num primeiro encontro e que incluía "Bom, espero que goste da comida", "Meu ex e eu vínhamos sempre aqui", e "Eu sei que é muito constrangedor, mas não me lembro do seu nome", e também "Essa sua roupa é chique demais para uma corrida de cães".

Estávamos indo muito bem quando então ele disse, justo na hora em que o garçom se aproximou:

— Ou então, que tal: "Vou logo avisando: não é muito grande!"

Fez-se um silêncio que pareceu durar para sempre, e então o garçom tossiu, numa tentativa de disfarçar o riso, me olhou com piedade, anotou nosso pedido e voltou à cozinha, para contar a todo mundo que o homem na mesa 10 tinha acabado de dizer à pretendente que tinha um pênis pequeno.

Um de nós tinha que falar para interromper o terrível pesadelo social em que nossa noite de repente se transformara, então, quando me recuperei, disse que sim, que ele tinha razão, que provavelmente não seria uma frase *muito* boa para se dizer. Até porque parecia sugerir que a noite iria terminar de uma maneira específica. O que não era o caso.

Pete ficou inconsolável.

— Ah, meu Deus, não — disse, confuso e muito surpreso consigo mesmo, enrubescendo até a raiz dos cabelos. — Eu não quis dizer que esperava que... mas, claro, se você quisesse, seria... Não é verdade. No meu caso, quer dizer. Tudo bem... se você quisesse saber se era... suficiente. Ai, droga, eu não paro de falar... não acredito que tenha dito isso. — Calou-se, expirou devagar e tentou inspirar fundo para se acalmar. — Não *acredito* que eu tenha dito isso. Você deve estar pensando que, a essa altura, o meu cérebro já deveria ter parado esse atropelamento verbal, mas, não, as palavras continuam a sair...

Respirou fundo outra vez.

— Será que a gente pode fazer de conta que eu não disse essas coisas, e será que, em vez disso, posso sugerir que fale um pouco mais sobre você?

Depois que me recuperei do choque inicial e resisti ao impulso de sair correndo porta afora como louca (talvez tenha sido apenas a curiosidade de saber o que ele iria fazer para salvar a nossa noite depois daquela terrível manifestação repentina da síndrome de Tourette), a noite acabou sendo surpreendentemente maravilhosa. Ele me perguntou se poderíamos nos encontrar de novo, e respondi, sem hesitação, que sim.

Foi aí que tudo começou. Uma noite aqui e ali, um passeio em algum parque tranquilo numa tarde de verão, só nós dois, onde, com timidez, começamos a falar sobre o que cada um desejava na vida. Quando ele, nervoso, disse que sempre se imaginara casando ainda jovem e tendo filhos, eu disse que sempre *desejara* também ter filhos, com o homem certo... Houve um silêncio, durante o qual ambos nos entreolhamos e sorrimos sutilmente, e eu senti meu coração tão leve e feliz que tive vontade de chorar. Era como se ali, naquele momento, tivesse sido feita uma promessa tácita entre nós dois. Senti como se dali em diante eu pertencesse a ele — e não havíamos sequer nos beijado.

Com o passar do tempo ficamos cada vez mais íntimos... Nos falávamos várias vezes ao dia e nunca esgotávamos o que tínhamos a dizer um ao outro. Ele sempre me fazia rir muito, e quando me beijou pela primeira vez foi o beijo mais doce e mais suave do mundo. Eu queria ficar ao lado dele o máximo de tempo possível. Meu coração disparava sempre que eu ouvia o carro dele estacionar em frente ao meu prédio... Era perfeito, e eu estava muito apaixonada.

Nosso primeiro verão juntos foi maravilhoso; passeávamos de carro pelas ruas da cidade e almoçávamos em pubs, e num desses dias, ao cair da tarde, quando voltávamos para casa, paramos na praia, e ele escreveu na areia: "Eu te amo." Depois repetiu em altos brados, assustando as gaivotas que grasnavam e voavam em círculos acima de nós. Ri como louca e o abracei com tanta força que nós dois caímos na areia. Eu me sentia como se estivesse num filme, imersa em felicidade.

Era isso o que Clare não havia encontrado ainda... a certeza. A convicção de que nada poderia ser melhor. Saber que a procura podia ser dada por encerrada, que sua decisão estava tomada.

Clare voltou com outra garrafa de vinho e me encontrou rindo sozinha.

— Meu Deus, você está pensando nele agora, não está? O Homem dos Sonhos.

Eu ri.

— Ele me enlouquece, de diversas maneiras. Você sabe.

— É isso o que eu não entendo! — Ela começou a lutar com a rolha. — Se alguém me irrita, eu caio fora.

— Pete não me irrita. Bom, às vezes sim, mas eu não passo o dia inteiro pensando que preciso fazer algo para resolver o problema. Se ele faz alguma coisa que me aborrece, eu às vezes ignoro, por achar que não vale a pena discutir sobre aquilo, e às vezes não, e aí conversamos, e um de nós diz: "Quer um chá?", e acabamos esquecendo tudo. Isso é uma verdadeira relação.

Clare franziu o nariz.

— É realmente animador. Preciso dar uma olhada na minha agenda e ver se posso encaixar isso entre os anos rebeldes de universidade e a minha morte... Ops, parece que estou ocupada. Que pena!

Aquilo me deixou um tanto aborrecida; só comecei a me animar depois que tirei Gloria do meu colo e me servi de um pouco mais de vinho.

— Escuta, o amor sincero, o amor *verdadeiro*, é muito mais do que um montão de rosas, luz de vela e um presente no Dia dos Namorados.

Clare deu um bom gole no vinho e colocou o copo de volta na mesa, sem muita estabilidade.

— O quê? Quer dizer que amar é catar as calças dele do chão pela centésima vez e *ainda* gostar do cara? Papo furado... Eu quero paixão, ardor, espontaneidade. Não é querer demais, é? — Ela começou a ficar agitada e a se mostrar decidida.

— Não, não é. — Eu me inclinei com calma para retirar das mãos de Clare a garrafa, que ela acabara de pegar novamente, e colocar a rolha de volta com firmeza. — É que tudo isso cria uma relação mais profunda, mais duradoura. Ninguém é perfeito, todo relacionamento exige muito trabalho, mas quando você encontra a pessoa que realmente ama, não importa se ela não entende suas razões para querer fazer uma determinada coisa, basta que esteja disposta a apoiá-la, *mesmo* sem entender muito bem por quê.

Ouço Pete respirando ao meu lado, sereno e tranquilo; penso no que eu disse a Clare e sei que é verdade. Eu o amo muito.
　　Mas não posso contar a ele o que fiz hoje mais cedo.
　　Doze horas atrás, depois que Pete saiu para uma reunião, fui de quarto em quarto, destruindo tudo em nossa casa como uma verdadeira marreta humana, segurando um dos tacos de golfe dele com tanta força que meus dedos chegaram a ficar brancos. Meus gritos abafavam o barulho dos vidros se estilhaçando e do impacto dos CDs caindo no chão, enquanto as molduras das fotos, os ornamentos, Bert, tudo voava das prateleiras e das mesas e se despedaçava. Lancei coisas contra as paredes, dilacerei tudo que vi pela frente, empurrei cadeiras, chutei pilhas de DVDs. Estava totalmente exausta quando terminei e me encolhi no chão como um monte de trapo, arfando.
　　Pete não pode jamais saber que eu estava mentindo quando lhe disse que haviam arrombado nossa casa. Amanhã ajeito tudo. Sei como pôr essa bagunça em ordem. *Vai* ficar tudo bem. Tem que ficar.
　　E ao pensar nisso, finalmente começo a adormecer, meu corpo incapaz de resistir por mais tempo ao sono.

Capítulo 2

Uma hora e meia depois, já estou acordada. Fui literalmente arrancada do sono e jogada de volta ao meu corpo, com um forte suspiro. Pete não se mexe ao meu lado. Meus músculos estão rígidos com minha respiração curta e ofegante, mas por fim descontraem-se; meu corpo decidiu que não é preciso lutar nem fugir.

A única coisa que não se tranquiliza é minha mente. Apesar de serem 2h17, estou completamente desperta, e minha atenção se volta para o assunto em questão. Numa fração de segundo, tenho o olhar cravado no teto e procuro indícios, vasculhando a memória; tento detectar o momento em que tudo começou a dar errado, enquanto espero o dia amanhecer. Em que instante o vento começou a soprar lá fora e a arrastar as folhas em movimentos circulares, com aquelas rajadas perturbadoras que levantam as saias e arrancam os chapéus das cabeças? O momento em que, num filme, os sininhos começam a soar de forma sombria, as placas das lojas rangem e oscilam, os cães ladram irrequietos e os moradores mais idosos e sábios observam o céu desconfiados? Porque o mais frustrante é que não consigo me lembrar de nada fora do comum. Não houve vestígios, nem sinais de alerta. Na verdade, lembro-me especificamente de ter falado com Lottie no trabalho sobre como Pete e eu nos sentíamos à vontade um com o outro. Isso foi só três semanas atrás! Apenas três semanas!

Tinha sido um dia bastante normal numa semana bastante normal. Eu comentava como havia ficado chateada no fim de semana por ter ido ao casamento de uns amigos sozinha, porque Pete estava fazendo serão no trabalho.

— Foi muito chato — eu disse a Lottie. — As mulheres estavam lá com os namorados e maridos, e eu brincando com a minha taça de champanhe, querendo que Pete estivesse ali também. Eu tinha pedido a ele especificamente para não trabalhar naquele fim de semana. E como se isso não bastasse, foi um casamento celta, com dança típica, em círculo, ao som de um maldito violino e de uma flauta.

Lottie contraiu o rosto.

— Os casais se levantaram, e o namorado da minha amiga Amanda de repente me veio com essa: "Ah, espera aí, pessoal! Tem gente que não veio dançar!"; e todos olharam para mim, sozinha na mesa, tentando passar despercebida. E ele continuou: "Anda, Mia! Não fique aí sozinha, venha dançar!"

Lottie comentou, solidariamente:

— Ah, você está brincando!

— Não — retruquei —, não estou. E então todo mundo olhou para mim, a banda aguardou para começar, e eu percebi que ia ter que ir, não tinha escolha. Me arrastei até o salão, me sentindo um trapo, mas achando que quanto mais rápido eu acabasse com aquilo etc., etc...

Lottie balançou a cabeça, concordando.

— Mas então, *então* ele conseguiu piorar as coisas, gritando: "Ah, espera aí, ela não tem parceiro! Venham, rapazes. Se aproximem!"

Lottie prendeu o fôlego e levou a mão à boca.

— Eu não aguento uma coisa dessas. Não aguento mesmo. Por que a Amanda não mandou ele ficar quieto?

— Pois é! As mulheres cutucaram os maridos e murmuraram: "Vai lá... coitada, ela está sozinha", bebês passaram dos braços dos pais para os das mães, houve um arrastar de cadeiras quando os homens começaram, com relutância, a se levantar, e então o Tim, marido da minha colega Louise, enfiou o restante de um enroladinho de salsicha na boca, limpou as mãos no colete e, diante dos *aplausos* dos demais, como um herói de guerra ou coisa parecida, gritou animado: "Vamos, garota! Vou rodopiar você pelo salão!" Foi tão constrangedor! Eu queria morrer.

Lottie levantou a mão.

— Para, por favor. Não consigo ouvir mais nada.

— Contei ao Pete quando cheguei em casa, e ele achou engraçado! Ah, hilário! E não foi só isso: na verdade, ele tinha chegado do trabalho mais cedo do que planejara e teve *tempo de ir à academia.*

Lottie ficou horrorizada e murmurou:

— E então, o que aconteceu?

Mas naquele instante tive que interromper a conversa porque Bate Mais, nosso chefe, voltou da reunião e precisávamos fingir que estávamos trabalhando.

Foi Lottie quem colocou o apelido "Bate Mais", quando descobrimos que ele visitava uns sites indecentes depois do horário de trabalho. Por que será que ele procurava pornografia gay no trabalho e não na privacidade da própria casa? Eu não consigo entender, mas na verdade nós duas tentamos não pensar muito sobre isso. Afinal, como Lottie ressaltou, ela precisa sentar na cadeira dele algumas vezes e usar o computador, e só de pensar no que ele poderia ter feito na noite anterior lhe dá náuseas.

Depois do que pareceu uma eternidade, Bate Mais anunciou que ia a outra reunião e voltaria dentro de uma ou duas horas. Assim que desapareceu com sua pasta atrás da porta, esperamos um instante para termos certeza de que ele tinha realmente saído e voltamos a conversar.

— Não acredito que o Pete tenha ido à academia! — exclamou Lottie.

— Ultimamente ele vive na academia. Parece que ajuda a aliviar o estresse nessa fase de muito trabalho. — Dei de ombros. — Acho que o que ele quer é beber cerveja sem engordar, porque eu não notei nenhuma diferença, isso é certo.

Falar em bebida nos deu sede, e decidimos tomar um chá. Lottie e eu passamos o dia inteiro tomando chá. Somos só nós duas no escritório. Bate Mais dirige uma operação que chama de consultoria de marketing, ou seja, prepara material promocional insignificante para empresas que poderiam muito bem fazer isso sozinhas. Eu (em teoria) faço o acompanhamento das reuniões, contrato as propagandas locais e atualizo os bancos de dados, e Lottie administra os sites. A única coisa positiva nisso tudo é que dá para pagar as contas, enquanto Lottie e eu conseguimos manter nossa sanidade mental. Conversamos muito.

— Nem me incomodo mais com o tênis do Jake no quarto. Acho até que já me acostumei com o cheiro — disse

Lottie naquela mesma tarde. — Mas outro dia, quando sacudi as almofadas do sofá, caíram uns pauzinhos de comida japonesa, uma moeda de 20 centavos e um monte de unhas dos dedos dos pés. Ele é nojento. Por que não usa uma cesta de lixo como todo mundo?

— Já vi o Pete *roer* as unhas dos pés em frente à TV — comentei, de forma displicente.

— Que agradável! — Lottie fez uma careta, levantando-se. — Quer mais chá?

— Quero. Pode colocar um pouco mais de leite dessa vez? É estranho, não é?

— Claro.

— É estranho como o Pete pode fazer coisas tão grosseiras como roer pedaços do corpo na minha frente e ser o mesmo homem que dizia coisas tão lindas ao meu ouvido, que literalmente me arrepiavam toda.

Lottie resfolegou e ajustou a saia, que havia entortado.

— Não é nada estranho. A palavra-chave aí é *dizia*. Eles todos fazem isso no início. O Jake costumava dizer coisas na cama como "Você é maravilhosa". Agora o que ele diz é: "O que você quer? Que eu fique com a bunda de fora virada para a janela? Então não puxe o edredom, ora."

Ela resmungou, pegou nossas canecas e dirigiu-se à cozinha.

Aquilo me fez pensar sobre uma noite no quarto de Pete, no apartamento em que ele morava quando o conheci. Não fazia muito tempo que estávamos juntos. O clima estava tão abafado e úmido que mesmo com as janelas e cortinas abertas não fazia diferença, o ar continuava parado. Tínhamos feito sexo devagar, em silêncio, porque eu tinha medo que o colega com quem ele dividia o apartamento e os vizinhos pudessem escutar. À luz da lua e enrolados nos lençóis, com movimentos suaves que aumentavam a urgência e a intensidade, tudo se resumiu a respirações quase inaudíveis, mãos bem entrelaçadas, um gemido convulsivo que ele não pôde evitar, a pele levemente suada... e eu, de fato, me senti linda. Depois ele me puxou para si, abraçou meu corpo nu e ficamos ali, em silêncio.

— Você sabia que as batidas do coração entram em sincronia quando estão perto assim? — ele disse, e então me beijou suavemente na parte de trás do pescoço.

Tive vontade de lhe dizer naquele momento que o amava, mas não o fiz; ainda parecia um pouco cedo demais, embora eu soubesse, simplesmente *sabia* que era verdade.

Lottie havia levado as nossas canecas cheias de volta para a mesa do escritório, xingando por ter derramado um pouco do chá. Sentou-se então em sua cadeira, mas infelizmente derramou mais ainda sobre si mesma.

— Que atolada! — resmungou, pegando um lencinho de papel. — Qual *é* o meu problema?

Esfregou a blusa, mas o lencinho começou a se desintegrar, e pedaços brancos espalharam-se por todo o seu macacão preto.

Levantei-me, fui até a cozinha, peguei um pano úmido e joguei-o para ela.

— Obrigada. Então, quais são os seus planos para hoje à noite? — ela perguntou. — Uma noite cheia, com jantar, TV e depois cama?

— É isso aí. Pete vai à academia, eu acho, a mesma chatice de sempre.

— A intimidade anda de mãos dadas com a previsibilidade... — Lottie observou, distraída, limpando a roupa.

Ri.

— Você inventou isso agora?

Lottie levantou a vista e sorriu.

— Provavelmente. Talvez eu devesse ter dito "com o demônio", sabe... ou então que "um burro preguiçoso em casa vale mais do que dois no mato". Não dá para viver com eles, então por que não se mandam? Não sei.

Pensei em Pete e sorri.

— Eu fico com o meu demônio. De qualquer forma, não tenho forças para começar tudo de novo. O Pete está bom.

Com a clareza que só surge no meio da noite quando o cérebro não está abarrotado de problemas do cotidiano do trabalho, de demonstrativos bancários e de coisas a serem compradas, enxergo, de repente, com a mais absoluta nitidez, que foi naquele ponto. Foi então que cometi o meu primeiro grande erro.

Com a complacência da intimidade, achei que, como casal, não teríamos surpresas diante de nós. Mas, pelo que aprendi nas últimas 27 horas, *nunca* se sabe tudo o que há para se saber.

Assim, 27 horas antes, eu teria dito que Pete e eu éramos invencíveis, absolutamente impecáveis, mas agora vejo que, até o momento em que somos testados, não temos ideia do que pode acontecer quando surge um problema. Até então, somos vulneráveis ao extremo.

Quando um barco começa a oscilar, é possível remar como uma equipe e distanciar-se da enorme nuvem negra que se aproxima, ou fingir que nada está acontecendo, que é pura imaginação, que o vento não está ficando mais forte e que não há motivo para se preocupar.

Ou um dos dois pode decidir pular do barco a qualquer momento. Achar que avistou um navio maior, que parece uma opção melhor. O outro está tão ocupado ajeitando as velas, fechando as escotilhas e apertando as cordas que não ouve o *splash* quando, inexplicavelmente, ele se joga no mar profundo, perigoso e agitado.

Capítulo 3

Quando o relógio sobre a minha mesa de cabeceira marca 2h45 e, depois, 3h15, eu finalmente me dou por vencida e levanto outra vez. Não faz muito sentido descer e ir ver TV, uma vez que não vou conseguir relaxar e me desligar das preocupações. Não tenho nenhum controle sobre minha mente nem sobre meu corpo neste momento; meus níveis de adrenalina ainda estão suficientemente altos para manter meus pensamentos desenfreados. Mas consigo, ao menos, preparar uma xícara de leite quente e ficar quietinha enquanto espero.

Faltam apenas quatro horas para o despertador dele tocar, do lado *dele* da cama, e ele se levantar. Então, começarei a arrumar tudo. Pete jamais saberá que destruí nossa casa. Isso vai ter que passar, digo a mim mesma enquanto desço as escadas descalça, sem fazer barulho, o coração tão apertado de preocupação quanto o couro esticado de um tambor — vai ter que passar. Não há outra opção, outra saída. Quaisquer que sejam as consequências, são simplesmente assustadoras demais para serem consideradas. Entro na cozinha na ponta dos pés e acendo a luz. Gloria abana o rabo devagar, mas continua em sua cestinha. Sou a única insone nesta casa hoje.

Seremos felizes novamente. Não vou me sentir assim para sempre; a vida voltará ao normal. Meu aniversário — quando foi mesmo? —, há pouco mais de *duas* semanas? Naquele dia estávamos felizes, e podemos voltar a ser como éramos então! Foi o melhor aniversário que eu tive em anos! Sei que foi verdadeiro. Não estou imaginando coisas, e aconteceu, em grande parte, graças a Pete.

Irônico, realmente. Na véspera de completar 29 anos, uma quarta-feira à noite, saí com Louise e Amanda, me preparando com antecedência para o presentinho sem graça que, eu tinha certeza, Pete iria me dar.

— Ele pode surpreender você — disse Amanda, dando de ombros. — Talvez esse seja o ano em que ele descubra a Tiffany & Co.

Ela acendeu um cigarro e seus olhos castanhos, grandes e bondosos, olhos pelos quais os rapazes se apaixonavam o tempo todo na universidade, apertaram-se e tornaram-se mais hostis. Um olhar mais adequado para o banco onde trabalha, mas que a faz parecer excessivamente severa, quando na verdade ela tem um coração enorme, um dos maiores que conheço.

— Duvido — falei. — É mais provável que ele me dê o de sempre. Um DVD de um filme que eu já vi, um CD que achou bonito e uma roupa que não cabe em mim e que não faz meu estilo... Mas podia ser pior. Lembra do ano em que pediu à mãe dele para comprar o meu presente?

— Ah — disse Louise —, o edredom e o vaso de jacintos.

— E, claro, ela fez isso de propósito — reclamei. — Bruxa velha.

— Então o que você gostaria que ele lhe desse este ano? — perguntou Louise, bocejando. — Desculpe, estou exausta hoje.

— Ben continua sem dormir? — perguntou Amanda.

— Ele dorme, mas não à noite, quando todo mundo quer dormir menos ele. Acho que pari um hamster.

Amanda a olhou sem compreender.

— Hamsters são animais noturnos — explicou Louise pacientemente.

— Ah, tá. Eu ia dizer... meio cruel se referir ao seu filho recém-nascido como um roedor.

— Será que é o meu telefone? — Louise inclinou-se e olhou para dentro da bolsa, ansiosa. — Não, não é. Pensei que fosse a minha mãe... ela ficou tomando conta do Ben... mas não é. Está tudo bem. Ah, desculpe... esse *fui* eu.

Os olhos de Amanda arregalaram-se.

— Você soltou um pum? — Ela riu.

— Sim — disse Louise, em tom de desculpas. — Agora ando igual a uma gaita de foles, mas essa é uma das minhas menores preocupações. Não tenham filhos, vocês duas... Desculpe, Mia... O que você estava dizendo?

— O que eu gostaria *mesmo* no meu aniversário era de um fim de semana fora. Numa casa no campo, estilo *O morro dos ventos uivantes*... passear nas areias de uma praia deserta no friozinho do inverno, e quando as orelhas começarem a doer e o nariz a ficar vermelho, voltar para casa e tomar um chocolate quente ouvindo o barulhinho do fogo na lareira. Mas... deixa pra lá.

— Um fim de semana apimentado — disse Amanda de forma melancólica. — Meu Deus, eu adoraria que o Nick me levasse a algum lugar e me desse um bom trato. Embora as chances de nós dois estarmos no mesmo país, na mesma hora, e ainda sabermos o que fazer sejam quase nulas.

— Você pode levar o Tim emprestado, se quiser. — Louise deu um gole grande no vinho. — Ele anda louco para transar.

Amanda ficou de queixo caído.

— Meu Deus, Lou, já faz quatro meses que o Ben nasceu. Você não continua *dolorida*, continua?

— O quê? — Louise olhou para ela confusa e depois balançou a cabeça. — Não, claro que não! É que eu ando tão cansada que na maioria das vezes, quando olho para o Tim, vejo três dele na minha frente, e *todos* os três querem transar comigo... É, no mínimo, desanimador.

Naquele momento, um casal jovem e atraente entrou no bar; os dois pareciam um pouco deslocados, como se quisessem bancar dois adultos. Ela estava vestida para um jantar, e segurava nervosamente a bolsa. Uma das mãos dele estava nas costas dela, como se a protegesse, e a outra na carteira, preocupado. Enquanto esperavam, indecisos, ao lado do bar, ele de repente olhou para ela como se não acreditasse na própria sorte e, com toda a inocência desinibida de seus 19 anos, inclinou-se e beijou-a diante de todos. Não um beijo ardoroso, nem um rápido encostar de lábios, mas um beijo romântico daqueles antigos.

— Ahhhhhh! — dissemos todas em uníssono, como mulheres velhas e patéticas que tivessem recebido permissão da casa de repouso para sair à noite.

Os olhos de Louise, que tinha os hormônios maternos em ebulição, praticamente se encheram de lágrimas, e até Amanda exclamou:

— Que gracinha!

Olhei para o casal e enrubesci, lembrando-me do dia em que beijei Pete pela primeira vez.

Ah, Deus.

Estou na cozinha escura, uma xícara na mão e a panela já no fogão, o leite começando a liberar um cheiro doce enjoativo e desagradável. Imagine se nunca mais nos beijarmos assim novamente? E se estiver tudo acabado? Suponha que meu plano não dê certo... suponha... Ah, não quero ficar presa a esse pesadelo que parece mais a vida de outra pessoa do que a minha! Quero dormir, acordar e descobrir que tudo não passou de um sonho ruim.

Coloco a xícara sobre a bancada e apoio na superfície de fórmica as duas mãos, para me equilibrar. Preciso manter o controle. Tenho boas razões para não dizer a ele que fui eu que aniquilei nossa casa ontem. E, sem sombra de dúvida, não quero discutir *por que* fiz isso.

Basta respirar. Respire. Pense em coisas boas. Meus pensamentos me levam ao dia do meu aniversário. Pete acaba de me dizer que vamos passar um fim de semana fora; estou encantada. Posso até ver o sorriso em meu rosto. É um sorriso de quem suspeita — erroneamente, aliás — que foi ideia de Amanda ele sugerir que estamos precisando passar uma noite fora, juntos. Procuro concentrar-me apenas no fato de que estou sorrindo.

Expiro e me sinto mais calma. É melhor assim, definitivamente melhor. Forço-me a fechar os olhos e me vejo andando pela brilhante suíte de nosso hotel, os cabelos molhados, procurando um secador, aprontando-me para ir jantar fora.

Era um quarto que me fazia sentir um pouco gorda demais — toda aquela luminosidade, os móveis de madeira escura e as linhas retas. Eu simplesmente não tinha pernas para aquele elegante toucador. Mas, por sorte, encontrava-me num tal estado de felicidade para dar importância a isso. Quando chegamos ao hotel, ainda na recepção, Pete me contou que havia reservado um horário de massagem para mim.

Isso eu *não* esperava. Fiquei tão surpresa que pensei algumas vezes em telefonar para Clare e lhe dizer para não desistir, que ainda havia homens legais no mundo e que eles de fato existiam — e mais: que sua própria irmã havia fisgado um!

— Aproveite — Pete me disse timidamente.

Coloquei os braços em torno de seu pescoço e o puxei de encontro a mim, dando-lhe um beijo na boca arrebatador, ao que os recepcionistas sorriram afáveis.

— Você é um homem maravilhoso — sussurrei. — Vou ver se tenho algumas ideias para mais tarde.

Ele havia decidido ir malhar na academia do hotel enquanto eu fazia a minha massagem, e voltou muito suado — e não um suado atraente — no momento em que eu desligava o secador. Instintivamente me afastei, temendo que Pete tentasse me beijar e estragasse a minha maquiagem. Ele riu, fez um sinal de V com os dedos e disse:

— Eu não ia te beijar mesmo!

E dirigiu-se resoluto ao banheiro. Segundos depois ouvi a água do chuveiro se abrir.

Entrei no banheiro à procura da minha pinça e vi pelo espelho que ele esfregava o corpo vigorosamente. Pete levantou a vista e, fingindo altivez, disse:

— Pode me dar licença? Eu gostaria de tomar banho sem ser assediado. — Ao dizer isso, levantou o nariz, piscou para mim e fechou a cortina.

Ri e voltei ao quarto para me vestir, mas quando estava diante do espelho ajustando o sutiã tive uma repentina mas familiar sensação de cólica.

Fechei os olhos por alguns segundos e amaldiçoei o deus que regula a porcaria do tempo. Por que naquele fim de semana? Por que eu não podia atrasar pelo menos uma vez? Decidi não contar a Pete. Isso seria um balde de água fria na noite dele, que, sem dúvida, ele planejara terminar com sexo desenfreado no hotel. Percebi então um problema maior. Estava desprevenida...

E foi assim que, duas horas mais tarde, eu descia as escadas com um bolo de papel higiênico enfiado na minha calcinha fio dental, rezando para que não caísse no saguão do hotel. Pete percebeu, com razão, que eu caminhava de maneira estranha e perguntou se estava tudo bem. Garanti a ele que estava bem e me concentrei em evitar andar como uma gueixa cujos pés tivessem sido enfaixados com força demais. Sentindo-me pouco atraente, me larguei no assento traseiro do táxi e seguimos pelo tráfego noturno de Londres.

O restaurante que ele havia escolhido era maravilhoso: elegante e acolhedor ao deixarmos aquela rua movimentada e fria e entrarmos no ambiente agradável do lugar. Infelizmente era chique demais para ter maquininhas de absorvente interno no banheiro. O único que tinha era — horror dos horrores — do tipo externo mesmo, que vinha numa caixinha de papelão horrorosa em troca de 4 libras, um assalto em pleno toalete. Eu tinha certeza de que todos escutavam o leve ruído que eu fazia ao caminhar de volta para a mesa, o que por certo foi responsável pelo meu ar distante enquanto nos serviam as entradas.

Comecei, no entanto, a relaxar e a realmente me sentir bem quando foi servido o prato principal. Eu estava me lembrando do quanto gostava de conversar com Pete — ele era muito divertido sempre que estava descontraído e sem as preocupações do trabalho —, quando ele olhou para o relógio, praguejou e disse que precisávamos ir ou perderíamos o início do espetáculo para o qual havia feito uma reserva.

Meu passo era lento, obrigando-o a andar mais devagar — o absorvente havia saído do lugar durante o jantar e prendera um pelo, fazendo-me caminhar como se tivesse uma hérnia. Pete revirou os olhos quando eu disse que precisava ir ao banheiro e disse para eu me apressar; ele esperaria do lado de fora. Tive tempo apenas para me ajeitar e perceber o início de uma enorme espinha bem no meio da testa ao me olhar no espelho. Com cuidado, coloquei sobre ela uma mecha de cabelo (não havia tempo para maquiagem) e saí correndo para me enfiar no nosso segundo táxi da noite.

Paramos em frente ao teatro e, sem a calma anterior, corremos para os nossos lugares, alcançando-os na hora exata em que as luzes do teatro se apagavam. Descobri que assistíamos a um musical. Todos os homens, curiosamente, tinham cabelos longos (por razões que não entendi bem) e as mulheres, movendo-se de maneira furtiva como gatas predadoras, usavam pouquíssima roupa. Eram todas lindas, embora de uma magreza doentia.

Pete pareceu gostar muito da peça, o que, apesar de eu ter gostado, de certa forma me surpreendeu. Prometi a mim mesma fazer mais programas desse tipo com ele quando o vi lendo atentamente o programa no intervalo, e tive um leve rubor de orgulho quando uma dançarina lhe jogou uma rosa no fim do espetáculo.

No último táxi da noite, voltando para o hotel, me aconcheguei a ele e recostei a cabeça em seu ombro. Ficamos assim num silêncio confortável até Pete me perguntar se eu havia gostado. Respondi, com sinceridade, que havia sido uma noite ótima.

— Que bom — ele disse. — Fico feliz. Você merece.

De volta ao nosso quarto, fui ao banheiro e estava tirando a maquiagem quando ouvi o telefone dele tocar. Pete estava rindo quando retornei, e disse que sua mãe ligara dando notícias de Gloria — ela ficara tomando conta da cachorrinha — e que estava tudo bem. Ele desligou e nos abraçamos. Tudo estava caminhando como deveria.

Quase. Quando nos acomodamos na cama, expliquei minha situação, desculpando-me, e disse que mesmo assim poderíamos, se ele quisesse... mas esperava que ele dissesse que *não* queria, pois eu estava com uma cólica *realmente* terrível. Por sorte, Pete foi muito compreensivo, disse que não tinha importância e que estava feliz por eu ter gostado muito do programa daquela noite. Olhou para mim, afastou um pouco de cabelo do meu rosto e disse:

— Tenho muita sorte de ter você. Você estava linda hoje.

Sorri, beijei-o agradecida e murmurei:

— Te amo.

— Eu também — disse ele, e me deu um beijo suave e carinhoso na ponta do nariz.

— Você sabia que as batidas do coração entram em sincronia quando estão pertinho assim?... — sussurrei.

Pete abriu um pouco os olhos e depois franziu a testa, um tanto perplexo.

— O quê? Acho que não. Isso seria não levar em conta as condições físicas da pessoa, o sexo, o peso e a altura. Do ponto de vista físico, não é possível. Onde você leu isso?

Ri amigavelmente e respondi:

— Não tem importância. — E então nós dois adormecemos felizes.

Estava ainda de espírito leve na segunda-feira, no trabalho.

— Foi um fim de semana perfeito — eu disse com orgulho a Lottie, quando nos dirigíamos ao restaurante da esquina para almoçar. Estava tão frio que ambas soltávamos gritinhos enquanto enfrentávamos o vento cortante ao dobrarmos na rua principal.

Quando entramos no estabelecimento e o calor da cozinha nos atingiu, o nariz de nós duas começou a escorrer. O ar estava impregnado do cheiro reconfortante de frituras e café, e um misto de gordura e vapor aderia às vitrines, criando um fiozinho que escorria nos cantos do vidro. O rádio estava nas alturas, e uns rapazes, de calça jeans salpicada de tinta e botas Timberlands, passavam a vista pelos jornais enquanto aguardavam seus pedidos.

Lottie inspecionou os recheios dos sanduíches.

— Eca. Eu acho que essa *não é* a cor do salmão. Então quer dizer que você não teria mudado nada mesmo na programação? Nossa! O Pete acertou...

Era óbvio que o que ela queria saber era se eu teria escolhido o mesmo hotel e o mesmo lugar para jantar.

Em retrospecto, acho agora, enquanto coloco o leite quente espumante na xícara — me perguntando como vou tomar tudo —, que mudaria várias coisas. Teríamos podido transar, ele teria lembrado o significado do que eu lhe disse sobre a batida dos nossos corações, e não teríamos ido ver aquele espetáculo. Nem em um milhão de anos.

Capítulo 4

Há outras coisas que eu mudaria também. Gostaria, principalmente, de fazer voltar o domingo. Seriam apenas 33 horas atrás... e tudo estava indo muito bem. Na verdade, o domingo havia começado de maneira *magnífica*.

Durante o café da manhã, Pete dissera que queria ver uma exposição na cidade sobre a qual ele havia lido. Eu gostaria de ir também?

Claro que sim. Com certeza seria muito melhor do que ficar em casa.

Mas foi quando ele estava se aprontando e eu brincando com a cachorrinha em nosso quarto que o dia *realmente* tomou um curso inesperado e maravilhoso. Gloria começara a latir e rosnar embaixo da nossa cama. Quando a puxei para fora, ela saiu arrastando a ponta de uma bolsa sedosa. Quando, sem jeito, tentei alcançá-la, uma bolsa Mulberry grande, linda, de cor caramelo deslizou para fora do embrulho e veio parar em minhas mãos. O cheiro forte da pelica tomou todo o quarto.

Perplexa por saber que era cara, levei a mão à boca. Vi a ponta de um cartão saindo pelo bolso da frente e puxei-o.

Porque sei que vai gostar muito. O melhor ainda está por vir, você vai ver! bj

Fiquei tão empolgada que peguei a bolsa, corri para o banheiro, bati na porta e disse:

— Pete, adorei!

Ele abriu a porta enrolado numa toalha e uma lufada de perfume masculino, sabonete e desodorante tomou conta do ambiente. Mesmo todo molhado, pingos d'água escorrendo-lhe pelo peito, abracei-o e cobri seu rosto de beijos.

— Você é o namorado perfeito; deve ter custado uma fortuna!

— Hein? — Ele riu. — Por que isso agora?

— Achei a bolsa embaixo da cama. Não fique zangado! Sei que acabei com a sua surpresa, mas adorei! — Coloquei a bolsa no ombro e dei uma voltinha. — Vou com ela para a galeria hoje! Meu Deus, *adorei!* — Passei a mão alisando-a, ainda sem acreditar, e sorri para ele, que coçava a orelha e franzia um pouco a testa.

— Bom, fico feliz por você ter gostado — ele disse. — Era para o seu aniversário, mas chegou atrasada... — Parecia meio envergonhado. — Estava guardando para dar no Natal.

— Ah, desculpe! — Não estava nada arrependida. — Bom, vai ter que me dar outro presente no Natal, porque eu simplesmente não posso colocar a bolsa de volta embaixo da cama e fazer de conta que não está lá até dezembro. Vou botar todas as minhas coisas dentro dela agora — falei depressa, e desci as escadas antes que ele insistisse para eu devolvê-la.

Algumas horas depois, eu desfilava feliz com a bolsa nova pelos halls da exposição, demonstrando uma falsa indiferença, como se costumasse passar os domingos em programas culturais sofisticados.

De todas as peças expostas, gostei em especial de uma almofada recoberta de vidro artisticamente estilhaçado para coincidir com a estampa Paisley do tecido. Pete preferiu uma enorme bolha cor-de-rosa, que se assemelhava ao mesmo tempo a uma lula gigante e a um traseiro humano. Para mim, não foi surpresa nenhuma ele gostar daquilo: parecia sua mãe.

Depois de percorrermos metade da exposição, entramos numa sala pequena que dava a impressão de ter apenas uma tela vazia. Sentamo-nos e então, numa espécie de gramofone lento e estridente, começou a tocar uma música metálica, baixa a princípio, que foi aumentando de volume até se transformar num alegre espetáculo dos anos 1920. Na tela surgiu a imagem de uma mulher dançando. Ela usava um vestido esvoaçante, e o estilo do filme era um pastiche do cinema mudo. Era bonita, mas triste, como uma bonequinha frágil que preferia não ser escolhida para brincar.

Sua pele era muito pálida, os olhos, enormes e brilhantes, eram quase sem vida, e os lábios, uma mancha de tinta protuberante. Os cristais no vestido refletiam a luz quando ela se contorcia de forma lamentável, em completo descompasso com a alegre melodia. A princípio me pareceu um tanto lúgubre, mas depois simplesmente me entediou. Nada mais acontecia além daquela dança, e quando eu começava a ficar realmente impaciente sem entender o porquê de tudo aquilo, ela subitamente parou, abaixou a frente do decoroso vestido brilhante e ficou parada nua da cintura para cima. Tatuado acima dos seios bem pequenos, via-se o nome "Brooklyn", uma cópia da tatuagem bastante conhecida de David Beckham. A boca da dançarina curvou-se num sorriso provocante, bastante desagradável, e ela começou a rir — mas não se podia ouvi-la, só a música estridente. Ela certamente estava rindo de mim.

Logo depois a imagem ficou tremida, e a música parou. Todos começaram a sair, mas Pete permaneceu ali.

— Vou assistir de novo — sussurrou ele, tentando parecer sério e interessado no espetáculo.

Revirei os olhos e ri — o quê, ver aquilo de novo? Para quê? Mas a música já havia recomeçado. Eu saí devagar e fiquei lá fora lendo sobre o artista. O objetivo do vídeo parecia ser ressaltar "a banalidade do fascínio pelas celebridades, que carecem de solidez e real beleza e que são, elas próprias, manipuladas... Quem exatamente está sendo explorado?".

Humm. Não seria somente uma desculpa para fazer uma moça mostrar os seios? A modelo era uma tal de E. Andersen. Será que o Sr. e a Sra. Andersen ficaram orgulhosos?, pensei. Então deixei de lado todas as minhas boas considerações e, aborrecida, pensei que não importava quem fosse, já era uma garota mais do que capaz de tomar conta de si mesma e, se era idiota o suficiente para tirar a roupa a fim de se promover na carreira, problema dela.

Logo que Pete reapareceu, rapidamente ficou cansado da visita à galeria e não demorou muito para que estivéssemos de volta à rua. Liguei o celular de novo e imediatamente ouvi o sinal de mensagem de voz.

Era Clare. Quase sem fôlego, sua voz saía aos borbotões; quando deixara a mensagem, era óbvio que estava apressada, saindo para algum lugar.

"Oi! *Esqueci* de dizer que a mamãe viajou, foi fazer um cruzeiro de duas semanas para Miami. Era para eu ter lhe contado. Ela foi atrás dos velhos tempos com a tia Joan. Tentei fazer com que me levasse, mas ela nem deu bola para mim. Bem que eu estava a fim de pegar uma prainha também agora; a velha é muito egoísta mesmo. Se bem que só ia dar aqueles velhos de sunga apertada. Nojento! Bom, desculpe por não ter dado o recado da mamãe e principalmente por ela ter esquecido de contar a você. Ela achou que tinha contado, se é que isso é algum tipo de consolo. Tchau, gata."

Desliguei.

— Mamãe foi a Miami — eu disse a Pete. — Um tanto imprevisível.

— Sua mãe *é* um tanto imprevisível — disse Pete, olhando o relógio. — Vamos para casa?

Meu telefone apitou de novo. Mensagem de texto. Era de Patrick. "Hoje é o Dia Internacional da Beleza", dizia. "Envie esta mensagem para alguém que você ache lindo. Não mande de volta para mim, já recebi centenas." Ri.

— Quem era agora? — Pete perguntou, indicando o celular com a cabeça.

— Patrick — respondi simplesmente, e Pete revirou os olhos, murmurando:

— Dê um oi por mim.

Ignorei aquilo. Pete não gosta de Patrick. Ele não acredita de modo algum que somos bons amigos desde os tempos de escola e que nunca houve nada entre nós dois. Alimentei a ideia por um certo tempo, mas Patrick estava sempre com outra pessoa, ou então era eu quem estava. O momento não chegou a passar porque, na verdade, nunca chegou a existir, e nós nos tornamos bons amigos, e somos até hoje.

— Então, o que você quer fazer agora? — perguntei animada, colocando o celular de volta na minha linda bolsa de grife.

— Na verdade, precisamos voltar para casa para cuidar da Gloria — Pete respondeu.

Havia começado a chover fraco, mas a chuva foi engrossando. As pessoas à nossa volta começaram a procurar abrigo. Havia um café aconchegante à nossa direita: tive vontade de entrar para tomar um chocolate quente, observar as janelas de vidro encherem-se de vapor e escutar as máquinas de cappuccino em funcionamento até passar a chuva.

— Um chocolate quente rápido? — sugeri, esperançosa

Ele olhou para o café e franziu o nariz.

— Ah, não. Cheio demais. De qualquer forma, é um roubo. Posso preparar um chocolate quente para você em casa. Vamos.

No trem de volta para casa, eu passava a vista pelo jornal de domingo, satisfeita, enquanto Pete olhava pelas janelas molhadas do metrô.

— Você se lembra do dia em que fomos à praia com a Gloria? — ele perguntou de repente. — A gente estava tentando acertar aquela pedra grande com seixos, e você quase atingiu aquele welsh corgi de um casal de velhos, lembra? Aquele cachorro de barriga flácida?

Olhei para ele surpresa.

— O que fez você se lembrar disso agora?

— Nada. Só foi um dia legal. Só isso.

Sorri e segurei a mão dele. Apertei-a rapidamente e depois retornei ao jornal.

— Na verdade, estávamos tentando jogar as pedras no mar. — Ele ficou pensativo. — Eu me lembro agora. Seu lance foi péssimo.

Soltei o jornal no meu colo e olhei para ele sem demonstrar emoção.

— Acho que você vai ter que admitir que o meu lance *não* foi péssimo. Teve velocidade... só faltou distância. Eu podia ter seguido uma carreira muito promissora de jogadora de críquete, obrigada.

Pete inspirou ruidosamente e se ajeitou no assento, tentando melhorar a posição das pernas compridas sob a mesa.

— E você jogou a pedra para cima. — Ele riu. — Típico de mulher, jogar com tanta força que os pés saem do chão. — Balançou um pouco a cabeça em desaprovação ao lembrar e sorriu. — Foi um dia divertido... — Ele hesitou um pouco e depois sentiu um leve tremor. — É isso — disse ele determinado, cruzando os braços. — Vou tirar um cochilo. Me acorde quando chegarmos em casa. — Logo em seguida, fechou os olhos e ficou calado durante o resto da viagem.

Mais tarde naquela noite, depois de tomar um longo banho de banheira, entrei na sala e o encontrei ao telefone. Ele levantou a vista, me viu e disse imediatamente:

— Bom, a Mia está aqui, então é melhor eu desligar agora. Tchau.

— Quem era? — perguntei, secando os cabelos com a toalha enquanto me sentava no sofá.

— A mamãe. Eles vão viajar amanhã, vão fazer um safári no Quênia.

— Meu Deus, a minha mãe foi a Miami, e a sua está indo para o Quênia. Tem alguma coisa errada aqui. — Sorri. — Por que você disse que precisava desligar porque eu tinha voltado? A Shirley vai achar que eu implico quando você fala com ela. Ela já não gosta de mim.

Pete franziu a testa.

— Ela adora você, não seja boba. Eu disse que precisava desligar porque... bom, fiz uma besteira, Mi.

Parei de enxugar os cabelos.

— O que foi que você fez? Eu bem que achei que você ficou meio estranho quando entrei na sala!

— É, bom... — Ele se revirou na cadeira, sem jeito. — Esqueci de lhe dizer que temos que ir ao casamento do meu

primo no lugar dos meus pais. Como representantes da família, esse tipo de coisa. Prometi, faz séculos... desculpe.
— Ah, Pete. — Suspirei. — Quando é o casamento?
— Na próxima semana, eu acho, ou na semana seguinte.
— Eles fizeram lista de presentes?
— Não tenho a menor ideia.
— Bom, precisamos saber, Pete, não podemos simplesmente aparecer sem...
— Está bem, está bem — ele me interrompeu, irritado.
— Vou providenciar isso.

Assenti com a cabeça, peguei o telefone para colocá-lo de volta na base. Ocorreu-me então que Pete certamente não providenciaria nada e que era melhor eu ver isso antes de sua mãe viajar. Levantando-me para ir colocar a chaleira no fogo, pressionei a tecla de rediscagem. Enquanto me dirigia à cozinha, o telefone começou a chamar.
— Alô? — atendeu uma voz.
— Shirley? — Eu estava um pouco confusa; não parecia nem um pouco a voz dela. — Sou eu.
— Não é da casa da Shirley. Acho que você discou o número errado.
— Ah, desculpe! — eu disse imediatamente. — Desculpe pelo incômodo. — Desliguei. Que diabo eu teria feito?

Decidi discar o número, em vez de tentar o retorno para a última ligação recebida, enquanto voltava para a sala. Pete suspirou quando me viu.
— Para quem você está ligando?
— Sua mãe — respondi. Droga, ele me fez discar o último número errado. Recomecei.
— Esqueça isso agora — disse Pete, irritado. — Ela vai ficar um tempão aí com você ao telefone.

Lembrando-me de que Shirley, em três anos, nunca dirigira a mim mais do que um parágrafo, duvidei. Lancei-lhe um olhar estranho e franzi a testa.

— Não demoro mais do que cinco... — comecei, mas, rápido como um raio, ele levantou do sofá e tomou o telefone da minha mão.

Jogou o aparelho pelas costas, me abraçou apaixonadamente e, por alguma razão que somente ele mesmo sabia, rosnou num sotaque russo:

— Vozê vai vazer o que eu dizer, mulher! Quero vozê zó para mim!

Dei gritos de surpresa e satisfação, e caímos no chão, braços e pernas entrelaçados. Pete então me beijou de novo. Um beijo profundo e impetuoso. Senti minhas mãos enroscarem-se em torno do seu pescoço. Ele começou a chupar suavemente meu lábio inferior, em seguida afastou-se um pouco e tirou meu robe. As mãos dele tocaram a minha pele, ainda úmida do banho.

No contato com o carpete, senti uma queimação, mas não tirei os olhos dele. Era extremamente excitante admirá-lo e saber que era eu quem o fazia sentir-se tão bem. Observava com prazer o homem que eu amava, seus olhos fechados, a voz grave, respirando forte:

— Ah meu Deus, ah meu Deus, o que você está fazendo comigo? — Era o momento em que começava a perder o controle.

Mais tarde na cama, sonolenta e serena, observei-o já meio adormecido. Olhei para seus cílios, a linha do nariz, sua boca. Quantas vezes aqueles lábios haviam me beijado? Centenas, talvez milhares?

— Você me ama? — sussurrei.

Ele segurou a minha mão e murmurou:

— E ainda precisa perguntar?

Em seguida, virou-se na cama. Estimulada dos pés à cabeça, me aconcheguei a suas costas. Ele adormeceu rapidamente. Mas eu não. Deixara o aquecedor ligado muito tempo, e minha boca estava seca. Precisava beber água.

Levantando-me em silêncio, segui na ponta dos pés pelo corredor e desci até a cozinha. Não queria acordar Pete, mas esse propósito se foi quando tropecei de forma barulhenta em alguma coisa que estava no chão, ao lado da escada. O objeto emitiu uma luz e percebi que era o celular dele, carregando. Com medo de tê-lo quebrado, olhei ansiosa para a tela. Felizmente nada acontecera. Mas exibia com muita clareza:

`Nova mensagem: Liz`

Capítulo 5

LEVO MINHA CANECA de leite quente e espumante para a sala fria e silenciosa e sento-me na beira do sofá, no escuro. O calor queima de leve as minhas mãos e, quando levo a caneca à boca, tentando não inalar o cheiro, o primeiro toque queima meus lábios secos. Afasto a caneca bruscamente e com rapidez ponho-a no carpete para esfriar. Levo as mãos à cabeça e massageio as têmporas, exausta. Sinto o calor dos meus dedos e a ponta fina de uma unha um pouco longa demais penetrar na pele. Terá sido mesmo na noite passada que eu estive aqui embaixo e tropecei no celular de Pete? Parece ter acontecido há séculos. Vejo-me agora, apanhando o telefone, confusa, olhando para a tela, lendo — "Mensagem nova: Liz" —, mas sem entender a informação.

Inocentemente, o primeiro pensamento que me ocorreu foi: por que cargas d'água uma cliente mandaria a ele uma mensagem tão tarde? Deve ser uma emergência.

Mas Pete é arquiteto, não um banqueiro responsável por alguma transação comercial nem um médico de plantão. Não havia razão alguma para que uma cliente entrasse em contato com ele assim tão tarde em uma noite de domingo.

No entanto, permaneci ali por um momento, no escuro, me perguntando: será que devo dizer a ele, para que possa checar?

Mas Pete estava cansado, e eu não queria incomodá-lo. Decidi ler a mensagem, e, se fosse muito importante, o acordaria.

Pressionei a tecla e li:

```
Não se preocupe! Vc pode comprar outra depois. Marrom tb?! Gostei mt mt mt mesmo assim. Durma bem bj
```

E naquele exato momento foi como se a sala virasse de cabeça para baixo e encolhesse ao mesmo tempo. Um calafrio instintivo me atravessou os ombros, como se alguém tivesse jogado uma toalha úmida e gelada sobre mim. Meu coração bateu descontrolado.

Comprar o quê para ela, da cor marrom também? Durma bem? E beijos?

Meu cérebro parecia não ser rápido o suficiente para processar a informação, e fiquei olhando para aquelas letras, estupefata. Finalmente meus dedos ficaram cansados de esperar e pressionaram a caixa de entrada de mensagens. Fiquei ali, apenas de calcinha e numa das camisetas velhas dele, com a tela de neon iluminando meu rosto, enquanto procurava os nomes, que, em sua maioria, não reconhecia, exceto o meu.

Uma mão gelada e ossuda agarrou e apertou meu coração quando vi "Liz" surgir na tela.

Com a respiração curta, abri a mensagem. Dizia simplesmente:

```
Não posso agora bj
```

Procurei outros nomes e lá estava Liz de novo:

```
A caminho. atrasada. estarei lá bj
```

Apressadamente olhei o resto da lista e meus olhos focalizaram o nome dela mais uma vez: `Eu tb. Bj`

E com isso minhas pernas ficaram bambas de repente como se fossem tubos frágeis que não suportavam o peso do meu corpo. Cambaleando, fui até a escada, sem tirar os olhos da telinha, e me sentei, largando o peso do corpo com força. Senti um aperto na garganta. Podia ouvir meu coração batendo forte como ondas no meu peito e meu sangue me subindo às orelhas.

No desespero, cliquei em outros nomes. Em comparação, as outras mensagens pareciam incrivelmente práticas.

```
Paula: Na hora do almoço amanhã, espero.
Prazo máx. sexta
```

```
Seb: Sem chance, não acho viável de forma
alguma. Sugiro reconsiderar.
```

Havia então as enviadas por mim:

```
A que horas você volta pro chá? e
Traz leite quando voltar, por favor?
```

A ausência de "beijos" me saltou à vista imediatamente.

Voltei para a lista e notei os horários em que Liz mandava as mensagens de texto: 1h20 e 23h45.

Momentos estranhos para se falar de trabalho.

Respirei fundo algumas vezes e tentei me acalmar. Haveria uma explicação lógica, uma boa razão para uma mulher estar mandando mensagens para o meu namorado tarde da noite.

Mas, ao mesmo tempo, enquanto estava ali com o telefone de Pete na mão, uma sucessão de imagens dele me passou pela cabeça. Ultimamente ele andava sempre ao celular — encerrando uma ligação, desligando-o subitamente, jogando-o casualmente na cama quando eu entrava no quarto, checando-o quando eu estava saindo do banheiro do hotel...

Uma leve onda de medo se apoderou de mim, comecei a sentir tontura e enjoo, aquela sensação de quando você percebe que está muito bêbada e não aguenta mais; a sala começa a rodar e você daria tudo para não se sentir tão mal e fora de controle.

Um ácido se ativou no interior do meu corpo. Respirei fundo algumas vezes e tentei raciocinar e me acalmar. Não tire conclusões estúpidas, eu disse a mim mesma.

Olhei de novo para as mensagens. Afinal, aquela poderia ter sido somente para avisar que estava atrasada para uma reunião de negócios com Pete, não podia? E ela provavelmente era o tipo de pessoa compulsiva por trabalho, que não descansava até tarde da noite e que por isso enviava mensagens assim tão tarde.

Mas isso não explicava *do que* ela tinha gostado "mt mt mt mesmo assim" e o "durma bem". Era familiaridade e descontração demais e sugeria uma grande intimidade. Alguma coisa estava errada ali.

Passei então para a caixa de saída das mensagens dele. Havia muitas, mas logo encontrei o que procurava: Para Liz, enviada 14h:

```
O que está fazendo? posso falar agora se
quiser.
```

Senti um grande alívio quando percebi que ele não tinha escrito "beijos". Procurei furiosamente por toda a lista, mas não havia mais nada. Aquela era a única mensagem para ela.

Passei para o registro de chamadas. Nada. Nem atendidas nem discadas. O alívio começou a desaparecer... Para um homem que passava a maior parte do tempo ao telefone, por que não aparecia nenhuma ligação? O que ele precisava esconder?

Cravei a vista de tal forma na tela que o nome dela começou a aparecer diante de meus olhos. Eu precisava de mais informações.

Contas de telefone. Era disso que eu precisava. Das contas do telefone dele. Peguei uma caneta e anotei o número dela na palma da mão. Tinha que decidir então o que fazer com a nova mensagem... Não podia deixá-la; ele iria saber que eu a havia lido. Cliquei em apagar e ela silenciosamente desapareceu sem deixar rastros.

Conectei o telefone de volta na tomada e sem fazer barulho comecei a subir a escada. Passei na ponta dos pés por nosso quarto, escutei com atenção sua respiração ruidosa e então abri a porta do escritório dele. Devagar e com cuidado, fechei-a depois que entrei. Então acendi a luz, respirei fundo e comecei a procurar.

Capítulo 6

O PEQUENO ESCRITÓRIO era um verdadeiro depósito de lixo. A prancheta estava coberta de papéis, e o cesto, transbordando de folhas amassadas. Os livros amontoavam-se nas prateleiras, canecas com resto de café e fundos sujos grudavam-se a pilhas de pastas e na escrivaninha era uma bagunça total. As cortinas estavam semiabertas, permitindo que a escuridão se insinuasse para dentro do cômodo. Dei um pulo assustada quando levantei o olhar e me vi refletida no vidro, com ar de culpa.

Fechei as cortinas e olhei à minha volta sem acreditar. Estava longe de ser um aposento de alguém com uma mente organizada, disso eu tinha certeza. Era mais como o quarto de um adolescente, ou o laboratório de um cientista louco. Como é que eu iria fazer, pensei, ao pisar num monte de revistas no chão, para achar *alguma coisa* ali?

Sentei-me devagar à escrivaninha e comecei a examinar uma pilha de papéis soltos, mas eles escorregaram pelos meus dedos e despencaram; espalhando-se pelo chão, fez-se um barulho que para mim pareceu *enorme*. Fiquei paralisada e prendi a respiração... mas não ouvi nenhum passo no patamar da escada, nem alguma porta sendo aberta, e Pete não estava ali me acusando: "O que é que você está fazendo?"

Aliás, boa pergunta. Eu tinha consciência de que não deveria estar bisbilhotando as coisas dele, mas havia ultrapassado o estágio moral: eu queria uma prova. Prova de que estava enganada, de que cometera um erro idiota e podia voltar para a cama me sentindo meio boba e muito contente de não ter acordado Pete.

Mas não havia nada para me tranquilizar. Só orçamentos e anotações para um trabalho, a quantidade de ladrilhos e o necessário para a fiação.

Abri uma caixa de arquivo: nada muito importante ali também. Cartas de contadores e recibos de impostos. Dei as costas para a escrivaninha e encontrei outra pilha de papel.

Achei o recibo do nosso fim de semana fora e, ao examinar com cuidado, percebi que havíamos sido cobrados indevidamente — havia um pedido de serviço de quarto ali que não tínhamos solicitado. Enfiei aquela nota no bolso do meu robe e fiz uma anotação mental para telefonar para o hotel pela manhã e pedir o reembolso.

Mas ainda não havia achado as faturas do telefone, e isso me preocupou ainda mais do que a perspectiva de encontrá-las. Ele *estava* escondendo alguma coisa. Do contrário, por que não estavam à vista como tudo o mais? Sentei-me à escrivaninha pensando no que fazer em seguida quando percebi, pelo canto do olho, que a luz do laptop dele ainda estava acesa. Abri-o, e fez-se aquele barulho alto de iniciar. Meu coração disparou de novo e eu congelei, mas depois de alguns segundos quieta ali prendendo a respiração e esperando, Pete não surgiu à porta. Cuidadosamente, olhei para a tela.

Havia vários arquivos no desktop, mas era tudo coisa de trabalho. Um deles era denominado "pessoal", mas era apenas seu CV.

Cliquei no ícone do e-mail e examinei centenas de mensagens, mas não havia nada recebido nem enviado para Liz.

Então, se era uma cliente, disse a mim mesma rapidamente — *se* era uma cliente —, onde estavam os e-mails trocados entre os dois? Não havia nenhuma referência, nada As pessoas não usam e-mails para o trabalho hoje em dia?

Examinei algumas caixas de arquivos ao redor da escrivaninha; nada que fizesse referência a Liz. Quem *era* aquela mulher?

Porém, ao me levantar, acidentalmente pisei numa revista de papel muito liso que quase me fez cair de pernas abertas no carpete. Quando olhei para baixo para ver onde havia pisado, vi o programa do show para o qual ele me levara no fim de semana que passamos fora.

Meu coração se apaziguou. Havíamos nos divertido bastante... Apanhei o programa e passei os dedos pela lombada da capa brilhante. Fora um fim de semana maravilhoso. Comecei a folheá-lo distraidamente, olhando as fotos. Talvez eu devesse falar com ele sobre a mensagem de texto. Era óbvio que haveria uma explicação...

Mas quando estava a ponto de desconsiderar tudo, decidida a voltar para a cama e pela manhã perguntar a ele quem era ela, algo me atraiu a atenção.

Uma foto e um sorriso se destacavam na página. Era uma moça de cabelos louros e longos e um rosto familiar. Eu sabia que já a vira antes. Franzi a testa, pensando, até que de repente me lembrei. Era a moça da galeria, aquela com a tatuagem, do filme sobre exploração que eu vira naquela mesma tarde.

Analisei a fotografia. Ela estava diferente, afinal, vestia algo contemporâneo — ou melhor: vestia alguma coisa —, mas era ela com certeza. Os mesmos lábios cheios, os traços quase felinos e as sobrancelhas arqueadas. Meus olhos dirigiram-se para as informações biográficas sob a fotografia. Lia-se: *Teasel — Elizabeth Anderson.*

Levou alguns segundos. Fixei meu olhar na fotografia e nas palavras pelo que pareceram cinco minutos completos antes de meu cérebro entrar em ação: Espere um pouco... *é muita coincidência...* Uma mulher que você reconhece de uma exibição numa galeria aonde *Pete* levou você está no programa do espetáculo a que vocês assistiram, e esse programa está no escritório *de Pete*, e acontece que o nome dela é *Elizabeth*, justamente quando você está procurando as contas do telefone *de Pete* para descobrir quem é a misteriosa *Liz*, que é justamente o diminutivo de "Elizabeth"... Aí tem coisa. Qual a chance, hein? Pete e Liz, Pete e Liz, Liz e Pete ...

Olhei para a foto de novo e ela me encarou com um sorriso astuto e sedutor. Lentamente comecei a perceber que aquela era a mulher por quem eu estava procurando. *Aquela* era Liz. Ainda sem acreditar no que via, ao passar a vista pelas notas biográficas meus olhos focalizaram as palavras:

Teasel — Elizabeth Andersen

Lizzie frequentou a Academia Doreen Lightfoot, em Woking, e pratica dança e canto desde a infância. Ao se formar, teve sua primeira atuação em Annie Get Your Gun, *no teatro Left Way, em Rhy. Em seguida, foi escolhida para o papel principal em* Aladim, *em Croydon. Tem excursionado bastante com o grupo Princely Cruises e apresentou-se em diversos lugares em* Night of a Thousand Voices, *para as Produções Tin Pot. Participou de shows em várias feiras industriais e apareceu em vídeos pops para A1 e para Sam and Mark, do* Pop Idol. *Com o papel de Teasel estreia no West End, e está encantada por fazer parte de um espetáculo tão respeitado e tão complexo. Lizzie gostaria de agradecer a Deus por ter-lhe dado o dom da voz e da dança, aos pais pelo apoio e amor eterno e ao namorado por ser tão especial, amo-os sempre!*

Foi então que me lembrei da dançarina que jogou uma rosa para Pete no fim do espetáculo. Era ela.

Ansiosa, passei as folhas do programa, mas não havia mais nada, só aquele rosto pequeno e angular me encarando.

Sentei-me e tentei pensar. Alguém que se chamava Liz andava enviando mensagens de texto para Pete em horas impróprias do dia. Inexplicavelmente eu havia encontrado um programa de um espetáculo de dança no escritório dele com a fotografia de uma mulher que eu sabia que havia jogado uma rosa para ele nesse mesmo espetáculo — uma mulher que tínhamos visto na instalação audiovisual de uma galeria. Era simplesmente coincidência demais.

Eu precisava achar a porra da conta telefônica dele.

Depois de uma hora de busca, por fim, achei uma. Estava enfiada num livro intitulado *Truss Construction*, escondida de forma deliberada. Havia sido aberta.

Minhas mãos tremiam quando a retirei do envelope e a desdobrei. A data revelava que era do mês anterior. A lista de números cobria várias páginas, mas não demorou muito até eu achar o que procurava.

Como frutinhas venenosas agrupadas, vi cachos de um mesmo número. Examinei o que eu tinha na mão — era o dela. Somente numa tarde, Pete enviara dez mensagens para ela.

Deixei escapar um som sufocado, e minha boca começou a ficar seca. Eu sentia uma camada pegajosa nos lábios.

Examinando rapidamente a semana anterior, pude ver, também, várias vezes:

Mensagem de texto
Mensagem de texto
Mensagem de texto
Mensagem de texto

E todos os números para os quais meu namorado mandara mensagens eram o dela. Meus olhos examinaram a página; estava repleta dela.

Em seguida, verifiquei as chamadas. Uma hora aqui, meia hora ali e, uma tarde, uma chamada com duração de duas horas. *Duas horas?*

De repente me ocorreu que, na noite anterior, quando eu fizera a rediscagem esperando falar com a mãe de Pete, outra pessoa atendera. Uma mulher jovem. Seria ela? Só podia ser.

Percebi, então, que não tinha sido Shirley ao telefone, ele estava falando com *ela* enquanto eu tomava banho. Por isso é que ele tentara me dissuadir de telefonar para sua mãe, porque eu teria descoberto. A verdade é que Pete não havia falado com a mãe.

Ele havia mentido para mim, e Liz era, sem dúvida, muito mais do que apenas uma cliente.

Paralisada naquele quarto pequeno, minha mente, enfim, começou a acelerar como um trem descarrilado; as rodas a todo vapor, metal rangendo sobre metal, o apito a dar sinal de alarme à medida que o trem se precipitava ladeira abaixo, fora de controle... Olhei furiosa para o retrato dela no programa... E o que dizer das idas à academia e o fato de ele não estar emagrecendo... de estar me enchendo de presentinhos inesperados, sugerindo pequenas viagens?... mas as coisas andavam bem nos últimos tempos... quase não havíamos discutido... não é? *Piuiiiii! Piuiiiii! Sai da frente! Trem sem freios!* Tentei me levantar, mas o quarto havia começado a girar... tínhamos transado poucas horas antes... eu me sentia como se estivesse sendo tragada por um ralo. As coisas não andavam perfeitas, mas o que era perfeito? *Afinal, ela podia ser uma cliente, podia ser uma cliente... Não podia?* Mesmo quando vi, quando vi que não havia mais nada em que me segurar, ainda quis acreditar que estava errada. Não o Pete, não o meu Pete.

O trem chocou-se com barreiras de tábuas frágeis e pintadas de vermelho que exibiam o letreiro: "Perigo, não entre! Perigo!", como num filme ruim de Velho Oeste; saltou por sobre um despenhadeiro e saiu voando, os pistões funcionando inutilmente, os sinos badalando em alarme e a fumaça jorrando das chaminés em direção aos céus. Curvando-se em silêncio, o trem mergulhou numa tempestade de poeira pelo vazio abaixo. Tudo silenciou por uns instantes, instantes de calma estéril antes do impacto... Então se deu uma explosão fenomenal, uma bola de fogo ao detonar, seguida por uma nuvem de fumaça semelhante a um cogumelo. Não houve sobreviventes. Não podia haver. Somente uma massa informe de metal retorcido, destroçado, e um silêncio funesto.

Olhei para a prova das conversinhas secretas que eles haviam tido, conversas das quais eu nada sabia, e me senti como se estivesse observando da beira de um precipício os destroços da minha vida.

O homem ao lado de quem eu me deitava todas as noites, em frente a quem eu me despia, com quem escovava os dentes no banheiro — esse homem tinha um mundinho secreto do qual eu não fazia parte e de cuja existência eu nem sequer tinha ideia. Como podia ser isso? *Como?*

Por uma brecha nas cortinas, vi na janela parte de meu reflexo. Lágrimas quentes, abaladas, assustadas, começaram a escorrer por meu rosto, e o número dela na conta desfilava em frente aos meus olhos. De forma repentina me veio à mente aquela imagem de vestido esvoaçante, e a vi sentada, balançando as pernas, o celular ao ouvido, esperando, telefonando para meu namorado. Visualizei Pete atendendo, e os dois sorridentes, rindo felizes.

Olhei de novo a hora em que as mensagens haviam sido enviadas e as chamadas, feitas. Foram todas quando eu estava no trabalho, durante o dia, ou tarde da noite, quando eu já devia ter ido dormir. Podia vê-lo em minha mente entrando no banheiro, sentando-se na borda da banheira com a porta trancada, enviando mensagens enquanto eu dormia no quarto ao lado.

Eu estava dentro de um quarto paralelo, cheio de reflexos e imagens distorcidas, repleto de objetos de minha vida, mas todos no lugar errado. Em menos de um minuto, Pete, o homem com quem passei boa parte da vida — o homem com quem saí para dançar em boates baratas, que cantou "My Girl" para mim no karaokê da festa de um amigo, o homem com quem eu passei minhas melhores e minhas piores férias, o homem que sabe de cor a maioria das falas de *Debi & Lóide*, o homem com quem escolhi sofás, o homem que não pode comer ovos porque lhe provocam vômito, o homem que jamais imaginei em um milhão de anos fazer uma coisa dessas comigo — havia se tornado alguem que eu simplesmente não conhecia.

Fechei os olhos, comprimindo-os, e minhas pálpebras queimaram por dentro com as lágrimas antes presas... tudo o que conseguia ver era aquele rosto maldito, o rosto sorridente dela dando risadas. Ao olhar de novo para a conta, percebi que havia mensagens de texto até na noite do meu aniversário. *Meu aniversário!*

Senti gosto de sangue na boca. Levei os dedos à boca e percebi que mordera o lábio com tanta força que me machucara.

Não me lembro bem quanto tempo fiquei ali sentada, o rosto coberto de lágrimas, um olhar vago de idiota, tomada por uma dor física que mal me permitia respirar e que pareceu durar uma eternidade. Finalmente, quando já não tinha mais o que chorar e havia perdido a esperança de que ele me escutaria, viria a mim e diria que tudo não passara de um pesadelo e me levaria de volta para a cama, tentei me levantar.

Minhas pernas estavam rígidas, e os dedos dos meus pés pareciam pedaços de gelo.

Coloquei a conta no mesmo lugar onde a encontrara e deixei tudo como estava para que ele não percebesse que eu havia estado ali. Então segui em silêncio para o banheiro. A lâmpada acima do espelho tremulou, e meu rosto vermelho, cheio de manchas e inchado, me olhou de volta. Via o rosto dela com perfeição em minha mente — aquela boca que muito provavelmente o havia beijado.

Pensar que Pete teria tocado aquela outra mulher me deu náuseas. Em silêncio, vomitei todo o jantar; o frango não digerido e o vinho tinto que havíamos bebido caíam vagarosamente na água da privada. Fiquei ali por alguns instantes, meio sufocada, e meus olhos transbordaram de lágrimas. Em seguida me levantei, me olhei no espelho de novo, escovei os dentes, assoei o nariz e enxuguei o rosto. Não havia mais nada a fazer a não ser voltar para o quarto.

Abri a porta e fiquei à soleira. Dali eu podia ver o contorno do seu corpo na cama, escutar sua respiração, sentir o cheiro abafado do sono no quarto.

— *Eu lhe daria um chute.*

Ouvi a minha própria voz, regada a alguns copos de vinho, quando estava no bar com Amanda e Louise. Criticávamos um colega de trabalho de Amanda que estava tendo um caso escondido de sua adorável esposa, mas com o conhecimento de todos no escritório.

— Eu, se fosse ela, simplesmente me livraria dele — eu dissera com firmeza ao avaliar a situação; sem condescendência e sem ver outra escolha.

Mas quando de repente aquilo se concretizou, deixando de ser apenas uma conversa tola à qual eu não dera muita atenção, não o sacudi para acordá-lo, não gritei nem perguntei, aos prantos, como ele podia ter feito aquilo comigo. Estava arrasada. Pete não havia transado com alguém como consequência de uma bebedeira. Aquilo era, sem dúvida, um envolvimento emocional, alguém por quem nutria *sentimentos*... alguém por quem devia estar apaixonado.

A queda livre machucou, e a confusão se tornou quase insuportável, congelou toda a minha raiva. Fiquei apenas olhando para ele deitado ali e, apesar de saber por quanto tempo e com que intensidade o amara, e que ele destruíra o que havia de mais precioso e verdadeiro para mim, que jogara tudo fora sem me dar a chance de opinar sobre a questão — apesar disso, e de saber que ele havia sido tão descuidado conosco e com nossas vidas; mesmo quando eu deveria estar ofendida e revoltada, tudo o que eu via era apenas ele deitado ali, respirando suavemente. Tudo o que queria, tudo que eu *precisava*, era estar ali ao seu lado na cama. Abraçá-lo e ser abraçada por ele.

Queria poder apagá-la da mente; desejava que nada daquilo fosse real.

Voltei então para a cama e senti o calor tomando conta do meu corpo quando me encostei a ele. Minha pele fria o fez mover-se com suavidade no sono, mas ele acomodou as costas no contorno do meu corpo. Encaixamo-nos, e quando ele voltou a seu sono profundo e restaurador, tentei não derramar lágrimas em suas costas.

Tentei afastar da mente a imagem de Pete deitado na cama com ela. Havia uma pessoa lá fora tão poderosa, com tal força de atração sobre seu coração, que ele se esquecera de mim e arriscara tudo para ter algo com ela.

Estendi os braços e me agarrei a ele, desesperada.

Capítulo 7

À S 4H07 DESISTO e, sem fazer ruído, ligo a televisão, mas, temendo acordar Pete, ponho o som tão baixo que mal consigo escutar. Minha busca obstinada por mais de trinta canais só me mostra que não há nada a ser visto. Finalmente decido assistir à reprise de uma série sobre transações imobiliárias e me recosto no sofá, apertando o robe ao redor do meu corpo enquanto as imagens se movem e iluminam meu rosto cansado. Devo estar com uma aparência terrível. Mas, estranhamente, não posso dizer que me sinto muito pior por ter passado duas noites sem dormir, talvez apenas um pouco mais anestesiada.

Ontem pela manhã, entretanto, quando abri os olhos devido ao som da chuva pesada, estava ainda bastante abalada. Sentia um nó apertado e profundo no estômago, que, de alguma forma, parecia já estar ali antes de eu acordar, e meus olhos secos latejavam de dor.

Eu permanecera imóvel na cama, numa disparada cega pelos corredores da mente. Olhei pela brecha das cortinas para as chaminés e os telhados e me perguntei o que iria fazer a respeito do que vira no celular e no escritório de Pete e como iria solucionar aquilo. O despertador tocou; automaticamente estendi o braço e apertei o botão. Pete se mexeu, mas permanecemos os dois em silêncio; eu temendo dizer alguma das centenas de coisas que me vinham à cabeça, ele ainda sonolento. Por fim, levantou-se, e olhar para a marca do seu corpo no lençol foi o que eu pude fazer para não sair atrás dele gritando, suplicando-lhe para voltar e me abraçar, chorando desconsolada.

Então permaneci ali, imóvel, escutando Pete se movimentar pela casa como se não houvesse nada de errado. Depois que o som do chuveiro cessou, ouvi o chiado do ferro a vapor sobre sua camisa limpa, o bater da colher na tigela de cereal, o programa de TV matinal, a água da torneira caindo e o barulhinho da escova de dentes elétrica. Eu só conseguia olhar para o teto e me perguntar como aquilo podia estar acontecendo. Finalmente ele apareceu ao meu lado.

— Está tudo bem? Por que não se levantou? — E me olhou preocupado.

Virei a cabeça indiferente em sua direção.

— Estou com o estômago embrulhado — murmurei, o que não era mentira.

— Coitadinha. — Sentou-se na beira da cama. — Quer um pouco d'água ou alguma outra coisa? — Ele estendeu o braço e acariciou meu rosto.

Tive vontade de segurar suas mãos, apertá-las contra mim e beijar as duas ao mesmo tempo. Fiz que não com a cabeça.

— Não, obrigada.
— Vai trabalhar hoje?

Balancei a cabeça novamente.

— Você pode telefonar para eles e dizer que não vou?

O rosto dele se anuviou um pouco antes de ele sorrir com solidariedade e dizer:

— Posso, claro.

De repente percebi que o fato de eu não me sentir bem lhe causava certo incômodo. Teria planejado vê-la? No momento em que me ocorreu o terrível pensamento de que ela poderia já ter estado na minha casa, na minha *cama*, ele disse que sentia muito, mas que tinha uma reunião inadiável, de modo que estaria fora de casa o dia todo.

Dei de ombros, sem dizer uma palavra, e virei o rosto para o outro lado, porque senti lágrimas inundando meus olhos e não queria que Pete me visse chorando. Ele se inclinou e me beijou de leve na testa.

— Volto à noite. Tente dormir e me ligue se precisar de mim.

Não olhei para ele, só escutei a porta do quarto se fechar silenciosamente.

Ele desceu as escadas, e em seguida a porta de casa bateu. Quando ouvi as esquadrias das janelas vibrarem, fui tomada por uma onda de pânico. Eu não perguntara para onde ele estava indo nem com quem seria a reunião! Saltei da cama, peguei meu robe, corri para a janela do outro quarto e fiquei olhando o carro dele seguir pela rua. Tive vontade de lhe telefonar imediatamente, dizer-lhe para frear, dar meia-volta e retornar à nossa casa. Ficar comigo, me consolar, dizer que eu estava enganada.

Estiquei o pescoço para ver mais adiante, até que o carro dobrou à direita e então sumiu de vista. Ele se fora. Para onde estava indo? *Para onde estava indo?*

Comecei a chorar e encostei a testa no vidro frio da janela, fechando os olhos com força. Mas, ao fazer isso, Liz penetrou em minha mente, sorrindo sorrateiramente. Dei um soluço alto de dor. Meus olhos abriram-se; qualquer coisa, qualquer coisa para tirá-la dali.

A chuva caía lá fora, sem parar, com força, destruindo as folhas. Não havia sinal de vida nas ruas a não ser um passarinho pousado solitário numa árvore, tentando permanecer seco.

Eu a via rindo, brilhante em seu vestido. Não podia acreditar que realmente havia falado com ela na noite anterior. Corri para o telefone e disquei com os dedos trêmulos. Precisava saber se fora ela de fato. Precisava.

O telefone chamou, e eu esperei com o coração disparado, torcendo para que ela atendesse.

— Alô? — disse uma voz feminina.

— Alô — repeti, forçando uma voz firme. — Desculpe incomodar, sei que deve estar apressada, mas queria pegar você ainda em casa.

— E pegou, Mia — disse a mãe de Pete. — Está precisando de alguma coisa? — perguntou, num tom de voz áspero que significava: "Tenho milhões de coisas para fazer, então diga logo."

— É sobre o casamento — respondi com cuidado. — Quando o Pete falou com você na noite passada, eu queria que perguntasse se há uma lista de presentes, mas acho que ele não perguntou, não foi? Eu ia telefonar logo depois, mas já era um pouco tarde, então estou vendo isso hoje de manhã, antes de vocês saírem.

Havia um pouco de barulho no fundo, e ela dava ordens:

— Essa aí não, Eric, essa é a bagagem de mão. Deixe aí! Já já eu faço isso! — Em seguida voltou a falar comigo: — Eu não falei com o Pete ontem à noite — disse ela, irritada.

— Ontem à noite?! — Forcei um riso alegre. — Ah! Eu quis dizer ontem de manhã. Na *última* vez que você falou com ele...

Foi muito ruim, muito mesmo. Não posso acreditar que uma mulher esperta como ela não tenha percebido que havia algo errado. Provavelmente teria notado se não estivesse tão distraída, mas tinha outras coisas na cabeça para dar atenção à namorada de seu filho tagarelando sobre presentes de casamento.

— Eu pedi a ele para lhe dizer que não se preocupasse com o presente. Comprei um da lista algumas semanas atrás e coloquei nossos nomes. O Pete não te falou nada?

— Não, não falou. — Tentei parecer alegre. — Ele é terrível! Bom, obrigada por fazer isso.

— De nada — ela respondeu, com um leve tom de superioridade para apontar que eu me enganara em pensar que ela havia feito o esforço por mim.

— Bem, obrigada de qualquer forma. Divirtam-se no safári — acrescentei, com o máximo de sinceridade que consegui.

— Obrigada — ela disse, áspera, e desligou.

Fiquei ali no silêncio do quarto. Por mais estranho que possa parecer, não me senti nem um pouco melhor por ter descoberto a verdade irrefutável de que ele mentira para mim na noite anterior. Telefonara para ela do *nosso* telefone.

Não sabia o que fazer em seguida. Fiquei ali pensando que isso devia ser o que significava entrar em choque: um estado paralisado, vazio, congelado.

Voltei a me enfiar na cama, e nisso ouvi barulho de papel amassando. Ao colocar a mão no bolso do robe, retirei o recibo do hotel e olhei fixamente para ele. Serviço de quarto que não pedimos. Não ia pagar por isso também. De repente, fui tomada por uma raiva irracional. Não ia aguentar aquilo! Como é que as pessoas podiam pensar que uma coisa dessas poderia passar despercebida?

Telefonei furiosa, e um homem bem-educado atendeu. Eu disse a ele com convicção que tinha havido um engano em nossa conta e que eu queria que ele resolvesse o problema de imediato. Ele se desculpou com boas maneiras e me pediu para aguardar um instante enquanto verificava os registros. Em seguida voltou e disse com delicadeza. Não, senhora, não houve engano, uma garrafa de champanhe havia sido cobrada corretamente do quarto 105. Com raiva, eu disse a ele que aquilo era ridículo. Quando fora assinado e por quem? Por mim, não havia sido! Ele me perguntou, num tom um pouco menos cordial, se eu podia esperar um pouco na linha.

Segurei com força o fone contra o ouvido enquanto os pensamentos competiam por espaço em minha cabeça. Um caso, Pete estava tendo um caso. O que eu havia feito de errado? Há quanto tempo aquilo estaria acontecendo? Olhei para a chuva que caía e esperei.

— Alô, senhora. Desculpe por fazê-la esperar. — A voz rápida penetrou meus pensamentos e me trouxe de volta ao quarto.

Aparentemente, o recibo do champanhe havia sido assinado às 16h30, por Pete. Expliquei com firmeza que aquilo não era possível, porque eu tinha certeza de que àquela hora estava fazendo uma massagem, e acho que eu teria notado se meu namorado tivesse tomado uma garrafa inteira de champanhe. Mas então, quando eu estava a ponto de pedir para falar com o gerente, um pensamento terrível, tenebroso, me passou pela cabeça. Com uma premonição revoltante, perguntei devagar onde ele estava quando assinara o recibo.

O homem suspirou e respondeu que não tinha como saber; tudo o que ele tinha era uma assinatura, e o champanhe fora cobrado do nosso quarto.

Odiando-me por perguntar, com os olhos fechados e trêmula, perguntei se, caso eu lhe desse um nome, se ele poderia confirmar se aquela pessoa estivera hospedada no hotel ao mesmo tempo que nós. Houve uma pausa; ele procurava entender as implicações da minha sugestão. De maneira delicada, respondeu que Não, senhora, ele não podia me dar essa informação. Houve um silêncio desconfortável, e então eu disse:

— Por favor... Eu preciso saber.

— Sinto muito, senhora. Gostaria de poder ajudá-la. Há alguma outra coisa que eu possa fazer?

Agradeci-lhe sem hesitar, e disse que não, não havia nada. Claramente aliviado, ele me desejou um bom dia e em seguida desapareceu da minha vida para sempre.

Mas eu não podia desistir ali. Com o coração palpitando e o pulso latejando, respirei fundo algumas vezes e telefonei de novo. Dessa vez foi uma mulher quem atendeu. Eu disse com bastante calma que meu nome era Liz Anderson, que estivera naquele hotel no fim de semana dos dias 7 e 8 e que achava que havia esquecido por lá um colar, mas que não me lembrava do número do quarto em que ficara. A mentira saiu com uma facilidade incrível. Pois não, senhora, ela afirmou; retornaria num instante. Desapareceu da linha, e eu prendi a respiração pelo que me pareceu uma eternidade, pedindo a Deus que eu estivesse errada. O fone fez um ruído quando ela o apanhou de novo e, animada, me informou que eu havia ficado no quarto 315. Como era o colar?

Eu não disse nada, só desliguei o telefone, e ele escorregou das minhas mãos.

Fechei os olhos e tentei respirar. Ela estava lá no nosso fim de semana fora. Ela estava no hotel.

Minha cabeça começou a rodar, tudo ficou leve e confuso ao mesmo tempo. *Ela estava lá.*

Será que ele tinha escapado do quarto naquela noite enquanto eu dormia e se encontrado com ela? Será que ela estava esperando por ele no quarto 315 com a garrafa de champanhe, ou eles a haviam bebido enquanto eu estava na minha massagem? Não era de admirar que ele não tivesse se importado de não transar comigo... pois estava no andar de cima transando com outra pessoa.

Aquilo me deu náuseas. Não quis vomitar no meu travesseiro, então me debrucei na beirada da cama e tentei acertar algumas revistas... mas saiu só bile. Eu não havia comido nada, então não havia nada para sair.

Fiquei naquela posição e solucei, lágrimas escorrendo dos olhos, um fio de saliva pendurado no lábio.

Lembrei-me então de Pete sentado na sala escura da galeria, o olhar fixo na tela, extasiado, admirando-a enquanto a música tocava. Os olhos dela cravados nele e o sorriso firme. Pensei que aquele programa tivesse sido para nós dois... Mas será que fora somente para que ele pudesse vê-la na tela? Mesmo já a possuindo em carne e osso?

Tive enjoos de novo, meu corpo ainda confuso me dando ânsias de vômito. Mais uma vez, não havia nada no meu estômago.

Enquanto cuspia nas revistas, limpei o nariz com as costas da mão, afastei o cabelo do rosto e esperei, para ter certeza de que já tinha mesmo acabado. O rosto retratado de uma modelo na capa de uma das publicações me olhava com desdém. Pele perfeita, olhos falsos, exatamente como Liz.

Lá estava ela outra vez em minha mente, maquiada e com o figurino da peça, acenando para ele do palco, jogando-lhe uma rosa. Será que ela sabia que eu também estava no hotel? Devia saber. Teria sentido pena de mim? Teria mesmo pensado em mim? Que piranha! Que *puta*!

A raiva intensa e o ciúme pareciam me subir da boca do estômago, direto das entranhas. Saltei da cama violentamente e corri pelo corredor até o escritório dele. Abri a porta com força contra a parede, quebrando um pouco do emboço. Queria saber mais sobre aquela mulher de quem sentia agora, de repente, mais ódio do que de qualquer outra pessoa na face da terra. Parei ali na entrada. Não tinha ideia do que estava procurando, mas o que quer que fosse, eu iria achar.

Comecei a inspecionar as pilhas de papel sobre a mesa de trabalho, jogando tudo no chão. Escancarei ruidosamente os arquivos, deixando-os abertos sem me preocupar, arremessando páginas e mais páginas. Ouvi discos quebrarem-se sob meus pés firmes, chutei os DVDs, tirando-os do meu caminho. Lancei livros da mesa; os papéis voavam pelos ares como confete — não me importei com a bagunça, só queria saber de *tudo*.

Minha busca não demorou. Para um homem cuidadoso ao ponto de apagar sua lista de chamadas telefônicas e garantir que não tinha registrada nenhuma mensagem incriminatória no celular, ele era péssimo em esconder outras pistas enormes. Bastava eu saber que precisava procurá-las.

Em primeiro lugar, havia o programa. Olhei para o rosto dela por tanto tempo e com tanta fúria que a página perdeu a nitidez e tive de me controlar para não rasgá-la. Depois de uma busca exaustiva e descuidada, encontrei contas de dois cartões de crédito que eu nem sabia que ele possuía (a desvantagem de sair antes da entrega da correspondência e de ele sempre estar em casa para interceptá-la). E aí encontrei um cartão. Tinha um cachorrinho ilustrando-o. Dentro, numa letra grande e floreada, estava escrito:

Muito, muito obrigada! ADORO ela E você! Agora podemos fazer passeios com você e com a Gloria! Liz bj

Joguei-me na cadeira. O que ele havia feito? Comprado um cachorrinho para ela? Com leves lamentos, me embalei ali mesmo, abraçando os joelhos no peito e tentando afastar a dor. Teria ele levado a minha cachorrinha para passear com aquela vaca? Era mórbido!

Perdi o controle completamente e destruí o escritório de Pete. Levantando-me de um salto, irada, peguei sua faca Stanley e fiz furos e riscos loucos na mesa. Joguei fora tudo que estava ali em cima e despedacei o cartão. Rasguei com violência alguns de seus papéis, o som me rompendo por dentro. Enfiei a faca na nossa foto que estava sobre a mesa. Com a lâmina, cortei o programa em tiras, aos berros, lançando livros pelo ar e dando chutes na cadeira.

Então ouvi Gloria latindo lá embaixo e parei, respirando forte, um leve suor na testa. Percebi que ela estava assustada; arranhava e gemia; sabia que alguma coisa estava errada.

Desci e descobri que tinha feito xixi em toda parte, então limpei-a e a tranquei no jardim. Depois que tudo estava limpo lá embaixo, subi de novo e vi toda a desordem do lugar.

O escritório de Pete estava devastado. Não somente bagunçado — estava totalmente destroçado.

Foi então que me ocorreu que quando Pete chegasse em casa e visse o caos, ficaria sabendo que eu havia descoberto. Eu o encurralara num canto. Teríamos que falar sobre o assunto. Tudo viria à tona.

E de repente essa ideia se tornou assustadora.

Percebi, num sobressalto, que nunca havia pensado seriamente em ficar sem Pete, em deixar de tê-lo como parte da minha vida. Não ter o direito de jogar os braços em torno dele e beijá-lo quando chegasse em casa. Não poder pegar o telefone e falar com ele quando alguma coisa acontecesse. Pete é o primeiro para quem telefono quando qualquer coisa, boa ou ruim, acontece comigo. Quem seria se não fosse ele?

E se essa fosse apenas a desculpa pela qual ele esperava? E se estivesse tentando decidir o que fazer — ficar comigo ou me abandonar e ficar com ela? Na noite anterior, eu havia decidido não acordá-lo, não enxotá-lo da cama aos gritos. Não dava para saber; talvez a escolha sobre o que aconteceria depois não fosse minha, na verdade.

Se ele chegasse em casa, visse toda aquela bagunça e eu tivesse que lhe dizer o que sabia, será que ele negaria? Iria *querer* ficar comigo, ou diria: "Na verdade, você tem razão, *tem* uma coisa que eu pretendia lhe contar. Sinto muito, não queria que isso tivesse acontecido, mas aconteceu, e eu quero ficar com ela."

Tentei imaginar a vida sem Pete enquanto estava ali, em seu escritório, no meio de toda aquela confusão, mas, desde que o conhecera, ele era quem primeiro me vinha à mente quando acordava, a última coisa em que pensava à noite e, com frequência, a que ocupava meus pensamentos entre esses dois momentos também. Ele era a trama em que minha família e meus amigos — minha vida — eram tecidos. Era alguém para quem eu voltava todos os dias, que sempre estivera lá, e realmente eu não me lembrava de como era antes dele. Era meu melhor amigo, a pessoa que me conhecia melhor do que eu mesma.

Não é possível que ele seja tudo isso para outra pessoa. Não faz sentido. Onde eu moraria? O que eu faria? Acho que nem conseguiria alugar um apartamento sozinha. Teria que recomeçar. Sozinha *de verdade*.

O alarme que soava cada vez mais alto no meu peito começou a pulsar dentro de minhas costelas. Enlouquecida, olhei ao redor e decidi que ele não podia, de forma alguma, ver o que eu havia feito. Senti-me como Alice caindo no buraco do coelho: casamentos, casais, crianças, casas, tudo escapando pelos meus dedos. Sabia que precisava fazer alguma coisa para encobrir o que eu fizera ou ficaria atada por minhas próprias mãos a um futuro que eu não queria, que não incluiria ele.

Foi então que a ideia me veio à mente. Um assalto... Isso encobriria a situação. Tudo o que eu precisava fazer era bagunçar o resto da casa também, para parecer convincente.

Meu primeiro ardil.

Capítulo 8

— Ainda bem que a senhora não estava em casa quando eles invadiram — disse o mais jovem dos dois policiais, tentando ajudar. — Precisa ver o que acontece quando as pessoas reagem a esses assaltos...

O mais velho, um homem atarracado, lhe lançou um olhar irritado.

— Mas não há razão para se preocupar com isso agora. Ele já deve estar longe a essa hora. Acho que era um oportunista, senhora. Não levou mais nada além das duas joias?

Apertei os dedos com força em torno dos broches no meu bolso.

— Não — respondi, nervosa. — Dois broches que pertenceram à minha avó.

— Está vendo? Se realmente soubesse o que estava fazendo, ele teria levado muito mais do que isso. Sei que é terrível imaginar um estranho mexendo nas suas coisas, mas acho que era inexperiente, provavelmente um garoto. — O policial sorriu para mim com consideração, mas claro que queria encerrar aquela investigação para poder ir embora e almoçar. — Vamos preencher todos os papéis, e aqui está o número do boletim de ocorrência, mas fora isso... — A voz dele foi diminuindo.

— Obrigado pela ajuda — Pete segurava a porta principal aberta —, e com certeza vamos providenciar o conserto desse alarme.

Observei os dois policiais saírem da casa e entrarem no carro, as mãos ainda nos bolsos — joias em um e os pedaços do cartão dela para Pete no outro. Não podia esquecer de me livrar deles.

Pete fechou a porta enquanto eles partiam, virou-se para mim e disse:

— Ei, venha aqui! — E me puxou para junto dele. Disse coisas maravilhosas, como: — Coitadinha, você deve ter ficado com muito medo. — E: — Graças a Deus você tinha saído para caminhar com a Gloria. É muito corajosa de enfrentar isso sozinha, e ainda por cima num dia em que está se sentindo mal...

Levanto-me e vou devagar até a janela; ergo um pouco a cortina e observo a rua calma e os carros para os quais se dirigiram os policiais ontem na hora do almoço. O dia começa a clarear. Não tenho mais muito tempo para esperar. Logo Pete vai se levantar. Solto a cortina e volto para o sofá, com cuidado para não chutar a caneca cheia de leite, agora frio, que ainda está aos meus pés. Mesmo se o *tivesse* bebido, certamente não teria me ajudado a dormir. Apanho-a e inspeciono-a. O leite está coberto por uma nata nojenta que fica um pouco abaulada quando viro com cuidado o conteúdo para um lado, não o suficiente para que o líquido a rompa.

Lembro-me do que disse ontem a Pete, com a voz estrangulada: "Tive muito medo, Pete, nunca tive mais medo em toda a minha vida." Coloco a caneca no chão meio desequilibrada. Por sorte ela não vira.

Pete teve que me abraçar por pelo menos cinco minutos depois que os policiais foram embora, acalmando-me, preocupado. Começou falando coisas baixinho como:

— Está tudo bem agora, querida, estou aqui, estou aqui; não vou deixar ninguém machucar você.

Mas isso me fez chorar ainda mais, e, enquanto ele me abraçava, eu soluçava em sua camisa, como se meu coração fosse arrebentar.

Depois ele se afastou e me conduziu à sala. Tirou do sofá um monte de coisas e, com cuidado, me fez sentar, indo, em seguida, direto para a cozinha fazer um chá bem doce para mim.

Foi um grande alívio tê-lo ao meu lado, acariciando-me as costas suavemente, enquanto eu tomava o chá em silêncio. Preferi não dizer nada para não me trair; foi ele quem teve que sugerir que precisávamos começar a limpar tudo.

Pete levantou-se, tirou o paletó e a gravata e pendurou-os no corrimão da escada. Olhando a sua volta, assoviou e deu de ombros, desanimado.

— Meu Deus, não sei por onde começar!

Que tal por onde você a conheceu? Ou o que é que ela tem que eu não tenho? Há quanto tempo isso está acontecendo? Você a ama? Ela já esteve aqui, na nossa casa?

— Acho que vamos precisar de ajuda, não é? Eu telefonaria para os meus pais, mas a essa altura eles já devem estar na África. — Olhou para o relógio, como se isso fosse lhe dizer exatamente a que horas Shirley havia aterrissado em outro continente. — E a sua mãe, podemos pedir ajuda a ela?

Meio aparvalhada, fiz que não com a cabeça.

— Ela está em Miami...

— Droga! Esqueci disso. Inacreditável que logo agora as duas tenham viajado.

— Parece que é sempre assim — comentei, esgotada.

Eu me perguntava, com melancolia, se ele não estaria pensando nela naquele momento... Era muito estranho. Sentada em silêncio com as mãos em torno da caneca quente de chá, fiquei me imaginando atirando-a sobre ele. Eu podia abrir a boca, dizer tudo o que sabia, gritar, berrar...

No momento em que ele começou a falar sobre o estrago que os assaltantes haviam feito, sem conseguir compreender como alguém podia ser tão cruel, eu não estava nem ouvindo. Tudo em que eu pensava era que se não fosse por ela, tudo estaria bem. A imagem dela dançando, com seu vestido provocante e aquele sorriso malicioso, não me saía da mente, e eu a odiava por isso.

Tremendo um pouco, tentei me acalmar, agarrando com força a caneca escaldante, tentando desviar meus pensamentos daquela mulher e direcioná-los ao calor das minhas mãos. Alguma coisa em que me concentrar evitaria que eu desmoronasse.

Enquanto pegávamos sacos de lixo e começávamos a limpeza, Pete falava, para preencher o silêncio, e lançava-me olhares preocupados de vez em quando. Eu só escutava, sem realmente ouvir as palavras. O melhor a fazer era assumir a encenação e agir como se estivesse muito abalada, o que não foi muito difícil.

Quando tropecei na ponta de uma cadeira que eu havia colocado do outro lado da sala poucas horas antes, ele me deu a mão para me amparar. Segurei no seu braço, e ele sorriu e disse:

— Está tudo bem, eu estou aqui com você!

Mantive o controle para evitar rir histericamente, porém, contra a minha vontade, meus olhos encheram-se de lágrimas de novo. Ele me puxou de encontro ao seu peito.

— Ah, meu amor! Você precisa parar com isso. Vamos! Senão a vitória é deles. — Aquilo foi como receber uma punhalada, e vi o rosto dela saindo das páginas do programa, zombando, rindo de mim. Senti a fragrância forte de limão da loção pós-barba de Pete, misturada à do sabão em pó que sempre usamos, quando ele me abraçou. — Ei! — ele continuou. — Vai ficar tudo bem, a gente dá um jeito nisso!

Fiquei abraçada a Pete durante uma eternidade, porque não sabia o que mais *fazer*, e ele esperou com paciência, até que teve que fazer um esforço para se desvencilhar de mim.

— Vamos, soldado! — Ele sorriu. — Eu estou aqui, a área está segura!

O resto do dia passou lenta e dolorosamente. Continuamos fazendo a limpeza, e ele preparou sanduíches, que comemos sentados em frente à televisão. Deram a notícia de um casal idoso comemorando as bodas de ouro. Vê-los tão felizes e tão contentes me deu inveja — de um casal *idoso*. Era tudo o que eu queria: união, confiança, honestidade, não os dois sentados ali com segredos sujos.

Então ouvi o alerta do telefone dele na sala de jantar.

Uma mensagem de texto.

Meu coração disparou. *Seria ela?*

Ele ouviu também, porque sutilmente tirou os braços dos meus ombros. Mas não se levantou, continuou vendo TV. Então, depois de alongar os braços e dar um bocejo, pegou seu copo e fingiu surpresa ao encontrá-lo vazio.

— Vou buscar mais alguma coisa para beber — anunciou, levantando-se. — Quer também?

Fiz que não em silêncio. *Mentiroso!* Ele não precisava de coisa alguma. Levantou-se só para ir à sala de jantar olhar o celular!

Pete saiu da sala despreocupado, e eu me sentei tensa no sofá, tentando parecer interessada na televisão. Tudo o que me passava pela mente era "É ela, é ela". Ele voltou com um copo cheio de água e eu forcei um sorriso animador.

— Quem era? — perguntei. — Ouvi seu celular apitar.

Ele não me olhou nos olhos, mas sentou-se ao meu lado.

— Ninguém importante — respondeu. — Só uma mensagem de que alguém havia ligado para o escritório. — Ele bocejou, com ar cansado. — É melhor agora começarmos a arrumar lá em cima. Tem certeza de que está se sentindo bem?

— Absoluta. Por que não arrumamos seu escritório agora? — sugeri, com tranquilidade.

— Ah, posso fazer isso depois — Pete respondeu calmamente. — É mais importante deixar o quarto em ordem primeiro para você poder descansar mais tarde, se precisar.

— Bom, vá começando então e eu subo já, preciso fazer xixi.

Consegui sorrir, e ele apertou minha mão, subiu as escadas e começou a dar um jeito no segundo andar.

Paralisada no sofá e de ouvidos atentos, escutei o assoalho ranger. Ele não estava em nosso quarto; havia ido direto para seu escritório para se certificar de que não havia nada que não devia fora do lugar, como imaginei que faria. Fui rapidamente para a sala de jantar, peguei seu celular na mesa e corri para o banheiro, trancando a porta com firmeza. Apressada, localizei a caixa de entrada, cliquei, e lá estava. A primeira da lista — *Liz*. Do escritório uma ova! Ela tinha escrito:

> Td bem? Nada mto estragado? E a Gloria? Td bem c vc? Bj

Tive vontade de gritar, dar murros na parede, chutar a porta e jogar o celular no vaso e dar descarga, tudo ao mesmo tempo. O que é que ela tinha a ver com isso? Era a *minha* casa, a *minha* cachorra e o *MEU* namorado! Como se *atrevia*? "Td bem c vc?" *Não fode!* Não é *ela* quem precisa saber se ele está bem, sou *eu*, *EU*! Joguei o telefone em cima de uma toalha que estava no chão, revoltada.

Meu sangue pulsava num ritmo louco, fazendo meu couro cabeludo espinhar. Eu fervia de ódio; meu corpo foi tomado por uma energia que não tinha por onde escapar. No banheirinho do andar de baixo, ainda sem todos os azulejos, eu não conseguia sequer me mexer. Estava completamente acuada. Ao fixar a vista na tela do celular, o ódio faiscando em meus olhos, podia tê-la matado, eu juro por Deus. Em vez disso, dei murros na parede e encostei a cabeça na superfície áspera do reboco quebrado.

Escutei Pete gritar:

— Tudo bem?

Ele devia ter ouvido a pancada na parede. Levantei a cabeça e escutei com atenção. Será que ele estava descendo? Pete *não podia* me pegar com seu telefone. Dei descarga, apanhei o celular e abri a porta devagar. Ouvi os chiados da madeira de novo quando ele deixou o escritório e se dirigiu ao nosso quarto. Devia ter escutado o barulho da descarga e resolvido *sair* de lá. Era como estar encurralado num filme de suspense ruim, só que com a diferença de que não era nada engraçado, apenas horrível ao extremo.

— Já estou subindo! — gritei, e ajustei o celular para que voltasse a proteção de tela. Coloquei-o de volta na mesa e subi apressada. Então lembrei que devia parecer indisposta e desacelerei o passo.

Ele estava fazendo a cama quando entrei no quarto. Fui para o lado oposto e peguei a outra ponta do edredom Como era de rotina, esticávamos o edredom juntos; depois ele sacudiu os travesseiros e eu apanhei as almofadas do chão. Fazíamos tudo calados até que rompi o silêncio:

— Não seria melhor telefonar para o trabalho?

Ele franziu a testa e pareceu surpreso.

— Por quê?

— Você disse que tinha recebido uma mensagem dizendo que alguém estava procurando você.

— E?

— Não quer saber quem foi?

Ele começou a apanhar a roupa íntima que eu havia tirado da gaveta e espalhado pelo chão mais cedo.

— Não, estava escrito quem ligou.

— Ah, sim... E quem foi?

Ele endireitou o corpo e olhou para mim.

— Um rapaz sobre um orçamento. Por que a pergunta?

Um rapaz sobre um orçamento... Uma vaca chamada Liz, isso sim. Como ela podia se atrever a perguntar se ele estava bem?

— Só interessada... Puxando papo.

Enquanto eu falava, percebi que para ela estar perguntando se Pete estava bem, ele já devia ter lhe contado sobre o assalto. Isso mostrava como eram íntimos... que ela se preocupava com ele... que sabia tudo o que se passava na vida do meu namorado. Com certeza não era só sexo.

— Ei! Amor! — chamou Pete, me despertando novamente para a realidade. — Eu estava dizendo que temos tempo para sair e comprar porta-retratos novos, e acho que na cozinha quebraram só alguns copos e pratos. Ainda bem que não mexeram na TV, não é? Você está bem? Acha que dá para ir comigo à cidade ou é melhor eu ir sozinho?

O quê? E deixar você telefonar para Liz no segundo em que sair daqui?, pensei rapidamente. De jeito nenhum.

— Vou com você. Talvez a gente possa ir ao cinema depois, assistir a um filme divertido. Estou querendo espairecer. Não quero pensar em nada por algumas horas.

Não havia a possibilidade de ele trocar mensagens ou qualquer outra coisa no cinema.

Pete pareceu surpreso, mas concordou, se era aquilo o que eu queria. Coloquei água e comida para Gloria e a vi pular de alegria, achando que ia sair para passear. Não queria me aproximar dela; só me lembrava Liz.

Pete deu meia-volta e bateu nos bolsos como se tivesse esquecido algo.

— Ah! Carteira e celular — disse distraidamente, fazendo menção de entrar novamente.

— Pode deixar! — retruquei com rapidez. — Eu pago o cinema, e o resto também. E você não vai mesmo precisar do celular, vai ter que desligar no cinema.

Não havia argumentos para isso; seria óbvio demais. Então ele deu um sorriso meio forçado e disse:

— Vamos, então! Em busca do seu sorvete e da sua pipoca medicinais.

E saímos, assim como qualquer outro casal normal e feliz.

O programa infelizmente não foi bem-sucedido. Tentei segurar a mão de Pete no cinema, mas ele se esquivou para pegar umas balinhas e depois não pegou de volta na minha. Tentei deitar a cabeça em seu ombro, mas o braço da poltrona atrapalhou e ficou bastante desconfortável. Eu sabia que provavelmente eu estava dando muito mais importância do que ele a tudo aquilo, mas não pude evitar. Queria um sinal, qualquer sinal, de que ele ainda me amava e não a ela.

No carro, quando voltávamos para casa, Pete permaneceu calado e distante. Totalmente diferente de como estivera antes, como se entregue a reflexões. Estava quase monossilábico e parecia que quanto mais eu tentava, mais ausente ele ficava.

Continuei olhando para ele, me perguntando em que estaria pensando e se ela teria ligado enquanto estávamos fora. Em silêncio, me senti arrasada por ele não ter entrelaçado naturalmente seus dedos nos meus, nem pousado a mão sobre a minha quando acariciei sua perna, enquanto ele dirigia. Deixou apenas que minha mão ficasse lá, abandonada em seu joelho; me achei patética, carente, e me odiei por desejar esse gesto de Pete. Tive que dizer a mim mesma que ele precisava das duas mãos para mudar a marcha e segurar o volante, que isso não significava nada. Quarenta e oito horas antes, era bem provável que eu não tivesse sequer notado se Pete tivesse colocado a mão *dele* no *meu* joelho.

Então tentei ignorar o fato de que ele parecia não ter notado que eu estava tentando ficar próxima, e olhei fixamente para fora pelo para-brisa, como costumava fazer quando era bem mais nova e ficava enjoada no carro. "Olhe apenas para a frente", minha mãe dizia. "Nem para a esquerda nem para a direita, só para a frente, e respire fundo. Não, querida, não podemos parar ainda. Vamos chegar em casa antes que escureça. Continue respirando fundo, inspirando e expirando. Muito bem."

Quando chegamos em casa, estava cansada e queria ir direto para a cama, mas sabia que isso era o que ele devia estar querendo que eu fizesse, para poder mandar uma mensagem de texto ou telefonar para ela. Parecera uma boa ideia tê-lo somente para mim durante algumas horas, mas eu não havia conseguido nada, tinha apenas adiado tudo.

Não podia deixá-lo sozinho lá embaixo. Sentamo-nos em silêncio e ficamos vendo TV. Havia ainda muita coisa para arrumar, mas não tínhamos disposição para isso. Quando comecei a cochilar no sofá, ele me acordou com um leve toque e, com carinho, sugeriu que eu fosse para a cama.

— Você vem também? — Esfreguei os olhos, sonolenta.

— Daqui a pouco — ele respondeu com firmeza, não estava muito cansado ainda, e Gloria precisava sair para fazer xixi.

Não tive escolha. Subi e fui para nossa cama grande e fria. Sentei-me encurvada, segurando os joelhos junto ao peito e aguçando os ouvidos para ver se escutava alguma conversa. Quase nem notei quando meu celular apitou na mesinha de cabeceira. Era uma mensagem de Clare:

```
O q vc tá fazendo? Vendo Ghost? Tá passando
agora. P. Swayze sem camisa. Uau! Me liga -
séculos q a gente não se fala.
```

Notei então que havia outra mensagem, dessa vez de Lottie:

```
Oi querida. Pena que vc não está passando
bem. Deve ser chato pedir ao Pete para li-
gar, a menos, claro, que esteja me enganan-
do. Sacanagem se estiver. Bate Mais chegou
de mau humor. Até amanhã. Bj
```

Mal registrando-as, coloquei o telefone de volta na mesa. Aguardei uns cinco minutos, antes de descer a escada pé ante pé, e esperei um instante atrás da porta da sala, os ouvidos atentos. Não consegui escutar nada, então abri a porta.

Sobressaltado, Pete levantou a vista. Mas não lhe dirigi o olhar; o celular estava sobre o sofá, ao seu lado. Não estava lá quando deixei a sala.

— Está tudo bem? — ele perguntou.

Não consegui me controlar. Fiz que não com a cabeça e, contra minha vontade, meus olhos encheram-se de lágrimas *mais uma vez*. Abri a boca para dizer: "Não posso fazer isso. Não posso agir como se não soubesse de nada." Queria falar, mas não conseguia.

Pete levantou-se e exclamou:

— Ei! Ei! Não é tão sério assim!

— Não é tão sério assim! *Não é tão sério assim?!* — explodi. — A droga da minha vida toda foi despedaçada. Não sei o que fazer, não me sinto segura... Não sei onde pisar... — Minha voz estava ofegante, as palavras saíam confusas e entrecortadas por soluços.

Ele me apertou contra si e disse:

— Fique calma! Estou aqui. Você *está* segura. Sou um idiota mesmo! É óbvio que você não quer ficar lá em cima sozinha! Além disso, está se sentindo mal. Desculpa. Vou subir com você agora.

Ele pegou o celular e o desligou. Depois jogou-o no sofá.

Fiquei olhando para o telefone ali largado, enquanto ele me confortava de novo, pelo que parecia ser a centésima vez; então uma centelha de ânimo surgiu em algum lugar dentro de mim.

Foda-se você, Liz, ele vai para a cama comigo, pensei, irada, enquanto olhava para o celular ali, inerte, sem luzes alegres piscando e sem bipes de mensagens emotivas. Esse pensamento me deixou um pouco mais calma, enquanto me deixava conduzir por ele escada acima, como uma inválida.

Por um tempo conversamos sobre a desordem na casa, e ele alisou meus cabelos com carinho, o que, por mais estranho que possa parecer, não fez eu me sentir nem um pouco consolada, embora, de qualquer forma, eu tenha dado um breve suspiro de satisfação.

— Está gostando? — Pete perguntou, sorrindo para mim.

Balancei a cabeça, confirmando, e em seguida me detestei por estar assim tão largada e inútil; então, continuei ali, tentando afastar qualquer pensamento, e só fechei os olhos. Procurei apenas desfrutar aquele carinho. Mas não durou muito; ele se afastou rapidamente.

Não que isso tenha realmente importado. Eu só conseguia pensar no celular jogado em cima do sofá e na mensagem que ele teria mandado para Liz, e ela, para ele. Esperei até ter certeza de que ele estava dormindo e então, sem fazer barulho, saí da cama.

Capítulo 9

EM SILÊNCIO, PEGUEI o celular de Pete, levei-o para o banheiro do andar de baixo, tranquei a porta e liguei o aparelho. Comecei a procurar as mensagens, mas antes mesmo de procurar por Liz, ela veio a mim. O celular apitou na minha mão quando chegaram três novas mensagens de texto *Três!* A primeira dizia:

```
Onde vc tá? td bem? Bj
```

Bem, obrigada, sua puta.
A seguinte era:

```
Por favor responde (droga de show), preci-
so falar c/ vc.
```

A vaca. Uma idiota, egoísta, egocêntrica. Estava sabendo que a casa havia sido destruída. Um pouco mais importante do que seu showzinho de merda.
E a última dizia:

```
Sei q não adianta muito, mas estou pensan-
do em vc agora. Bj
```

Ah, ela *não tinha direito* algum de estar pensando nele, estar mandando mensagens, de fazer *nada*! Fiquei louca de raiva.

Mas então, para meu horror, o telefone soou na minha mão outra vez. Nova mensagem:

```
Ei! Ainda acordado! Deixei o telefone li-
gado, me acordou quando a msg chegou! Tô
preocupada. Sei que precisou ficar em casa
mas não esquece de mim! Sabe q preciso de
vc tb! Bj
```

Essa quase me fez urrar de ódio. A força da fúria repentina que as palavras despertaram em mim era assustadora. Comecei a digitar, tentando responder a mensagem e lhe dizer para sair da minha vida e deixar meu namorado em paz, mas estava com tanta raiva que meus dedos não acertavam as teclas corretas. Ela não tinha o direito de precisar dele; Pete não estava à sua disposição.

O telefone soou de novo.

```
Tudo bem, acho que vc está dormindo. Me
liga de manhã quando der. Bj
```

Olhei furiosa para a tela do celular. Cinco mensagens na caixa de entrada. *Cinco!* Uma vaca obsessiva.

Então me ocorreu que seriam cinco mensagens que ele saberia que eu lera. Não podia simplesmente desligar o aparelho e ir dormir... mas também não podia apagá-las; ela teria a confirmação de envio para mostrar a ele; seria impossível explicar cinco mensagens não recebidas. Uma seria aceitável, mas cinco...

Respirei fundo e tentei me acalmar. Não tinha alternativa senão quebrar o telefone.

Apaguei todas as mensagens recebidas — todas. Verifiquei a correspondência enviada: absolutamente nenhuma. Desliguei o celular, fui em silêncio até a cozinha e acendi a luz. Gloria, sentada, me observava com interesse, feliz de ver que eu havia chegado para brincar. Peguei a lata já aberta de comida para cachorros que estava na geladeira e mergulhei o telefone de Pete ali. Em seguida entreguei a latinha a Gloria.

Ela olhou, cheirou e depois curiosamente tocou com a ponta da língua o celular.

— Não lamba, sua boba, *mastigue* isso — eu disse em voz baixa.

Tive que sacudir a lata um pouco antes de ela entender, mas finalmente havia marcas visíveis de dentes e uma tela quebrada. Antes que ela se cortasse, peguei de volta o telefone, lavei para limpar a comida do aparelho e sequei com cuidado. Removi a parte de trás e joguei o cartão SIM na tigela de água de Gloria. Depois retirei-o de lá, porque não tinha certeza de que conseguiria inutilizá-lo apenas mergulhando-o na água; então, para ter certeza, coloquei o cartão no bolso, enfiei a bateria embaixo do cobertor de Gloria e o próprio telefone, do lado. Ela cheirou-o uma ou duas vezes e depois ignorou-o. O que foi bom, porque eu não queria que ela o mastigasse quando eu já estivesse de volta na cama e morresse ou coisa assim.

Depois de lavar as mãos, deitei-me, exausta, ao lado de Pete. A cabeça doía pelo cansaço, e meus olhos queimavam por ter chorado tanto, mas a satisfação em saber que ele não telefonaria para ela na manhã seguinte era imensa. Imaginei-a contrariada ao lado do telefone, chutando a cadeira e enrolando o cabelo... *cinco malditas mensagens...* e "droga de show, preciso falar c vc", como se aquela apresentação ridícula fosse importante — quem se importava? Tremi de ódio. Eu havia levado a melhor. Não precisava me esquivar, não estava encurralada. Ainda podia lutar.

Mas então vi a mim mesma espelhada em minha mente: agachada, num estado lastimável, ao lado da caminha de Gloria em plena madrugada, na cozinha escura, desesperada, tentando forçá-la a deixar marcas de dentes na tela do celular. Que espécie de luta era essa? Aquilo era loucura. Em que aquela pessoa transformara a minha vida? Fizeram-me rastejar em minha própria casa... Eu era uma mulher adulta! Tinha um bom emprego, ótimos amigos, uma família que amava. Iria mesmo ser compelida a agir como uma louca à beira de perder o controle? Já enfrentara — e superara — muito mais do que aquela mulher estava me fazendo, disso não havia dúvida.

Foi então que, sob forte impacto, de repente pensei em Katie.

E, pela primeira vez na vida, me perguntei se durante todos aqueles anos ela estaria me dizendo a verdade.

Capítulo 10

Conheci Katie numa aula de preparação para a primeira comunhão, quando tínhamos 5 anos. Ela estava sentada na beirada do desconfortável sofá da irmã Ann, numa sala que emanava um leve cheiro de repolho cozido. Vestia uma jardineira azul-marinho por cima de uma blusa vermelha de gola rulê; seus pés quase não tocavam o chão. Carregava junto ao peito seu livro de catecismo e tinha ao lado um estojinho felpudo rosa-neon. Só de olhar para ela eu sabia que naquele estojo haveria uma coleção de canetas coloridas novas e não mastigadas, todas com as pontas direitinhas e as respectivas tampas. E nenhuma falhando.

Notei também, com admiração e inveja, seus brincos cintilantes. Minhas orelhas não eram furadas, porque minha mãe dizia que não era adequado para meninas pequenas, e que portanto eu teria que esperar até completar 12 anos.

Devia estar encarando-a, porque Katie me perguntou:

— Você é da minha escola, não é? Da turma da Sra. Piper? Eu sou da turma da Sra. Tundal. Já li até a página 17 do catecismo, a parte sobre o amor ao próximo. E *você*, está em que parte?

Impliquei com ela por isso durante muitos anos. Muito típico de Katie; competitiva em absolutamente tudo.

Apesar desse primeiro encontro, não passamos muito tempo juntas na escola primária. Turmas diferentes naquela época eram mundos distintos; de vez em quando íamos à casa uma da outra para um lanche, e só.

Tudo mudou quando fomos para o ensino médio, numa escola nova. Nervosas no nosso primeiro dia, ficamos juntas porque já nos conhecíamos; ela de meias brancas longas imaculadas e sapatilhas, eu de sandálias marrons monstruosas da Jones Bootmaker, que minha mãe insistia em me fazer calçar porque eu pisava para dentro. Parecia estar usando uma bosta gigantesca em cada pé. Mas Katie permanecia do meu lado e até me defendia quando os outros riam dos meus calçados *e* da minha combinação de saia godê e suéter de lã apertado.

— O que é que ela pode fazer? — Katie retrucava, sua saia lápis colando-se ao corpo quando projetava o quadril de forma desafiadora e o suéter larguinho caído nos ombros. — É a mãe dela que obriga ela a usar essa roupa. *A Mia* não tem culpa.

Eu era alvo de brincadeiras impiedosas por causa daquelas sandálias horrendas. Uma vez, pediram-me para levar um recado para uma professora de uma turma de alunos de 16 anos, e a classe inteira ficou em silêncio quando entrei ali, timidamente.

— Ai meu Deus! — disse uma garota de cabelos curtos eriçados e sombra azul brilhante nos olhos. — O que é que essa novata tem nos pés?

Vinte pares de olhos voltaram-se para mim e logo a classe inteira explodiu numa risada estrondosa. Senti o sangue me subir ao rosto e, na pressa, tropecei de leve quando deixava a sala.

— A coitada não consegue nem ficar em pé com esse negócio! — gritou alguém enquanto eu tentava, desesperada, fechar a porta.

Chorei durante horas no banheiro depois disso, com Katie pacientemente segurando os lenços de papel.

— São todos uns idiotas — ela me disse, para me consolar. — Não dê ouvidos a eles. Posso ajudar você a se vestir melhor... se quiser.

— Você pode ficar bonita, sabia? — ela me disse, vários dias depois. Estávamos no quarto dela, sentadas na cama, prontas para começar a minha maquiagem. — Você parece um pouco com ela — continuou Katie, apontando para uma moça que usava uma saia balão de tecido xadrez na revista. Era o último número da *Jackie* que folheávamos. Foi um dia agradável, mexendo nas centenas de vidros de esmalte de diferentes cores da mãe de Katie e examinando a caixa de joias, seguido de gravações feitas por nós mesmas de um programa de rádio, simulado no cassete de Katie, até a hora em que ela decidiu que precisávamos parar a brincadeira.
— Você tem um cabelo bonito, mas está muito comprido — disse ela, com ar de entendida. — Devia cortar e talvez fazer um permanente — sugeriu, analisando, pensativa, meus cabelos castanhos lisos escorridos e grossos. — Ia ficar legal.

— A minha mãe não ia deixar — protestei.

— Por que a sua mãe é tão rigorosa? — Katie perguntou, pegando a caixa de maquiagem e me puxando para a beira da cama. — Vou começar pelos olhos. Marrom ou azul?

— Azul, por favor. Ela não é rigorosa... mas eu bem que queria que ela tivesse me deixado ir com você ao cinema ver *Ghost*!

— É, foi bom. Fique quieta.

— A mamãe disse que não era adequado. *Aii!*

— Hmm. Acho que esse curvador de cílios precisa de uma borracha nova. Belisquei sua pele?

— Um pouquinho. — Recuei, os olhos lacrimejando. — Tudo bem... Já passou.

— Você acha que é porque não tem um pai?

Permaneci imóvel.

— Acho que não — respondi devagar.

— A mamãe disse que seu pai mora em outro país agora, e que tem outros filhos.

Fiquei calada. Permaneci ali em silêncio com mais ódio da mãe de Katie do que imaginava ser possível.

— Eu queria que o meu pai fosse morar em outro país. — Katie suspirou. — Ele é ranzinza, gordo e não deixa a gente ver o programa que a gente quer na TV. Acho que você tem sorte. — Ela sorriu para mim. Correspondi ao sorriso, e de repente tudo estava bem de novo. — Então — ela disse, pegando o batom cor-de-rosa, de um tom claro e metálico —, se você tivesse que escolher entre o Joey e o Jordan, do New Kids On The Block, com qual ficaria?

No segundo ano, Katie continuou a me transformar de esquisita em pequena Miss Popular, levando-me para a Freeman Hardy Willis e ajudando-me a escolher um par de sapatilhas brancas de plástico, que eu, com orgulho, calçava todos os dias no finzinho da minha rua. Minha pobre mãe nunca tomou conhecimento disso e ficou sem entender por que meus pés continuavam virados para dentro.

Foi Katie quem me ensinou a encurtar a saia, enrolando-a. Foi ela quem persuadiu minha mãe a deixar que eu cortasse os cabelos, que iam até a cintura, na altura dos ombros, e foi ela quem segurou minhas mãos quando finalmente furei as orelhas. Foi com Katie que fiz um número de dança com a música "Vogue", da Madonna — e talvez eu ainda saiba repetir. Era Katie quem costumava esperar por mim do lado de fora do McDonald's, para sairmos juntas sem destino todo sábado. Katie estava comigo quando fui pela primeira vez a uma danceteria. Katie me contou sobre seu primeiro beijo em detalhes vívidos; Katie, a quem uma vez fiz rir tanto que ela de fato passou mal. Katie segurou minha mão quando vomitei em vários lugares depois de ficar bêbada pela primeira vez no Taboo. Katie, com quem viajei para Ibiza nas férias, depois de termos sido aprovadas no exame A-Level de certificação (uma espécie de vestibular). Katie me ajudou a escolher o que cursar na universidade, e Katie partiu meu coração duas vezes por ter dormido com meu namorado Dan.

Lembro-me, como se fosse ontem, de ter subido sem fôlego, e bem animada, a escada da entrada do prédio de Dan, as alças da minha mochila equipada para a noite fora de casa penduradas ao ombro. Toquei a campainha, e um dos amigos dele abriu a porta e disse:

— Mia? Er... — Os olhos dele dirigiram-se inquietos à porta fechada do quarto de Dan. — Ele não está.

Eu retruquei, confusa:

— Mas estou ouvindo uma música lá dentro.

Ele ficou desconcertado, e na mesma hora percebi que havia algo naquele quarto que eu não deveria ver. Empurrei-o, dizendo:

— Dan? Oi? Sou eu! — E abri a porta do quarto.

Lembro-me do rosto de Dan horrorizado, enquanto pegava a camisa e gritava:

— Mia! Não! Não é o que você está pensando! Foi só que a gente exagerou na bebida e pegou no sono.

Percebi que havia alguém na cama com ele e, de alguma forma, consegui entrar no quarto, enquanto Jay-Z cantava em altos brados "Hard Knock Life"; minha mochila escorregava dos ombros, e o bilhete do metrô escapulia dos meus dedos, enquanto Dan saía da cama, derrubando uma lata de cerveja e um cinzeiro, ainda de calça jeans, o mau cheiro de cigarros e de roupa de homem mofada no ar. Gritei:

— O que é que está havendo por aqui?

Lágrimas quentes escorriam pelo meu rosto, enquanto eu puxava o edredom e aquela garota o agarrava com força para se manter coberta. Lembro-me dos braços de Dan me envolvendo, dele tentando me segurar, enquanto eu tentava me desvencilhar, e ele dizendo, "Merda! Que merda!", quando, no desespero, consegui arrancar o cobertor... e ver o rosto assustado de Katie.

O engraçado é que não me lembro como voltei para a universidade depois disso. Só me recordo de entrar de novo na cozinha dos alunos, em nosso alojamento, e de Louise levantar a vista do que lia, perguntando:

— Já voltou? O Dan não estava lá?

E então desabei e comecei a chorar.

Chorei direto por 24 horas, com Louise e Amanda sentadas ao meu lado, despachando os curiosos intrometidos no corredor e as pessoas que batiam à porta gritando "Telefone". Por fim, quando Katie ligou pela centésima vez, Louise desceu e lhe disse que eu não voltaria a falar com ela e que ela era uma safada sem vergonha. Amanda gritou pela janela "Você é um traidor mentiroso de merda!", quando Dan implorou para deixá-lo entrar, dizendo que viera de Newcastle só para me ver, que precisava me ver, precisava explicar, precisava que eu o aceitasse de volta. Amanda atirou sobre ele macarrão frio, e assim ele, por fim, desistiu e voltou para casa.

Não vi mais Dan depois disso, exceto uma vez, na estação Birmingham New Street, com tantos lugares no mundo, quatro anos depois. Levantei a vista e lá estava ele de terno, segurando um jornal, algumas plataformas à frente, olhando para mim. Foi um daqueles momentos estranhos que fazem você sentir tudo e nada de uma só vez. Olhei para o rapaz com quem fiz sexo pela primeira vez e que um dia me beijou apaixonadamente durante uma tarde inteira, interrompendo somente para me dizer que me amava e que ficaríamos juntos para sempre — e ele deu um sorriso educado. Deu um leve aceno, e eu fiz o mesmo. Em seguida meu trem chegou, e essa foi a última vez.

E quanto a Katie, fiquei cinco anos sem vê-la depois daquela tarde. Foi fácil evitá-la. Eu ficava em casa durante as férias e escutava minha mãe dizer: "Acho que ela não quer atender ao telefone, Katherine." Quando terminei a universidade, passei um ano viajando, e quando enfim voltei para a Inglaterra, sem um centavo no bolso e louca por uma cama limpa num mesmo lugar, construí minha vida social em Londres com meus antigos amigos da universidade. Nossos caminhos simplesmente nunca se cruzaram.

Até que um dia entrei num café e para minha surpresa lá estava Katie, sozinha, lendo uma revista. Ela me dirigiu o olhar quando entrei, e eu a avistei, e nós duas ficamos paralisadas.

Nenhuma de nós falou por um tempo que pareceu uma eternidade, até que ela finalmente disse:

— Mas que mundo pequeno! Ou é o destino. Um dos dois. Por que você não senta comigo?

Acho que estava tão surpresa de encontrá-la depois de tanto tempo que fiz o que ela sugeriu. Falamos sobre o lugar onde ela morava, como estavam seus pais, onde eu trabalhava e quais eram meus planos. Tudo menos sobre o que acontecera tantos anos antes.

Ficamos ali por cerca de meia hora conversando educadamente, contando histórias e detalhes sem importância, quando de repente ela disse:

— Eu nunca cheguei a dormir com ele, sabia?

O ar sumiu no espaço ao nosso redor, e eu a encarei:

— Vi você na cama. Eu estava lá, lembra?

Katie olhou para mim com ar de súplica.

— Não fui lá com intenções. Só queria me encontrar com o Dan; ele era meu amigo antes, se você se lembra. Saímos, enchemos a cara, voltamos totalmente bêbados, e eu peguei no sono na cama dele. Acordei com ele me beijando.

— Ah, quer dizer que a culpa foi dele?

Ela suspirou.

— Não, foi culpa minha também. Eu devia ter dito a você que ia lá. Nenhum dos dois devia ter ficado bêbado. Eu devia ter dito a ele para se afastar...

— Mas não disse — retruquei baixinho.

Houve um silêncio.

Ela olhou para a mesa.

— Eu devia. Desculpa. — Ela pegou um pacotinho de açúcar e começou a brincar com ele. — De qualquer forma, não é muito provável que você tivesse ficado com ele — disse Katie em seguida.

— Como é que você sabe? — retruquei prontamente. — Talvez tivesse.

Ficamos em silêncio mais uma vez.

Peguei um sachê de ketchup e fiquei mexendo nas pontas, os olhos fixos na mesa, pensando em Dan.

— Imagine que tudo tivesse acontecido de maneira diferente. — Olhei para ela de forma desafiadora. — Se eu não tivesse aparecido de surpresa naquele fim de semana, será que teria ficado sabendo? Você teria me contado?

Ela olhou para mim com firmeza.

— É provável que não. Porque não significou nada.

— Não significou nada... significou tudo! Eu perdi meu namorado... e minha melhor amiga.

Ela ficou em silêncio por um instante.

— Eu perdi você também. — Ela rasgou com força o envelope de açúcar e cravou o olhar na mesa. — E senti muito a sua falta.

Então levantou a vista.

— Desculpa — disse ela simplesmente. — Você me perdoa?

Capítulo 11

Volto à cozinha para jogar o leite na pia e lavar a panela. Dessa vez, Gloria definitivamente me ignora. Mas ela largou o celular no chão a seu lado, o que é bom. Fecho a porta da cozinha com cuidado e deixo a pia encher. Amanda e Louise sempre disseram que cometi um erro ao reatar a amizade com Katie, depois de ela ter me traído uma vez. Gostaria de saber o que diriam agora.

Na ocasião, elas acataram minha decisão de perdoá-la sem ressentimentos, embora tenham deixado claro que era uma loucura. Devagar, mas indiscutivelmente, Katie voltou a fazer parte da minha vida — e uma parte importante. Por ironia do destino, foi por causa dela que conheci Pete. Era Katie quem eu esperava no bar naquela noite quando ele se aproximou de mim. Se ela não tivesse me deixado esperando, talvez eu nunca o tivesse conhecido.

— Você gostou dele? — perguntei-lhe com timidez, quando os apresentei.

— Ele parece bem legal — disse Katie.

— É que... acho que talvez ele seja exatamente quem eu procurava. — Enrubesci, e abri um largo sorriso.

Ela arregalou os olhos, admirada.

— Caramba! É mesmo?

— Ah, meu Deus... não sei! Espero que sim... é muito cedo ainda, mas... eu acho... que é.

— Nossa! Bom, se você está feliz, então eu também estou. — Katie sorriu e eu lhe dei um breve aperto de mão, agradecida.

— Você merece — ela disse.

Pete pareceu ter gostado de Katie também.

— Ela é muito engraçada — ele disse quando lhe perguntei.

— Você acha ela bonita? — quis saber.

Ele deu de ombros.

— Bonitinha... Mas se enfeita demais e usa umas roupas um tanto... estranhas.

Não pude conter uma satisfação íntima.

— Ela gosta de chamar atenção.

Ele olhou para mim e sorriu.

— Bom, não notei se tinha alguém olhando para ela; estava muito ocupado olhando para você.

Quando Katie e o namorado terminaram, na verdade eu gostei. Ele era um idiota, e, além disso, eu queria que Katie namorasse o cara que dividia o apartamento com Pete: eu tinha certeza de que era o homem perfeito para ela. Imaginava-nos saindo juntos e algum dia tirando férias... estava tudo planejado. Convidei Katie para um jantar com Pete para introduzir o assunto. Queria sondar os sentimentos dela e ver o que Pete diria.

Sabia que ia chegar um pouco mais atrasada do que o planejado, mas não estava preocupada com isso. Pete tinha a chave do meu apartamento e poderia receber Katie.

E foi exatamente o que aconteceu. Segurando uma garrafa de vinho, empurrei a porta de casa e escutei Pete falando e Katie rindo. O som dos dois se entendendo era agradável. Tirei os sapatos e entrei na sala com passos rápidos e silenciosos.

Não sei o que de repente me fez sentir tão inquieta. A sala estava do mesmo jeito que a havia deixado pela manhã. Eles estavam sentados no sofá, cada um numa extremidade, e Pete, de um salto, levantou-se e disse:

— Oi, amor! Já de volta? Vinho? Já abrimos uma garrafa. — Ele então me beijou e foi buscar mais um copo.

Olhei para Katie. Suas maçãs do rosto estavam ruborizadas e seus olhos, brilhantes; sempre um sinal de que ela já havia bebido bem.

— Oi!

Ela se levantou e me abraçou. Achei que havia notado algo por trás do sorriso dela, mas não disse nada. Só a observei em silêncio, enquanto ela jogava os cabelos por cima dos ombros ao sentar-se outra vez no sofá, sem me olhar nos olhos, e começava a me contar sobre seu dia.

Depois do jantar, Pete e eu nos sentamos juntos, ele alisando meus cabelos com carinho. Katie fazia comentários jocosos sobre um colega de trabalho que estava querendo sair com ela, mas eu estava mais quieta do que de costume. Falamos sobre o companheiro de apartamento de Pete, e ela disse que adoraria conhecê-lo. Quando o táxi dela finalmente chegou, Katie começou a pegar suas coisas, me perguntando sobre o dia seguinte e prometendo me telefonar pela manhã. Ela me deu um abraço forte ao sair e, antes de se virar e descer os degraus de forma barulhenta, me lançou um olhar tão longo que fez meu coração bater rápido.

Fechei a porta e voltei para a sala, onde Pete já havia ligado a televisão. Hesitei por um instante, mas depois ouvi minha própria voz perguntar com calma:

— Está havendo alguma coisa entre você e a Katie?

Uma hora depois ainda estávamos discutindo.

— Você não está me ouvindo! Não estou dizendo que o que ela fez foi certo, mas acho que estava um pouco carente e um pouco alta. — Pete olhou para mim sério. — Ela interpretou errado a situação. Foi só isso.

— *Foi só isso?* — Lancei a Pete um olhar de dúvida. — Então deixe-me ver se eu entendi direito. Numa hora ela diz que está muito triste porque o namorado a abandonou, e noutra dá um beijo em você? Me desculpa, mas eu realmente não entendo que maldita parte é essa em que está tudo bem!

— Tudo bem. Compreendo muito bem por que você está com raiva.

Deixei escapar uma risada irônica.

— Ah, é, compreende? Muito nobre da sua parte... Obrigada!

— Ei! — Ele parecia surpreso. — Não é culpa minha isso ter acontecido.

Um silêncio terrível pairou no ar.

— Ah, espera aí. — Pete levantou-se e me encarou. — Você não pode estar realmente pensando o que eu *acho* que esteja.

— Eu não sei *o que* pensar! — gritei. — Numa hora está tudo bem, e no minuto seguinte você está me dizendo isso. Não entendo... Eu...

Não conseguia olhar para ele. A imagem de Katie no meu sofá, os dedos em torno do copo de vinho, o líquido vermelho oscilando, enquanto ela se inclinava para beijá-lo, não me saía da cabeça. Aquilo me deixou doente. Doente até o âmago do meu ser.

— Eu já te *disse*! — Pete retrucou, voltando a ficar irritado. — A gente estava no sofá, e ela não parava de falar sobre o rompimento do namoro nem de repetir que não conseguia nem um imbecil para ficar com ela. Eu disse que bastava ela esperar um pouco para conseguir uma pessoa boa, e que havia caras legais por aí. Então bati de leve na perna dela. Foi só um gesto amigável! — Ele agitou os braços, exasperado. — Eu faria isso com qualquer pessoa... sua mãe, Clare, *minha* mãe, pelo amor de Deus! Aí ela me olhou de forma estranha; fiquei sem jeito e ofereci outro drinque. No momento em que eu ia levantar, ela se inclinou e me beijou.

— Na boca?

— Sim, Mia, na boca.

— E você tem certeza de que não foi só um beijo de "obrigada por ter sido atencioso"?

— Ah, não, já tenho bastante experiência para saber a diferença entre esse tipo de beijo e o que ela tentou comigo.

Fiquei vermelha de raiva e não disse nada. Ele ficou calado também, só olhando para mim.

— Você jura que foi só isso o que aconteceu? — perguntei, bastante séria.

— Juro.

— Porque você disse que ela era bonita.

— Ah, meu Deus! — Ele levantou os braços de novo. — Eu disse que a achava bonitinha! O que você queria que eu dissesse? Para falar a verdade, não acho que seja muito bonita. Não penso nela, ponto. Ela é sua amiga, e eu estava só tentando ser atencioso, por você. Meu Deus! — Ele se jogou no sofá e lançou uma almofada para o lado. — Chega de interrogatório!

— Como você se sentiria se um dos seus amigos tentasse me beijar? — perguntei.

— Eu mataria quem fizesse isso — ele respondeu imediatamente —, mas não ficaria com raiva de você.

Eu não disse nada, apenas o encarei.

Pete estava realmente irritado.

— O engraçado, Mia, é que eu confio em você. Confio 150 por cento em você, e isso basta para mim. Eu *já* lhe dei algum motivo, alguma vez, para desconfiar de mim?

— Não — respondi, e era verdade.

— Então. — Fez uma expressão de raiva. — Não acredito que tenha passado pela sua cabeça que eu faria uma coisa dessas com você. E logo com a sua melhor amiga! Muito obrigado.

— Calma — eu disse, de repente cansada. — Não precisa ficar irritado comigo.

— Não estou irritado! Só estou... Eu tento dar atenção a ela... Escuto o que ela diz, mesmo sendo extremamente chata. Ela dá em cima de mim, eu conto a você e, em troca, recebo isso! Quer saber mesmo o que eu penso dela? Acho que qualquer pessoa que trate você com tão pouco respeito não merece ser sua amiga. Eu com certeza não ia querer uma pessoa assim na minha vida e agora mesmo é que não quero mais saber dela, porque causou todo esse problema entre você e eu. Não vou aceitar isso. Você é muito importante para mim. — E, com isso, levantou-se e saiu da sala.

Fiquei ali um instante, tentando cessar o turbilhão descontrolado de pensamentos na minha cabeça. Depois, no entanto, me levantei e fui atrás dele.

Pete estava na cozinha às escuras, com as mãos sobre o balcão e olhando pela janela. Eu me aproximei dele por trás e coloquei a mão suavemente em seu braço, virando-o devagar para que olhasse para mim.

— Você jura que foi isso o que aconteceu? — perguntei.

Ele suspirou de novo e fez um gesto desanimado.

— Quantas vezes? Foi! Foi isso o que aconteceu! Sinto muito que sua amiga tenha dado em cima de mim, mas não vou levar a culpa por uma coisa que não fiz. Eu podia ter mentido e fingido que nada tinha acontecido, e de certa forma teria sido mais fácil, porque teria evitado que você ficasse magoada por causa da Katie, e eu não quero ver você magoada nunca. Mas não teria sido a coisa certa a fazer. — E, com isso, ele foi para o quarto, de mau humor.

Meia hora depois, eu estava na frente da casa de Katie batendo na porta como uma louca e tocando a campainha com insistência. Nada.

Meti o punho na porta de novo e então uma luz foi acesa. Uma figura indistinta vinha pelo corredor para a porta.

— Quem é? — ela perguntou.

— Sou eu.

— Mia? — Escutei-a destrancando e abrindo a porta, e ela apareceu esfregando os olhos de sono e abotoando o robe. — Está tudo bem?

Forcei passagem e entrei. Katie fechou a porta e virou-se para mim, parecendo confusa.

— Algum problema?

— Sim, tem um problema! — explodi. — Como *pode* fazer uma coisa dessas?

Seus cabelos estavam um pouco desalinhados, e ela não havia nem removido a maquiagem antes de ir se deitar; o rímel escorrera em uma das faces como numa pintura de guerra.

— Escuta, eu acabei de acordar, vamos entrar e sentar. — Ela se dirigiu à sala, mas eu bloqueei sua passagem.

— Não quero entrar! Só quero que me diga exatamente o que estava pretendendo.

— Do que é que você está falando?

— Não me venha com essa de que não sabe do que estou falando! Você *sabe* muito bem! Pete e você hoje à noite.

Ela suspirou.

— Eu já imaginava que isso fosse acontecer.

Ela abanou a cabeça levemente, quase como se estivesse decepcionada e tivesse previsto tudo aquilo.

— Você já imaginava que isso fosse acontecer... O que *isso* significa?

— Vi nos seus olhos, no minuto em que entrou em casa hoje à noite, que você sabia que alguma coisa estava errada. Esqueceu que conheço você muito bem, Mia... que somos amigas há um tempão?

— *Amigas*? Não se *atreva* a falar comigo sobre amizade! — Eu não acreditava no que estava ouvindo. — Nenhuma amiga faria o que você fez comigo hoje.

Katie não fez o menor movimento.

— E o que foi que eu fiz? — ela perguntou.

— Não brinque comigo. — Levantei a voz. — Você beijou o Pete.

— Calma. Você está com muita raiva e não está conseguindo raciocinar.

— Não venha me dizer o que fazer! — gritei. — Você beijou o meu namorado.

— Baixe a voz! — disse ela, em tom de ordem. — São 11h30 da noite e eu não quero que os vizinhos escutem você gritando como uma adolescente. Meu Deus, Mia, não estamos mais na escola. Olhe para você! E para sua informação, eu não beijei o Pete... foi *ele* quem *me* beijou.

— Sua mentirosa! Sua mentirosa desgraçada!

— Muito bem, acredite no que quiser. — Cansada, ela passou por mim e se dirigiu à sala.

— Não saia andando quando estou falando com você!

Segui-a e agarrei seu braço, fazendo-a virar-se para me olhar de frente.

— Por favor, largue meu braço, Mia. Sei que está com raiva, mas não pode me puxar dessa maneira.

— Cala a boca! — gritei. — Pelo menos uma vez, deixe de bancar a dona da verdade. Admita, vamos! Pelo menos faça a gentileza de admitir.

— Admitir o quê? — Ela começou a levantar a voz, incomodada com os meus comentários. — Que beijei o Pete e que não foi ele que tentou me beijar?

— Sim! Que você fez isso de novo! Não satisfeita em fazer isso com um dos meus namorados, teve que fazer com dois. Por que o Pete? Você podia ter o cara que quisesse. Por que tinha que ser ele?

Ela me lançou um olhar de soslaio.

— Não tem que ser ele! Eu não quero ele! E você não devia querer também. Eu não ia querer ficar com ninguém que me traísse.

— Cala a boca! — eu disse em tom ameaçador.

— Não, cala a boca *você*! — ela disse, sem demora. — É a pura verdade, seu precioso namorado deu em cima de mim hoje, e se eu tivesse deixado, acho que ele não teria parado num beijo.

Levantei a mão, ela viu o movimento, e seus olhos abriram-se um pouco mais.

— Vai, me bate — ela disse, sem alterar a voz. — Bate, se vai fazer você se sentir melhor. — Ela virou o rosto em minha direção e tocou a face com o dedo. — Anda, me bate, vai!

Minha mão tremeu.

— Bate! — ela gritou. — Por que está esperando? Se eu sou tão desprezível, então bate!

Contra a minha vontade, senti meus olhos encherem-se de lágrimas.

— Não vou te dar esse prazer! — respondi em desespero.

Ficamos as duas ali olhando uma para a outra. Nesse momento, comecei a chorar.

— Ah, Mia! — ela disse, com a voz embargada. — Vem cá!

Estendeu os braços e me puxou para perto de si. Por um breve instante deixei que me abraçasse, mas em seguida empurrei-a e me desvencilhei.

— Não toque em mim! — eu disse, tropeçando nas palavras. — Só quero saber o que aconteceu. Me diga a verdade.

— Não quero! Não quero magoar você.

— O quê? Mais do que já estou? — falei, rouca. — Me diga.

— Quando cheguei à sua casa, Pete me recebeu e tomamos um drinque. Ele me perguntou como eu estava com o fim do namoro, se eu estava bem. Respondi que sim, mas que tinha medo de nunca me acertar com ninguém. Comentei que esperava um dia ter uma pessoa com quem conseguisse me relacionar bem, como vocês dois, e ele me aconselhou a esperar, porque existiam caras legais e que bastava eu acreditar. Então agradeci por ser tão atencioso comigo, e ele disse que era muito fácil me dar atenção. Então se inclinou e me beijou.

Eu não abri a boca; só fiquei olhando para ela.

— Empurrei o Pete — Katie continuou — e perguntei como ele podia fazer uma coisa dessas. Ele se desculpou várias vezes e quis saber se eu ia contar para você.

— E o que foi que você disse?

— Respondi que não sabia — ela declarou. — Ele me suplicou para que eu não contasse... disse que teve pena de mim ao me ver ali tão triste, que não sabia o que tinha acontecido com ele e que nunca mais faria isso. Eu disse que era melhor nós dois esquecermos aquilo e fazer de conta que nada tinha acontecido. Então tomei um copo de vinho rapidamente, pois estava muito abalada, e aí você chegou.

— Você ia fazer de conta que nada tinha acontecido — repeti devagar. — Por que será que tenho a impressão de que isso já aconteceu antes?

— Não é a mesma coisa que aconteceu com o Dan! Eu *ia* te contar. Eu disse que ia te telefonar.

— Por que não me disse ali, naquele momento?

— Quis evitar uma cena.

— Ah, quanta consideração!

— Olha — ela disse, aproximando-se de mim, estendendo os braços e segurando minhas mãos —, eu sei o quanto você gosta dele. Vejo escrito no seu rosto, mas como ele pode ser a pessoa certa para você se faz uma coisa dessas? Se ele fez agora, vai fazer de novo, Mia... não importa se foi comigo.

— Ah, aí você se engana. Importa muito. Porque você já fez isso comigo antes, não fez? *Não fez?* — gritei na cara dela, soltando minhas mãos das dela.

— E quantas vezes preciso pedir desculpas pela mesma coisa? — Katie disse, a voz cada vez mais alta e lenta, como se eu fosse uma criança extremamente idiota. — Você vai me fazer sentir mal por conta disso pelo resto da vida?

— Não estou fazendo você sentir nada! — gritei. — Você sente isso por conta própria!

— Você sabe quanto aquele incidente com o Dan até hoje faz eu me sentir mal? Embora... embora eu tivesse apenas *20 anos*? Pela última vez, *me desculpa!*

— Você não precisa se desculpar, basta não repetir esse comportamento. — Zombei da situação: — Não é difícil. Eu arrumo um namorado e você não beija ele! Bem fácil, não?

— Não estou pedindo desculpas pelo Pete, porque não fiz nada. Não fui eu — retrucou ela, com aspereza. — Foi ele.

— Mas é a sua palavra contra a dele, e eu sei que ele quer ficar comigo e sei que você mente para mim!

— Olha — ela disse, ansiosa. — *Ele não está te contando a verdade*. Sei que você vai sofrer pra cacete, mas deixe ele enquanto é tempo, enquanto ainda é cedo e você é jovem. Você vai encontrar outra pessoa que goste de você de verdade, que seja fiel. Vai ser divertido, você e eu, solteiras, vivendo a vida. Vamos! O que é que me diz? — Ela olhou para mim com impaciência.

Encarei-a atônita.

— Então são esses os seus planos? Você ficou sozinha e quer alguém para sair com você?

— Ah, vê se cresce! — disse Katie, revoltada. — O que é que você pensa que eu sou?

— Não sei mais — respondi com sinceridade. — Mas sei que não confio em você.

Fui em direção à porta. Ela me seguiu.

— Eu não queria magoar você, Mia... foi por isso que não contei nada.

Abri a porta.

— Se você voltar para ele, eu...

Eu me virei para Katie.

— Você o quê?

— Não vou poder mais fazer parte da sua vida. Não vou cruzar os braços e ver você se machucar.

— Então é você ou ele? Agora quem é que está sendo a imatura? — Ri, sem acreditar. — Fique longe de mim e longe do Pete. Você só causa problema, e eu não quero que se aproxime de nós dois nunca mais. Entendeu? *Nunca mais!*

Bati a porta ao sair e corri até o meu carro, as lágrimas escorrendo pelo rosto, com a nítida impressão de que se eu me virasse veria Katie, de robe, correndo atrás de mim.

Só a vi um ano depois, e assim mesmo do outro lado da rua. Ela tinha o olhar fixo à frente, embora eu tenha tido a certeza de que ela me vira. Quando passou por mim na calçada oposta, percebi que seus cabelos estavam mais curtos do que nunca. Parecia um elfo, estava bonita. Aquele corte a tornava delicada e pequenina. Fiquei curiosa em saber onde o teria cortado e quem a persuadira a fazê-lo. Mas passei por ela também, e fingi tratar-se de uma estranha. Nem ela nem eu estávamos preparadas para nos falarmos.

Um observador nunca diria que um dia havíamos sido grandes amigas.

Se consegui ser forte assim com Katie, consigo também com essa tal de Liz.

Simplesmente tenho que encontrá-la e mandá-la sair da minha vida. Não tenho medo dela. Já superei a crise. Nas últimas 24 horas, destruí a minha própria casa, menti para a polícia, arrumei tudo de novo, assisti a um filme, li cinco mensagens de texto que me deixaram mais enfurecida do que imaginava poder ficar, quebrei o celular de Pete de propósito e estou há horas sendo perseguida pela desagradável imagem de Katie olhando para mim de forma questionadora, o que está me deixando louca.

Se consigo fazer tudo isso, ficarei realmente assim tão passiva e medrosa a ponto de permitir que essa mulher me enxote da minha própria vida? Se ele não me ama mesmo, por que ainda não me deixou? Por que não foi ficar com ela?

Tudo o que me fez sofrer em noites insones, chorar incessantemente e ficar irrequieta enfim se juntou para formar um fluxo de consciência límpido como cristal. Guardo a panela na prateleira da cozinha com cuidado, seco as mãos numa toalha e penduro-a de volta com determinação.

Há uma razão para lutar, tem que haver.

O único curso de ação se encontra diante de mim.

Sei o que preciso fazer.

Capítulo 12

Está na hora de subir e voltar para o quarto, deitar e fingir que não saí de lá durante toda a noite. O alarme de Pete vai tocar dentro de vinte minutos. Não demora e tudo vai começar.

Quando seu som agudo rompe o ar, estou deitada imóvel, próxima a ele, fingindo estar mergulhada num sono profundo, mas na verdade estou quase prendendo a respiração. Pete sai da cama e vai direto para o banheiro. Em poucos segundos escuto o chuveiro ser aberto. Logo ouço a descarga ser acionada e a cortina do boxe, puxada.

Nada mais nos dois minutos seguintes até que um barulho metálico me assusta. É o som do bocal do chuveiro caindo no chão. Está solto há meses, e a água jorra livremente quando menos se espera. Escuto Pete xingar quando é atingido pelo jato de água incontrolável, que molha o pequeno espaço do boxe como uma mangueira desgovernada. Isso não é nada comparado aos palavrões que vou ouvir quando ele descer daqui a pouco e encontrar o celular totalmente *quebrado*.

Como um fumante que descobre seu maço de cigarros cheio jogado fora, ele vai descobrir que não pode trocar suas primeiras mensagens do dia com Liz.

Permaneço na cama, na expectativa, os ouvidos atentos. Escuto-o descendo a escada e entrando na cozinha. Desacelero o ritmo da respiração... A qualquer minuto ele vai descobrir...

Pete começa a gritar. Agora é a contagem regressiva para ele subir, entrar no quarto e começar a discutir. Espero, nervosa. Afinal, tenho que demonstrar surpresa e irritação, assim como ele.

Dito e feito: a porta é aberta com ímpeto e bate violentamente contra a parede.

— Olha o que a porra daquela cadela fez! — explode ele, mostrando-me as duas metades do celular, uma em cada mão.

— Não é possível! — Finjo estar chocada, me sentando na cama. — Quebrou?

— Bom, como encontrei a maior parte numa poça de mijo, a bateria na cama dela e acho até que comeu o cartão SIM, eu diria que sim, não acha? — Frustrado, ele joga o telefone no chão.

— Eca! — Torço o nariz. — Não é melhor tirar de cima do carpete, se ela fez xixi no telefone?

— Que cachorra de merda! — ele grita, depois pega o telefone e sai.

Passados alguns segundos, Pete volta.

— O que eu não entendo é como ela entrou na sala. Ela ficou trancada ontem de noite.

— Ah, desculpa. — Reviro os olhos. — Deve ter sido eu, quando levantei de noite para beber água. Devo ter deixado a porta da cozinha aberta. Ando assustada depois do assalto; devo ter esquecido de fechar.

Pete hesita, e percebo que está realmente exasperado, mas não pode reclamar, porque foi de fato um acidente, e estou muito abalada desde o assalto, não é mesmo?

Ele respira fundo e consegue dizer, contido:

— Não tem importância. Não se preocupe. Compro outro. Vou ter que comprar outro chip também... e vou ao escritório agora para pegar todos os meus contatos. Eu *realmente* não precisava disso... Ia dizer que te ligava mais tarde, mas...

Irritado, ele me dá um beijo na testa e sai batendo a porta do quarto. Cinco minutos depois, a porta de casa bate também violentamente, fazendo tudo reverberar, e escuto os pneus do carro cantarem.

Minha vitória, no entanto, dura pouco. Não consegui segurá-lo por muito tempo. Além disso, eu diria que a reação dele ao que aconteceu com o celular foi extremamente irracional e exagerada, mas sabendo o que *sei*, diria que está desesperado para poder falar com ela, e para ela poder entrar em contato com ele. Pensar isso me é insuportável.

E agora não tem nem como eu saber onde ele está.

Eu me jogo na cama, afundando nesse cheiro de mofo. Os lençóis precisam ser trocados. Tenho que fazer isso, eu acho. Ninguém vai fazê-lo por mim. Ah, aonde será que ele está indo? Será que vai se encontrar com ela agora?

Estou exausta, o que não é uma surpresa, tendo passado metade da noite em claro; apesar de minha mente estar a mil, meus olhos desejam se fechar desesperadamente... só um pouco mais. Não quero me levantar ainda... quero ficar na cama.

Mas preciso. Tenho muito o que fazer. Tenho que sair e ir procurá-la.

Pensar nela começa a me deixar tensa. Sinto meu punho se fechar e meu maxilar se contrair. Eu a odeio. Muito, muito mesmo. Depois da noite passada, acho que conheço bem esse tipo de mulher. É daquelas que não se importam em saber que existe uma namorada. Posso vê-la agora, jogando os cabelos por sobre os ombros de forma provocadora, num bar, drinque na mão, junto com uma amiga louca por álcool, do tipinho atriz como ela, igualmente sem moral, incompetente e inútil.

As duas conspiram e riem. "E o que é que você vai fazer com a namorada?", pergunta a amiga. *Ela*, AQUELA COISA, dá de ombros e toma um gole do drinque, com um sorriso malicioso. "Ele vai largá-la para ficar comigo... quando eu quiser", afirma com segurança, e as duas riem de novo; imaginam ter todo esse poder sobre os homens.

Uma vez, quando saí do trabalho um pouco mais tarde e perdi o metrô, e por isso já irritada por ter que esperar vinte minutos pelo seguinte — e não era nem o expresso, mas daqueles que vai parando em cada maldita estação, me dirigi às pressas à entrada para sair dali e tentar outra forma de voltar para casa, mas uma garota idiota, carregando uma mochila enorme, tentava passar na roleta e não conseguia. Passou o bilhete DUAS VEZES, embora estivesse escrito *Erro na leitura*, então fiquei atrás dela estalando a língua em irritação, e ela se virou para mim e disse bem alto:

— Não estou fazendo isso de propósito; não é culpa minha!

Eu não disse uma palavra sequer. Não tinha tempo. Passei por ela empurrando-a, inseri meu bilhete com habilidade, depois peguei-o de volta e saí portão afora. Quando passei, ouvi quando gritou:

— Ah, porque você é muuuuito importante! Piranha nojenta!

Não me virei para gritar uma resposta, continuei andando... Ela disse mais alguma coisa que não escutei direito e que resolvi ignorar. Mas, enquanto eu seguia meu caminho, uma cena imaginária encantadora me surgiu na mente: eu abria a bolsa calmamente, pegava de dentro uma escopeta, me virava e, com um tiro, estourava-lhe os miolos; depois colocava a arma de volta na bolsa e seguia em frente.

É assim que Liz faz eu me sentir. Quero que ela desapareça.

Admito que alguma coisa não andava bem entre Pete e eu, e que isso o tornou vulnerável a qualquer uma que resolvesse conquistá-lo, mas não posso solucionar esse problema com ela em nossa vida. Portanto, ela tem que desaparecer. É simples assim. Não vou perdê-lo; não posso. É tão claro para mim agora como foi ontem à noite.

Vou encontrá-la e me livrar dela.

Sentada no trem uma hora depois, quase não percebo como essa viagem é diferente de minha caminhada até a cidade todas as manhãs. Vejo assentos e menos pessoas de terno. Alguém comendo um sanduíche, e revistas no lugar de jornais. Quando o conglomerado Canary Wharf se aproxima, me pergunto se Bate Mais não estará em um desses prédios altos, tentando persuadir uma grande empresa a aceitar uma campanha que não lhes interessa nem lhes faz falta — trabalho que terei que acompanhar. Provavelmente. Procurando meu telefone no fundo da Mulberry, envio uma mensagem para Lottie dizendo que ainda estou mal e que não vou trabalhar.

A resposta vem imediatamente:

`Tadinha! O que você tem?`

`Gripe — um saco!` é a minha única resposta, que parece bastante vaga e cobre uma vasta gama de sintomas.

```
Bebe bastante água e fica embaixo das co-
bertas. Liga se quiser conversar/estiver
entediada. Ficando maluca aqui sozinha.
Melhora logo!
```

Sinto-me terrivelmente culpada e envio-lhe outra mensagem dizendo que é provável que eu não telefone, porque estou me sentindo muito mal. Mais mentiras. Mas é quase certo que, se eu ligasse, ela perceberia que há algo errado.

Começo a sentir uma tontura quando nos aproximamos da estação, mas quando me vejo refletida nas portas de vidro, uma onda de determinação toma conta de mim. Nervosa, respiro rapidamente, levanto a cabeça e desço com ar de seriedade quando as portas se abrem.

Do lado de fora da estação, no meio de um mar de gente na rua, sigo em direção ao teatro. O teatro dela. Bom, talvez, mais apropriadamente, de Andrew Lloyd Webber ou de Cameron Mackintosh. Meu coração dispara quando passo decidida por uma britadeira barulhenta, que as pessoas evitam, irritadas. Não me importo em esbarrar em algumas delas, e ignoro tanto o vendedor da revista *Big Issue* quanto o homem que tenta pedir minha contribuição para uma instituição de caridade.

Com determinação, aumento o passo e viro a esquina. Falta pouco agora, minha respiração se acelera e fica mais curta. O que vou dizer? Será que vou encontrá-la sozinha? Meu Deus... nunca bati em ninguém na vida. Será que vou saber o que fazer? Então visualizo seu rosto aberto num largo sorriso, e meus lábios se contraem. Sim, vou saber o que fazer, e se não souber, decido na hora. Não faz diferença, sinto náuseas e transpiro um pouco na testa. Posso sentir o suor acumulando-se na base da minha coluna. Vamos!

Você consegue. Imagine Pete abandonando-a. É isso o que você quer? Quer que ele fique com ela?

— Não! — repito para mim mesma em voz alta, e percebo que um operário de construção, tomando café recostado num andaime, me lança um olhar estranho. Não dou importância. Não ligo para o que as pessoas pensam hoje. Concentro-me apenas em *encontrá-la*.

Sigo por uma ruazinha que exala o cheiro fétido de urina, pulo uma garrafa de cerveja pela metade, dobro outra esquina, o coração disparado no peito no momento em que avisto o teatro à minha frente, mas continuo em frente; paro à porta, estendo a mão para abri-la e o FAÇO. Não importa quem escute o que tenho a dizer. Se tiver que gritar na frente de outras pessoas, eu grito... Quando uma mulher transa com o namorado de outra, não pode escolher o lugar e o momento para ser esculachada...

Porém, a porta faz apenas um leve ruído quando a empurro. Está trancada.

O desânimo toma conta de mim; meu coração parece saltar no fundo da minha garganta, tomando espaço demais. Mas não me deixo abater por muito tempo. Trinco os dentes e olho pelo vidro do foyer. Ela deve estar aqui, mas lá dentro está escuro, e tudo o que vejo é um funcionário empurrando um aspirador, um homem que nem se dá ao trabalho de olhar para mim quando bato à porta. Finalmente, e sem sorrir, ele faz um sinal para que eu me dirija aos fundos do prédio.

Dou um passo para trás, um pouco mais insegura, e sigo pela lateral do teatro. Há somente uma ruazinha, onde mal cabem os carros, uma caçamba de lixo grande, cheia de sacos plásticos pretos fechados, e uma tabuleta suja na parede que diz *Porta para o palco*.

Que também parece estar trancada. Não há campainha, e ninguém responde quando bato, insegura. Não sei o que fazer, então atravesso a rua e fico esperando. Ninguém entra e ninguém sai.

No momento em que começo a refletir no que estou fazendo ali, a porta se abre e sai um homem baixo, de cabelos escuros, parecendo mal-humorado.

— Pode segurar a porta, por favor? — diz uma voz trêmula, e é a minha.

Ele olha para mim, examinando-me de cima a baixo, antes de decidir que não vale a pena se preocupar comigo, mas segura a porta, e eu atravesso correndo a rua.

Assim que entro, a porta pesada de metal se fecha e me vejo diante de um corredor longo e largo, com uma iluminação forte e um piso semelhante ao de um hospital. Nada de veludos caros como no foyer e no interior do teatro. Vejo um quadro de avisos na parede e outra porta no fim do corredor. Estou seguindo em direção a ela, o salto do meu sapato fazendo barulho, quando escuto uma voz:

— Com licença, a senhora precisa assinar aqui. Quem está procurando?

Viro-me e percebo pela primeira vez um pequeno escritório. Ao olhar pelo vidro, avisto um velho cansado, de bochechas caídas. Ele é enorme, e sua barriga branquela fica à mostra bem acima da cintura, na parte em que a camisa não é grande o bastante para enfiar nas calças. Não sei como conseguiu entrar num espaço tão pequeno. Talvez não saia de lá há muitos anos. A parte da parede que fica à mostra por trás dele está coberta de chaves penduradas. Há um telefone em cima da escrivaninha, e ele tem um caderno de anotações grande à sua frente.

— Nome? — pergunta, respirando com dificuldade e pegando uma caneta.

Essa pergunta me assusta.

— Lottie Myer — respondo finalmente. Desculpa, Lottie.

— Por quem está procurando? O Marc está aqui. Veio falar com ele?

— Não — respondo com sinceridade. — Eu... trabalho para uma revista que está interessada em resenhar o show.

Ele responde me dispensando.

— Sabe há quanto tempo esse show está em cartaz, não sabe?

Fico ali muda, e ele suspira.

— Muito bem, então. Espere aí que vou ver se a diretora da companhia está. Ela pode lhe dizer quem você deve procurar.

Ele pega o telefone, e sinto meu coração acelerar. Droga. E agora? O que será uma diretora de companhia? Parece importante. O que devo fazer?

A porta bate contra a parede de novo; outro susto. Viro-me e vejo um entregador, que olha por cima da minha cabeça como se eu nem mesmo estivesse ali, e reclama, pedindo ao velho que mande sair a caminhonete que acabou de chegar e que está bloqueando a saída. O velho, por sua vez, desliga o telefone, e tem início uma discussão sobre quem é o responsável, então recuo e reflito se devo esperar ou sair correndo quando a porta se abre outra vez. Um homem magro entra com um violoncelo ou coisa assim nas costas, e tenho que me encolher contra o quadro de avisos que há na parede atrás de mim para dar passagem a ele. O velho continua discutindo com o entregador, os dois trocando acusações. Ninguém percebe que meu cabelo ficou preso numa tachinha do quadro e que tenho que me virar para soltá-lo.

Ao tentar me desvencilhar, puxo uma tachinha, e um monte de cartões despenca no chão. É um quadro cheio de avisos. Bebidas para o aniversário de Sharon na quinta-feira. Tony e Tim vão fazer um concerto em Wimbledon, domingo às 8 da noite, dia 19. Uma nota da diretora da companhia comunicando que esse show foi criado em cima do conceito de cabelos longos para os homens. Qualquer outro tipo de corte, como observado recentemente em CERTOS atores do elenco, será considerado uma quebra de contrato, e haverá punição. Um folheto para *A Night of a Thousand Voices!* em Hammersmith. Um cartão de um contador especialista em impostos para atores. Um cartão com "À Venda! Partituras Vocais de *O rei leão*, *Nos tempos da brilhantina*, *Full Monty*, *Billy Elliot*, *Anything Goes*. E então... então... um cartão que diz: "Procura-se moça para dividir apartamento! Amplo, dois quartos, ensolarado, perto do metrô. Quinhentas libras por mês mais contas. Avise a seus amigos! Ligar para Lizzie ou Debs no nº..."

Meu Deus. É ela... é ela. Um dos dois números fornecidos é o dela, com certeza! Rapidamente arranco o cartão e coloco-o no bolso. O velho e o entregador ainda discutem. Fico ali por um instante, sentindo-me culpada, e então consigo sair sem ninguém perceber.

De volta à rua, retiro o cartão do bolso e examino-o como se tivesse nas mãos o segredo da eterna juventude. Pego o celular, sem tirar os olhos dos números dos telefones, bloqueio a identificação do meu número e ligo para o que *não* é o dela.

A ligação cai direto na caixa de mensagens, e uma voz fina diz:

— Aqui é a Debs. No momento não posso atender, mas você sabe o que fazer! Tchauzinho!

Então ouço o bipe e desligo imediatamente. Tchauzinho? Que tipo de gente é essa?

Meia hora depois, enquanto tomo um café, continuo tentando. Finalmente completo a chamada, mas cai na caixa de mensagens.

— Aqui é a Debs. No momento não posso atender...

— Já sei disso, merda! Pelo amor de Deus...

Passados dez minutos, tento de novo, e dessa vez responde uma voz sonolenta, que me deixa totalmente confusa.

— Ah, alô — gaguejo. — É a Debs?

— Isso — responde a voz, aborrecida. — Quem é?

Não sei o que me faz dizer isto, não havia planejado nada, mas de repente sai da minha boca, e com bastante convicção.

— Estou telefonando para saber do apartamento.

— Ah, legal! — exclama a voz, mais animada. — Como é o seu nome? Você viu o cartão?

— Ah, de certa forma... Sou amiga do Marc — experimento com cautela. — Lottie.

Há uma pausa, enquanto Debs dá uma busca em sua mente oca, sem dúvida.

— Ah, sim! Marc Banners! Maravilha! E, Lottie... não nos conhecemos no Tyler?

— Sim — arrisco, sem muita convicção. Se você acha que sim, então nos conhecemos. Essa garota é um achado.

— Ah, que legal! Bom, ainda está desocupado, Lotts. — Lotts? Não faz nem um minuto que nos conhecemos. — Quer ver o apartamento? A Marie já saiu, então você pode se mudar logo.

— Posso ir hoje? — pergunto, animada.

Mais uma vez, as palavras saem da minha boca sem controle. Se *eu* fosse uma atriz, minha boca já teria conseguido um contrato. Vamos, me dê o endereço.

Ela faz uma pausa.

— Ah, como? Pode, pode sim. Vou estar em casa hoje à tarde, pode vir às 4h? Porque vou ter que sair cedo hoje de noite.

Prometo a Debs que vou estar lá antes das 16 horas, então ela me dá o endereço e eu lhe passo um número falso de telefone para falar comigo se houver algum problema, e, como se diz, é isso. Foi fácil assim. Já sei onde a vagabunda mora

Capítulo 13

Uma hora depois estou em outro café, que fica na calçada em frente à loja de louças baratas, logo abaixo do apartamento de Lizzie e Debs. Sentada ao balcão, num banco alto próximo à janela de vidro, observo, cheia de ansiedade e nervosismo. Na verdade, estou tremendo um pouco (embora isso possa ser por causa do excesso de café).

É isso. Esse é o lugar onde ela mora e onde meu namorado provavelmente fez sexo com outra mulher. Ela pode estar lá *nesse exato momento*. Em um minuto estarei ali e a confrontarei... mas o que vou dizer? Como ela irá reagir?

Pedi mais um café, que fica sobre a mesa, à minha frente, esfriando. Não consigo parar de olhar para o prédio dela. Parece tão... *modesto*. Em nada se assemelha à casa de uma mulher glamourosa; é mais como uma república desleixada de estudantes. É só um edifício, eu sei, mas estou diante do lugar onde ela mora, a terrível verdade me sufoca, e minha face de repente se cobre de lágrimas. Como ele pode fazer isso? Como deixou que isso acontecesse?

O dono do café me lança olhares suspeitos, mas, sabiamente, prefere não se envolver com a estranha que chora imóvel, olhando para a loja de louças há meia hora.

É tudo tão comum, tão pobre. O que eu estava esperando? Algo elegante, opulento? Não sei.

E o pior é que realmente vou bater à porta, e talvez ela atenda, e pode ser que eu a agrida. Droga, está tudo tão errado! Tenho um desejo súbito e incontrolável de telefonar para minha mãe. Minha mãe, boazinha e quase normal, sentada em casa, na cozinha. Queria estar lá agora. Queria que *ela* estivesse lá. Uma lágrima escorre pelo meu rosto, quando, sem muito controle, procuro meu celular na bolsa; não me importa que ela esteja num barco, do outro lado do mundo, preciso ouvir sua voz, quero lhe contar tudo... Mas então sinto o telefone vibrar. Alguém está me ligando. Quando o encontro, um número que não reconheço aparece na tela. Não atendo. Me assustei, e acabo esquecendo de telefonar para minha mãe. Quem será? Debs? Segundos depois, recebo uma mensagem:

Sou eu! Celular e número novos. Anota aí. P. bj

Pete. Obedeço. Olho para seu nome na tela e tento me controlar antes de colocar o celular de volta na bolsa. Controle-se. Controle-se... Afasto os cabelos do rosto e enxugo os olhos com as costas da mão, antes de levantar a cabeça.

O que vejo em seguida, quando olho pela janela de vidro, me faz levar a mão à boca e abafar um ruído de choque que sai através dos meus dedos.

Ela, Liz, está do lado de fora do café, próxima ao janelão de vidro, olhando para a tela de seu celular e sorrindo. Bem em frente a mim, a menos de 1 metro de distância. Está usando um casaco longo de cor escarlate e um chapéu estilo Biba, de abas largas, meio de lado. O chapéu deixa à mostra alguns cachos de seus longos cabelos louros. Em qualquer outra pessoa ficaria totalmente ridículo; nela é charmoso e, ao mesmo tempo, bem menininha. E o principal: ela carrega no ombro uma bolsa Mulberry IDÊNTICA à minha. Absolutamente igual. Não há nenhuma diferença entre as duas.

É em parte isso, eu acho, que me impede de levantar e sair correndo pela rua para lhe arrancar a cabeça, e em parte o choque repentino de vê-la diante de mim. Fico onde estou, hipnotizada, olhando para ela, enquanto penso na coincidência de termos bolsas idênticas, mesmo ela morando em cima de uma loja de louças, numa área nada bacana... Será que realmente teria dinheiro para comprar uma bolsa que custa mais de 700 libras?

Não... mas conheço um homem que teria. Lembro, então, que aquela primeira mensagem dela que li parecia referir-se a Pete indo comprar alguma outra coisa... o mesmo marrom, acho... Será que a minha bolsa era na verdade um presente para *ela*?

Se sim, então isso significa que ele comprou outra ontem mesmo e se encontrou com ela também ontem, pela manhã... enquanto achava que eu estava de cama, passando mal. Mas que inferno, maldito inferno.

Surpreende-me que as vibrações de ódio não quebrem o vidro e espalhem estilhaços mortais sobre ela, ou pelo menos que ela não perceba que há alguém a observá-la com tanta aversão. Concentrada demais em si mesma, penso furiosa, enquanto observo-a olhando para a tela de seu celular. O choque e o ódio me deixam paralisada no banco. O rosto dela se ilumina, e agora leva o telefone ao ouvido, espera... completamente alheia a mim... e começa a falar. Ela sorri, diz alguma coisa ao telefone e segue animada pela rua em direção ao metrô. Nesse instante me ocorre que Pete deve ter mandado a mesma mensagem, com seu número novo, para nós duas... Então será que é com ele que ela está falando agora? Pego meu telefone e, ansiosa, ligo para ele. Não resta a menor dúvida: toca por um segundo e depois cai na caixa postal.

Isso me dá uma nova força, fria, impassível. Não saio correndo atrás dela, não a agarro no meio da rua e a lanço contra a parede, fazendo-a sufocar de susto e dor quando sua cabeça bate contra os tijolos e seu chapéu patético cai no chão. De repente, me sinto friamente calma e contida. Algo me dá forças para levantar, deixar o café, atravessar a rua e tocar a campainha do apartamento várias vezes. Um cachorro começa a latir agitado, mas continuo tocando até ouvir uma voz gritando:

— Espere um momento, já estou indo! — E a porta se abre.

Capítulo 14

A PRIMEIRA COISA que noto é um bicho nojento parecido com um rato chiando e pulando em torno de meus tornozelos. O animal tem uma coleira no pescoço com uma medalha em que se lê: *Princesinha da mamãe*. Resistindo ao ímpeto de chutá-lo, tento me concentrar na jovem à minha frente.

— Oi! — Ela sorri, exibindo dentes brancos e pequenos. — Você deve ser a Lottie, a amiga do Marc. Eu sou a Debs.

Debs é miúda e muito bonita; ela usa uma camiseta em que está escrito: *Futura diva*. Ansiosa, olha para mim e dá um sorriso vago.

— Quer entrar? — E afasta-se da porta, ao que vejo uma escada bem à minha frente.

— Para de latir, Pixie, *por favor* — ela ralha com o animal, que aparentemente é um cachorro e que ainda está saltando em torno de nossos tornozelos. — Me desculpe por ela. — Sorri para mim. — É o bebezinho da Lizzie, que divide o apartamento comigo. É, não é, Pixie? É sim.

Debs se dirige com voz suave à ratinha, que ficou tão cansada de descer as escadas que caiu de forma patética no chão, talvez por ter sido geneticamente projetada para ter pernas curtas o suficiente para poder viver numa bolsa.

Ouvir o nome de Liz dito em voz alta me faz cravar as unhas na palma da minha mão, mas não digo nada. Só quero mesmo entrar nesse apartamento. Na verdade, não sei o que pretendo fazer quando estiver lá dentro, mas estou determinada a entrar nesse lugar onde ele esteve e examiná-lo com meus próprios olhos, invadir a vida dela como ela invadiu a minha. Subimos uma escadinha estreita com uma porta no final, que conduz ao apartamento. Ela se abre para a sala e imediatamente tenho uma ideia do tipo de mulher que Debs e Lizzie são.

Há balões inflados com hélio num canto e algumas garrafas de vinho vazias ao lado dos sofás de cores vibrantes; um deles é laranja, o outro, rosa neon, ambos Ikea, eu diria. O tapete nitidamente precisa ser aspirado, e a televisão está ligada em *This Morning*, com o som baixo. Há quadros com montagem de fotos nas paredes. Ao olhar de relance para um deles, percebo algumas delas que parecem ter sido tiradas num camarim: maquiagem pesada, e as pessoas fazendo poses para serem o centro das atenções. Lizzie está em umas, mas não em outras. Há uma fotografia dela abraçando um homem muito bonito e tentando parecer sensual. Debs começa a falar sobre contas de telefone e taxas, mas não estou ouvindo. Ele esteve aqui. Viu tudo isso.

A cozinha é minúscula, mas, olhando para Debs, imagino que a última refeição completa que fez deve ter sido em 2001. Há uma caixa de cereal light ao lado de um liquidificador e próximo a umas frutas meio velhas e enrugadas, abandonadas numa vasilha.

— E então, você fuma? — pergunta Debs.

De forma automática, faço um gesto negativo com a cabeça, e ela fica admirada.

— É mesmo? Meu Deus, como consegue? De qual show você disse que participou?

— Ah, nenhum, na verdade.

Estou arrasada demais para inventar de repente uma mentira, e as palavras saem impensadas, sem sentido.

— É, pouca sorte — ela replica, distraída. — Por enquanto, não tem nada de bom, só umas reapresentações em todos os lugares. — Ela revira os olhos. — Mas alguma coisa vai aparecer; sempre aparece, não é? Estou no elenco de *Zippity!*, e parece que faz uma eternidade... Já estou cheia desse espetáculo. Enfim. Esse seria o seu quarto.

Debs vai à minha frente, e sigo-a sem muita convicção até o quarto mais feminino que já vi. Pixie nos acompanha e sobe numa caminha cor-de-rosa reluzente colocada embaixo de uma coleção de coleiras brilhantes. Quando me encara com seu olhar agressivo e com aqueles olhos enormes de gremlin, vejo que esse animalzinho é, realmente, a tentativa mais reles e sem sentido de um bichinho de estimação.

— Por enquanto, na verdade, esse é o quarto da Lizzie — Debs continua falando —, mas ela vai se mudar para o maior, que era da Marie. Tudo muito complicado; a Marie tinha uns amigos com a mão meio leve, entende? Mas podemos considerar que ela praticamente já foi embora, e este aqui pode ser seu logo logo. Muito bom, não é?

As paredes do quarto são pintadas de uma mistura de tintas creme e cor de mel, mas há uma espécie de candelabro, com várias partes de vidro e de cores vibrantes, preso a um arame retorcido que capta a luz que entra pela ampla janela. Cortinas de musselina flutuam, e a colcha está limpa e bem passada. O ambiente exala perfume forte e há lírios... flores verdadeiras e frescas num vaso.

— É um quarto lindo — consigo dizer com sinceridade, segurando as alças da minha bolsa com tanta força que meus dedos se contraem.

Esse é o quarto dela. Meu Deus. O que é que estou fazendo aqui?

Debs olha à sua volta.

— É, a Lizzie tem bom gosto.

Eu sei. Ela está trepando com o meu namorado.

Ando devagar pelo recinto e abro o armário. As roupas dela estão penduradas diante de mim. Vejo um fio de cabelo louro e longo sobre a manga de um macacão vermelho. Dela. Muito nojento.

— Bom armário — me vejo dizendo.

Muitas das suas roupas são baratas, exageradas, descartáveis. Ela se preocupa muito com a aparência. Mas tem bons sapatos. Não poupa nesse item. Fecho a porta e me viro, olho para a cama, vejo a mesinha de cabeceira e contenho um grito.

Há uma foto de Pete ao lado da cama.

Quase vomito no chão. Tenho um verdadeiro mal-estar físico.

Por sorte, Debs, que não para de falar sobre os armários sob a escada, havia deixado o quarto e não escutou. O choque me faz congelar onde estou. É ele, não é? É sim! Pete está usando a camisa Paul Smith que lhe dei de aniversário! Meu Deus, meu Deus, meu Deus. Respire fundo. Não pare de respirar.

— Lottie? Ainda está aí? — Debs reaparece animada como uma ovelhinha, cheia de energia e inocência. — Então, o que é que você acha? — pergunta, sorridente.

Abro a boca, mas não sai nenhum som... Felizmente o telefone toca em algum lugar na sala.

— Espere um minutinho — diz ela, e sai apressada.

Isso me dá tempo suficiente para contornar a cama e olhar para a foto com mais atenção; é Pete, sem sombra de dúvida. Ele está sorrindo e tem a mão levantada como se não quisesse ser fotografado. Examino o fundo da fotografia, mas é impossível dizer onde foi tirada. Então vejo um cartão ao lado da foto. Nele há a imagem de uma dançarina. Abro-o.

Boa sorte, Lizzie, de seu maior fã. Todo o meu amor, sempre. Peter

As palavras se embaralham, ou talvez seja eu, meio cambaleante, mas não perco tempo. Antes mesmo de saber o que estou fazendo, coloco o cartão na minha bolsa. Pego também um par de brincos baratos. Nesse ponto, minhas pernas ficam bambas e me sento pesadamente na cama.

Debs volta e parece um pouco surpresa de me ver sentada.

— Desculpe pela demora. Então, o que acha?

— Eu... — Vamos, diga alguma coisa. — Tenho um namorado — digo. — Ele pode vir aqui de vez em quando?

— Ah, claro! — Debs sorri. — Todas nós temos namorados, então vai ficar meio lotado, já que passamos a maior parte do dia em casa e trabalhamos à noite, mas vai ser divertido. Tudo bem.

— Os namorados de vocês também são do teatro?

— Não! — Debs ri e olha para mim de forma estranha. — Você sabe como são os homens de teatro. Não, o meu é chef e o da Lizzie é arquiteto.

Ó Deus, faça com que isso pare, por favor...

— Bom, se quiser, é seu. — Debs dá de ombros. — Gostei muito de você. Precisa conhecer a Lizzie também, mas tenho certeza de que vão se dar bem; afinal, vocês têm muita coisa em comum. Marc, por exemplo. Como o conheceu? Foi em *Chicago*?

Meu Deus, tenho que ir embora... tenho que... Meu telefone toca. É Pete.

— Com licença — digo; Debs faz que sim e fica um pouco irrequieta.

— Oi, sou eu — diz ele. — Tentei ligar para o seu trabalho, mas atendeu a secretária eletrônica.

— Não estou lá agora.

Isso, claro, é verdade. Não menti. Só não digo que estou sentada na cama em que ele transou com outra mulher, olhando para uma fotografia dele.

— Está tudo bem? — Posso imaginá-lo franzindo a testa. — Sua voz está estranha.

— Ah, é? — digo, forçando um sorriso... Não se descontrole... vamos, seja forte agora. — Não, está tudo ótimo. — Forço as palavras, tentando manter a voz normal, enquanto olho para seu rosto sorrindo para mim. — Te ligo mais tarde. Não dá para falar direito agora.

O que era verdade. E desligo o celular. Tudo o que eu quero é sair dali. O cheiro enjoativo do perfume dela me dá ânsia de vômito.

Levanto-me e respiro fundo.

— Preciso pensar um pouco sobre isso, Debs — digo calmamente. — É um pouco menor do que eu esperava, e estou achando que pode ficar meio... apertado. Posso telefonar para você depois?

— Claro!

Debs sorri para mim, alegre. Acho que essa garota nunca teve um momento ruim na vida. Ela pouco se importa se vou alugar o apartamento ou não.

Em menos de cinco minutos estou de volta à rua, recostada na porta fechada, um pouco sufocada. Se eu não tivesse o cartão e os brincos dela na minha bolsa, não acreditaria que isso realmente aconteceu.

Capítulo 15

MEUS PÉS ENCONTRAM, sozinhos, o caminho de volta à estação, e logo me vejo no trem e me jogo no assento. Sinto-me levemente tonta e idiota. O que foi que eu acabei de fazer? O que aconteceu ali? Será que vi *mesmo* a foto de Pete ao lado da cama de outra mulher? Não pode ser verdade... mas é! Vi com meus próprios olhos. Eu vi a outra namorada dele, vi seu apartamento, suas roupas e sua *cama*. E ele ao lado.

Quando a porta se fecha, com um bipe mecânico, tiro da bolsa o cartão de Pete para Liz. Olhando para o papel, sigo o traçado da letra de Pete com a ponta do dedo, antes de guardá-lo, com sentimento de culpa; o que é ridículo, porque ninguém sabe que o roubei da mulher com quem meu namorado parece estar tendo um caso.

Assim que o trem se afasta de Londres, sinto, por vezes, lágrimas silenciosas de extrema desolação me descerem pela face, e em certo momento dou um estranho soluço acompanhado de uma fungada, o que desperta olhares vindos de trás de livros e jornais. Obrigo-me a olhar fixamente pela janela e focalizar os marcos familiares para não perder o controle por completo. Quase todos ali fazem o possível para me ignorar, mantendo as cabeças enfiadas no *Evening Standard*, sem querer se envolver. Só uma menina me olha, curiosa. Encaro-a na esperança de envergonhá-la e fazê-la desviar o olhar, mas ela continua me olhando, mascando chiclete de boca aberta, sem nenhum pudor. Desvio o olhar primeiro e tento ignorá-la. Não quero discussão nesse momento. Pego o meu iPod na bolsa; mexo nele e ligo o "shuffle". Não me importa o que toque; quero apenas qualquer coisa em que me concentrar, mas, claro, cada uma das músicas que tocam é uma balada lenta ou uma canção de amor que não consigo ouvir, pois as letras parecem dizer respeito exatamente a mim e a Pete.

Por fim, não suporto mais; desligo o aparelhinho e permaneço em um silêncio pontuado apenas pelos toques dos celulares e pelas tosses das pessoas. Quando os telhados das construções nos arredores de nossa cidadezinha finalmente começam a passar com rapidez pelas janelas, a sensação de alívio por estar perto de casa é quase esmagadora.

Depois de andar pela cidade até a hora em que normalmente voltaria para casa depois do trabalho, para Pete não desconfiar, me sinto exausta, e deveria estar com fome, mas não estou. Na verdade, será que comi alguma coisa durante o dia inteiro? Não me lembro. De qualquer maneira, não quero nada; portanto, que importância tem isso?

Sinto-me desanimada, vazia, em estado de choque. Fui disposta a confrontá-la e, em vez disso, a verdade me faz sentir como se tivesse levado uma bofetada. Ao me dirigir à porta, tento fixar um sorriso no rosto, ajeito os cabelos e respiro fundo. Pete obviamente ouviu minha chave na fechadura, porque logo aparece no topo da escada. Sorrio para ele e pergunto como foi seu dia; ele responde que não foi ruim, mas onde estive o dia todo? Está tudo bem comigo? Estou com cara de quem andou chorando.

Olho para Pete como se ele estivesse maluco, sorrio e digo, Claro que estou bem, mas ainda me recuperando, o que talvez explique por que parece que andei chorando, e onde ele acha que estive? No trabalho, evidente!

Pete olha para mim com ar de dúvida. Os grandes mentirosos são sempre os mais difíceis de enganar... mas ele acredita, e diz, descendo as escadas:

— Então por que não pôde falar comigo mais cedo? E não retornou a ligação? Eu esperei a tarde toda para falar com a minha garota maravilhosa.

Consigo expressar surpresa, como se tentasse me lembrar do que ele está falando, e então rio e digo:

— Ah, isso. Estava no meio de um trabalho. Não posso simplesmente parar tudo para falar com você!

Depois aliso seu braço com carinho e me dirijo à cozinha, passando por ele. Isso é muito difícil. O que desejo fazer, na verdade, é cair em seus braços e chorar, chorar, mostrar-lhe o cartão e dizer que hoje vi a foto dele ao lado da cama de outra mulher. E que eu sei, *sei* que está mentindo para mim... mas não o faço.

Controle-se. Não estrague tudo. Ele vai pensar que você está louca se lhe contar o que aconteceu à tarde. E *foi* loucura. Foi! Onde eu estava com a cabeça? Queria me livrar dela, só isso. Tirá-la de nossas vidas.

— Por acaso sabe onde está meu short preto de ginástica, querida? — Pete me segue, põe os braços ao redor da minha cintura e beija meu pescoço. — Procurei hoje mais cedo, mas não tenho a menor ideia de onde o coloquei.

— Está na cesta de roupa para passar — digo de forma automática, controlando-me para não endurecer e empurrá-lo para longe de mim.

— Estrela da minha vida — ele diz, soltando-me e espreguiçando-se. — O que temos para o lanche?

Dou de ombros e digo que não sei. E ele, tem alguma ideia?

Pete parece surpreso. Que ideia?

Telefonar para Liz do banheiro? Sair com Gloria para poder telefonar para Liz, ir à academia para poder falar com ela? EU NÃO SEI, PORRA!

— Você parece cansado, amor. — Tento parecer preocupada. — O que acha de eu refogar uns legumes, coisa rápida? E depois, se quiser, podemos sair mais tarde e beber algo. Para você se animar um pouco.

Isso é algo que nunca fazemos. Em geral, nossas noites são, obviamente, jantar, TV e cama. Talvez uma conversa com Amanda ou com Louise, enquanto ele vai para o escritório e trabalha um pouco.

Pete se surpreende com minha sugestão, mas depois de pensar um instante, melhor ainda: por que não saímos para jantar? Dessa vez quem fica surpresa sou eu... e a bem da verdade, não estou a fim. Me sinto tão cansada que tudo o que eu quero é me enrolar num lugar escuro e dormir por mil anos. Meu cérebro, seco e inchado, precisa de descanso; mas uma namorada cansada e entediada não conquista seu homem. Então sorrio e digo que seria maravilhoso, que vou trocar de roupa.

Subo para o quarto e escondo o cartão e os brincos de Liz no fundo da minha gaveta de roupa íntima. Coloco-os junto do primeiro cartão que Pete me mandou e de uma caixinha que tem dentro uma folha seca, lembrança do nosso primeiro passeio. No dia, ele pegou do chão, me entregou e disse: "Esse é o meu primeiro presente para você. Foi caro *demais*, não jogue fora."

Então não joguei. Na minha cabeça, durante todos esses anos, imaginei guardando-a e depois a colando a um cartão que eu lhe daria no dia do nosso casamento. Sonhos efêmeros.

Troco de roupa e ponho um vestido que sei que é um dos favoritos dele, e aplico maquiagem apenas o suficiente para fazer parecer que estou de cara limpa. Apresso-me, para ele não perder a vontade de sair, e, quando desço a escada, percebo que cheguei bem na hora. Pete está sentado no braço do sofá, o controle remoto na mão. Quando me vê, sorri.

— Você está muito atraente — diz ele.

Nem linda, nem sexy. Atraente. Meu coração se despedaça um pouco mais, e Liz sorri de forma presunçosa e sedutora, soprando-lhe um beijo em câmera lenta. Afasto-a da mente, e em silêncio entramos no carro.

Durante o jantar, começamos a falar sobre o assalto, e Pete inicia uma conversa enervante sobre como foi algo estranho, já que não levaram nada a não ser umas poucas joias, e diz que não entende por que fizeram todo aquele estrago. Sinto minha pele formigar de preocupação e, de imediato, percebo que paira sobre mim uma suspeita. Será que ele adivinhou que fui eu? *Como* terá adivinhado? Devo estar vendo muitos comerciais de remédio para gripe, porque no verdadeiro espírito de que o ataque é melhor do que a defesa, palavras que surpreendem mais a mim do que a ele me saem suavemente, e sem esforço, da boca:

— É mesmo — concordo, me servindo de uma grande taça de vinho. — Foi quase como se alguém soubesse exatamente o que estava fazendo.

— Como é? — Ele arqueia as sobrancelhas; parece confuso.

— Quero dizer: por que destruíram logo o seu escritório? — observo casualmente. — Não arrombaram a porta... não levaram nada de valor. E por que se dar ao trabalho de destruir uma foto nossa? É um pouco... assustador.

Ele não diz nada, só enfia o garfo num pedaço de carne, antes de pegar a pimenta. Penso em alguma coisa, qualquer coisa que possa desestabilizá-lo.

— Não quero que me interprete mal — digo devagar, servindo-lhe um pouco mais de vinho —, mas de início achei que pudesse ter sido você.

— EU? — Ele se engasga e pega um guardanapo. — Por que você acharia uma coisa dessas?

— Não fique zangado — tento, para acalmá-lo. — É só que o policial disse que foi muito estranho não terem levado quase nada de valor... e a maneira como entraram. Fiquei pensando nisso e imaginando que você poderia ter explodido por alguma razão. Está tudo bem no trabalho? — Estico o corpo e toco seu braço. — Você anda um pouco *agitado* ultimamente. Só liguei os fatos. Você podia ter me dito, se alguma coisa estava errada.

Ele olha para mim como se eu estivesse louca.

— Do que é que você está falando? Não tem nada de errado... Não acredito que você possa ter pensado que eu destruí nossa casa. Ficou *maluca*? — Ele afasta o braço de mim.

— Desculpe, desculpe. Você tem razão. — Abano a cabeça. — Não devia ter perguntado se foi você... Mas é que foi tão estranho. Quase como se alguém tivesse a chave ou coisa assim... e tivesse aberto a porta e entrado!

E esse é o tiro certeiro. Acidentalmente, mas o afeta. Ele para de mastigar por uma fração de segundo. Se eu não estivesse atenta procurando uma reação, não teria notado, mas eu percebo.

Pete não acha que fui eu. Ele acha que pode ter sido ela! Minha mente se acelera. Será que ela é o tipo de mulher que "pega emprestada" a chave da casa dele? Será que ele agora está pensando que ela pode ter entrado em nossa casa e por alguma razão enlouquecido e destruído tudo?

Ficamos em silêncio, os dois talvez imaginando se Liz seria o tipo de mulher que poderia... que seria... tão obsessiva.

Ao que me consta, não importa se ela é ou não. Ele evidentemente pensa que ela pode ser, e isso é tudo o que eu quero. Acho que vi uma fenda na armadura, e, só para garantir, com cuidado aprofundo a fissura:

— Talvez devêssemos chamar a polícia de novo, pedir que pegassem as impressões digitais, o que acha? Posso ligar para eles amanhã.

Pete fica calado de início, mas então, casualmente, diz:

— Acho melhor deixarmos isso de lado. Só vai servir para prolongar a situação. É melhor deixarmos para trás o que aconteceu e seguirmos em frente. De qualquer maneira, duvido que tenham os recursos para isso. Eles não são o FBI, e também não foi o crime do século.

Calma, Pete... você não está dizendo coisa com coisa.

— Vamos esquecer isso. Não quero fazer você passar por mais do que já passou. Você ficou muito abalada.

Tenho a convicção, a partir dessa conversa, de que as impressões digitais dela devem se encontrar espalhadas por toda a casa. Então Liz esteve na minha casa. Será que esteve na minha cama também, com seu perfume insuportável e suas roupas baratas? Ele transou com uma outra pessoa em *nossa* cama? Como isso pode estar acontecendo?

— É verdade. Você tem razão! — Consigo sorrir para ele. — Mas é muito estranho... é como se tivessem entrado e enlouquecido... Vou dar um pulinho no banheiro. Volto num minuto.

Saio e deixo Pete com essa suposição indigesta. No banheiro, olho para meu reflexo no espelho e aplico outra camada de rímel, e em seguida me ocorre que talvez tenha encontrado uma maneira bem mais eficaz de me livrar dela do que perseguindo-a.

E se Pete começasse a achar que Liz não é o que ele achava? Que ela não é nada perfeita... muito pelo contrário? O que ele faria? Será que acharia que ela não vale a pena?

Será que eu poderia me livrar dela sem me reduzir a uma mulher histérica, gritando na rua? Afinal, talvez eu não precise perder Pete, nem minha dignidade. De repente, fico feliz por não ter dado de cara com ela antes. Não porque não pudesse enfrentá-la... podia ter-lhe dado uma bofetada tão forte que teria deixado a marca dos meus dedos no seu rosto... mas porque sei, agora, que posso ser muito, muito mais esperta do que isso. Dessa forma ela nunca vai saber o que a atingiu.

— Eu não estava querendo lhe dizer isso, mas não consigo encontrar algumas coisas minhas desde o dia do assalto — digo, ao sentar de volta.

Nesse momento ele para de mastigar.

— O quê, por exemplo?

— Na verdade, é muito estranho. — Baixo a voz, como se estivesse lhe contando uma história. — Eu não queria comentar com você, mas sabe aquela bolsa que você me deu? Desapareceu.

Ele arqueia uma sobrancelha e retruca com rapidez:

— Eu compro outra.

Três bolsas em um só mês? Você deveria começar a pensar em abrir uma conta na Mulberry, meu querido.

— Não precisa — digo com nobreza. — É que eu adorei a bolsa. Embora já tenha deixado uma marca de caneta no forro. — Faço uma pausa e deixo que ele absorva a informação. — Bom, vamos mudar de assunto. Me conte como está indo o trabalho.

Então, depois de uma longa e monótona conversa sobre seu trabalho e um silencioso retorno para casa, durante o qual penso em como esconder minha bolsa assim que entrar, chegamos de volta ao lar.

Com a desculpa de que preciso ir ao banheiro, subo correndo e enfio a bolsa embaixo da cama. Ele sai com Gloria, mas volta rápido demais. Parece que hoje não houve nenhuma mensagem de texto.

Estou na cama e Pete entra, exausto e tenso. Bebi vinho demais e estou animada com meu próprio sucesso. Tenho vontade de rir e contar a ele o que fiz durante o dia. Sinto-me corada e bem entusiasmada. Observo-o enquanto tira a roupa de mal humor... Ele está muito quieto desde que saímos do restaurante. Logo depois deita na cama e apaga a luz.

E dá as costas para mim.

Em menos de um segundo meu bom humor se transforma numa tristeza profunda. Por que ele fez isso? Pete nunca faz isso. Nunca. O que essa mulher fez com ele?

Meio tonta, começo a chorar, e ele suspira e diz:

— Qual é o problema agora?

Digo alguma coisa sobre o roubo (logo vou ter que inventar uma nova desculpa; essa já está perdendo a validade), e será que ele vai me abraçar? Ele me abraça, embora com relutância.

Despida, encosto meu corpo no dele, dizendo que assim me sinto segura. Apesar de seu ar distante, a combinação de vinho, minha pele nua e macia e talvez a ideia de que sua amante pode ter tido um assustador acesso de loucura... talvez até por se sentir um homem corajoso, o meu protetor... tudo isso junto parece funcionar, e ele começa a me beijar.

As mãos de Pete deslizam sobre minha pele trêmula, e sua boca procura a minha... São beijos urgentes, profundos. Não há preâmbulo... ele vai direto ao ponto.

Assumo o meu papel, ofegante, dizendo que ele é incrível... e Pete passa a corresponder, de forma um pouco bruta, mordendo meu ombro, o que, na verdade, não me agrada, mas não digo nada, apenas suspiro mais alto e me afasto um pouco para que me procure. Ele permanece calado durante todo o tempo, exceto por um grave — Ah meu Deus, como você é maravilhosa! — quando o lambo, chupo e acaricio.

Estranhamente, não sinto nada. Quando afinal ele está em cima de mim, diz meu nome e em seguida "Ah meu Deus, ah meu Deus, ah meu Deus", tudo o que sinto é como se tivesse saído de mim e estivesse observando a mim mesma. Meu corpo está sem energia, não responde, como se meus membros fossem feitos de massa para modelar. Com toda a certeza, não sinto como se ele fosse o único com quem pudesse me relacionar de forma tão íntima, nem como se eu estivesse vivenciando uma conexão espiritual profunda.

Depois de tudo, ele não me beija suavemente quando ficamos ali deitados, nem me tira os cabelos do rosto, nem me olha dentro dos olhos, nem sussurra no escuro que me ama. Em vez disso, vira-se para o outro lado e fica em silêncio.

Entro no banheiro e fecho a porta, e então eu choro. Essa não é a nossa maneira de ser. *Nós* não somos assim. Não me sinto mais bela e poderosa; acho-me deplorável... Não sabia que era possível me sentir tão mal em relação a mim mesma. Como as coisas chegaram a esse ponto?

Olho-me no espelho e encosto a testa no vidro frio. Isso também não me acalma. Afasto-me, num estado lastimável, me sentindo tão infeliz como se estivesse com Clare, vendo-a chorar, como eu agora. Acho que essa deve ser a sensação de ver minha irmãzinha sofrendo diante de mim. É tão estranho me enxergar dessa forma e ser incapaz de fazer esse sentimento desaparecer... Sinto-me perdida, e tudo o que desejo é o calor de braços afetuosos ao meu redor. Apesar disso, acabo de ter a mais íntima das relações com outro ser humano.

Após um tempo, minha cabeça pende, já chorei tudo o que é possível; Não há mais lágrimas. Ele costumava me beijar com carinho e ternura. Eu não podia imaginar isso. Sei que não imaginava... Por que ela não vai embora? Porque não desaparece da face da terra? Não sou uma pessoa má. Só desejo que VÁ EMBORA. Deixe que eu viva a minha vida com ele. Como sempre fizemos.

Estou um lixo. Manchas vermelhas na bochecha, face escarlate e um nariz pálido. Meus olhos são pequenas fendas enterradas em pálpebras inchadas. Não posso ficar nesse estado deplorável, enquanto ela, em seu quarto de musselina, decorado com lírios, se mantém ocupada em conservar sua aparência perfeita.

Jogo água no rosto e assoo o nariz. Pelo menos ele não consegue me ver assim no escuro.

Nem precisava ter me preocupado. Quando volto, pé ante pé, para o quarto, ele está tão sonolento que mal consegue me desejar boa noite. Em poucos segundos adormece. Fico imaginando quem povoa seus sonhos.

Capítulo 16

Quando Pete acorda, já estou vestida para ir trabalhar, de casaco, pronta para sair, e de pé a seu lado.
— Tchau — digo rapidamente. — Preciso correr... estou um pouco atrasada. De noite a gente se vê. — Abaixo-me para beijar o topo da cabeça dele e saio.

Não quero ficar por ali muito tempo, já que deixei na porta de nossa casa uma sacola com a minha bolsa Mulberry e as joias que declarei como roubadas.

Cinquenta minutos depois, estou na cidade de novo, e, antes de descer para pegar o metrô, paro numa cabine telefônica para ligar para Lottie, sabendo que ela ainda não terá chegado. Deixo uma mensagem dizendo que sinto muito, porém ainda estou me sentindo mal. Mas vou ao médico hoje e dou notícias mais tarde. Peço-lhe para direcionar as chamadas do meu telefone lá do escritório para meu celular logo que chegar. Dessa forma, se Pete me telefonar, ele vai poder entrar em contato comigo e ninguém desconfiará de nada.

Tenho coisas muito mais importantes para fazer hoje do que ir trabalhar, e, de qualquer forma, minha presença seria inútil. Não consigo pensar em nada a não ser em Pete e ela. Isso ocupa meu pensamento todos os segundos do dia, e está sendo assim desde o momento em que descobri. Odeio-a tanto que simplesmente não tenho espaço na mente para pensar em nada mais. Cheguei até a sonhar com ela na noite passada, meu Deus do céu; como se não bastasse infernizar a minha vida, agora está roubando até meus sonhos.

Entre os lapsos espasmódicos do que posso considerar meu sono da noite passada, mas que foram muito mais um abrir e fechar de olhos durante vinte minutos aqui, uma hora e meia ali, enquanto os ponteiros do relógio giravam devagar, pensei em como Pete pareceu irrequieto e incomodado durante o jantar, como demonstrou estar seriamente abalado ao achar que poderia haver um outro lado de Liz que ele desconhecia.

Se Pete acreditar que ela está ficando ciumenta, possessiva, lamuriosa, carente, que está apertando as rédeas — sem dúvida, todas as coisas que, eu acho, os homens detestam —, e se, por baixo daquele exterior brilhante, ela for uma neurótica obsessiva, inescrupulosa e destruidora, e ele achar que não a conhece DE FORMA ALGUMA... será que ainda vai querer ficar com ela? Tenho certeza de que vai ficar receoso e dar o fora. Sei que me ama, sei disso. Não estaria mais comigo se não me amasse. Vai abandoná-la e então... então voltará a ser somente ele e eu de novo, e nós dois teremos uma chance de nos acertarmos e voltarmos aos velhos tempos, quando tudo estava bem entre nós.

Tenho uma vaga ideia do que vou fazer. Não chamaria de um plano propriamente dito, pois não é muito sofisticado, mas também não é nada elaborado perder seu namorado para uma puta.

Meus pés ressoam ao descer os degraus para o metrô e logo sinto os solavancos do trem, que segue retumbando pelos túneis, conduzindo-me pelo subsolo até o apartamento de Liz. Quando me vejo no reflexo do vidro, percebo como estou cansada. Preciso resolver isso. Tenho que melhorar minha aparência agora mesmo, fazer um esforço, ficar mais bonita do que ela.

Chego cedo demais ao meu destino, o café em frente ao apartamento dela, o que me deixa algum tempo livre. Às 11 horas, depois de três cafés, um chá e um salgado folhado (não é de admirar que os detetives usem capas e casacos que lhes escondem a barriga), vejo a porta de Liz se abrir e ela sair. Tenho a sensação, agora familiar, de ácido quente me subindo ao estômago quando a vejo dirigir-se em passos firmes ao metrô.

Para onde estará indo? Encontrar-se com meu namorado? Ou será que ele está, de fato, trabalhando hoje? Quase pego o celular para telefonar para Pete, mas estou ocupada demais observando-a. Hoje ela está usando botas de cor caramelo e uma saia jeans microscópica (de estilo retrô bacana e não um retorno aos anos 1980), um lenço de tecido transparente e um colar de contas coloridas ao redor do pescoço. Não está de chapéu, e seus cabelos longos voam ao vento. É naturalmente elegante, mas tem o leve ar pretensioso das estudantes de arte; é toda pernas, como um potro, e tem olhos inocentes de gazela. Como consegue isso? É um camaleão. Um homem passa por ela e vira a cabeça, admirando-a. Vadia.

Espero mais meia hora, até ter certeza de que ela não vai voltar. Levanto-me e atravesso a rua movimentada, com a bolsa na mão. Depois de tocar a campainha, espero Debs atender, porém ninguém aparece. Toco repetidas vezes. Nada.

Que inferno, Debs, sua vaca idiota! Cadê você? Eu achei que estivesse em casa. Ela é uma atriz, pelo amor de Deus.

Pensei que fossem todos seres noturnos, esses atores, quando estão participando de um espetáculo. Anda! Sou eu, Lottie, aqui para mais uma olhada no apartamento... Dou um passo para trás em frente ao prédio e olho para a janela acima da loja. Nenhum sinal de vida. Então um movimento atrai minha atenção, e vejo um homem na loja de louças me fazendo um sinal.

Com cautela, abro a porta e entro. Ele está sorrindo e tem na mão uma chave.

— Você deve estar aqui para ver o apartamento — diz ele. — Lizzie disse que alguém viria hoje de manhã.

Olho para ele sem entender.

— Bom, pode ir então — continua ele, me entregando a chave. — Não se esqueça de devolver quando terminar. Elas estão esperando outra moça depois de você, então se quiser... — O homem dá uma pancadinha na lateral do nariz e balança a cabeça de forma convincente.

É sério? Recebo a chave de bandeja? É fácil assim? Bem, alguém lá em cima deve me amar um pouquinho. Mas estou ainda um pouco desconfiada para estender a mão e pegá-la; então ficamos por um lapso de segundo em silêncio. Logo ele se sente obrigado a quebrá-lo.

— Vou sentir muita falta delas. São boas moças. Sempre me cumprimentam. Hoje é o meu último dia, entende? — O homem aponta para a placa que anuncia uma queima de estoque. — O comércio está fraco por aqui ultimamente. Não dá nem para se manter. As grandes cadeias predominam nos parques industriais.

Faço um gesto de compreensão, sem estar realmente prestando atenção à conversa, e ele se recosta na mesa, disposto a palestrar.

— Então, você também é atriz?

Sorrio, me desculpando.

— Olha, eu preciso ir e...

O homem estende a mão e diz:

— Certo, pode subir. — Joga a chave, e ela faz um arco, refletindo a luz enquanto gira no ar antes de cair com força na minha mão. — Quando sair entregue aqui embaixo. Prazer em conhecê-la. Espero que consiga o apartamento, querida.

Meio entorpecida, agradeço com um aceno de cabeça, sem saber bem o que fazer com esse presente inesperado. Segurando a chave com firmeza, me despeço com um sorriso e fecho a porta depois que saio da loja, antes de seguir nervosa para o apartamento. Enquanto tranco devagar e em silêncio a porta, penso, Como Liz e Debs podem ser tão idiotas? Imagine, deixar a chave com um homem qualquer no térreo. Quem permite que um estranho entre em sua casa quando se está ausente? Estão querendo problemas. Subo a escada na ponta dos pés, na expectativa de esbarrar com alguém que me pegue no ato. Sigo tão devagar que os degraus rangem sob meus pés, ecoando no silêncio.

Ouço um ruído e um movimento no andar de cima que me deixam paralisada. Ó, Jesus. Será que tem alguém ali?

— Olá? — gaguejo. Que diabos vou dizer? Devia ter planejado isso melhor!

Mas ninguém responde. Insegura, chego ao topo da escada e me vejo baixando a vista e fitando a cara fina com pelos desalinhados e os olhos lacrimosos da cadela repulsiva de Liz. O animal permanece em silêncio e imóvel. Não tão bravo sem Debs por perto. Nada de latidos hoje.

— Oi, Pixie — sussurro, e me agacho. Não quero que de repente ela pegue meu tornozelo, embora duvide que tenha dentes... Deve se alimentar somente de trufas trituradas no liquidificador e champanhe. O bichinho me encara, a plaquinha com seu nome se mexendo e refletindo a luz. Estendo a mão e digo baixinho: — Venha aqui, Pixie, venha. Isso!

Deliberadamente aumento o tom de voz. Aquele ratinho olha para mim e, meio em dúvida, se aproxima. Deixo que cheire minha mão, mas Pixie esfrega o lado da cara no meu pulso como se eu não passasse de um trapo, deixando na minha pele um pouco de secreção ocular.

Revoltada, levanto-me e olho com nojo para meu braço, depois vou até a cozinha para me limpar na pia. Pixie me segue e permanece ali, observando-me enquanto me lavo e, em seguida, me enxugo no pano de prato.

— Ah, sai daqui! — enxoto-a, e, depois de me lançar um olhar hostil por um segundo, ela vira a traseira para mim (apesar de quase não ter uma) e me mostra o rabo franzido e nojento antes de se afastar, entediada.

Pego um copo no escorredor, ponho um pouco de água e bebo devagar... Minha boca está seca. Então me ocorre que posso estar usando algo que tocou os lábios dela. Cuspo a água rapidamente e devolvo o copo ao lugar onde o encontrei.

Volto para a sala. Tudo permanece como antes, exceto pelos balões, que não estão mais tão vistosos. Examino de perto algumas fotos. Liz me encara com uma expressão fria e um sorriso provocador fixo no rosto. Seu olhar é hipnótico, como o de uma cobra. Algumas fotos parecem tiradas em um estúdio... ela nitidamente faz poses; a máquina de vento está ligada, seus olhos esfumaçados e borrados estão semicerrados, e ela parece rir.

O telefone toca de forma estridente, acabando com toda a minha concentração e fazendo-me dar um pulo de 3 metros no ar. Fico paralisada enquanto ouço ecos em todo o apartamento.

A voz de uma moça enche a sala; acho que é Debs, mas é difícil dizer. "Esta é a caixa postal de Elizabeth Andersen e Deborah Wills. No momento não podemos atender; por favor, deixe seu recado após o sinal." Ouço um bipe e em seguida a voz esbaforida de alguém andando e falando ao mesmo tempo.

"Debs? Querida? Atenda se estiver aí... Não? Tudo bem. Sou eu. Queria saber se vai passar em casa antes de vir para cá. Se for, pode trazer aquele meu sapato alto aberto atrás? Esqueci de pegar e vou me encontrar com o Peter no intervalo do espetáculo. Brigada, perua. Tchaaaaaaaau!" Ela desliga, e o silêncio se instaura.

Perco um pouco o equilíbrio com o choque e o terror, a foto dela olhando para mim e rindo, e depois tenho outro sobressalto quando o telefone toca novamente.

"Esta é a caixa postal de Elizabeth Andersen e Deborah Wills. No momento não podemos atender; por favor, deixe seu recado após o sinal."

"Eu de novo... Esqueci de dizer que, se for passar em casa, deixei a chave como você pediu para que a garota possa entrar, portanto não deixe a sua também, ou a gente vai se ferrar mais tarde. Não esqueça, querida... duas semanas até o dia de pagar o aluguel, então se estiver aí quando ela aparecer, convença essa garota! Vê se consegue localizar a amiga chata do Marc, aquela do casaco horroroso, que sentou na minha cama ontem! Droga... como é mesmo o nome dela?... Ah, não consigo lembrar! Bom, já nem me importa mais quem seja... precisamos encontrar alguém! É isso, gata... até mais tarde no trabalho. Te amo!"

Os olhos dela na foto parecem se estreitar, e seu sorriso, se abrir, quando o clique que marca o fim da mensagem reverbera em todo o apartamento. Tremo um pouco em "meu casaco horroroso", que é a única coisa que posso fazer para não agarrar essas fotos e espatifá-las no chão. Vaca... VACA. Entro no quarto dela tentando não olhar para a fotografia de Pete e abro o guarda-roupa. Num canto bem lá no fundo, escuro e poeirento, jogo a minha bolsa Mulberry e as joias, de maneira a não serem vistas, por baixo de algumas maletas de viagem. Mal as vejo agora. Endireitando o corpo, olho em torno do quarto e vou bruscamente até a cômoda dela. Ao abrir a gaveta superior, surge uma enorme quantidade de sutiãs e calcinhas. Escondo um conjunto de renda cor de pêssego na minha bolsa velha. Escolho esse porque não parece em nada com os que tenho. Ela vai se encontrar com ele mais tarde... vai se encontrar com ele mais tarde.

Estou tão furiosa e agitada ao invadir cegamente o quarto dela que de início não identifico de onde vem o som de uma campainha estridente. Paro, insegura, e escuto com atenção; percebo então que é alguém tocando a campainha... e com insistência. Meu coração dispara. Eu devia ter sido mais rápida.

Fico parada, sem saber o que fazer. Pixie começa a latir agitada, fazendo uma barulheira surpreendente para um ratinho que dá para levar na bolsa.

Merda, merda, merda! Escuto a abertura do correio que há na porta abrir-se e alguém dizer, bem alto:

— Olá. Eu vim ver o apartamento.

Não tenho outra escolha senão atender. A qualquer momento, o imbecil do Sr. Abelhudo da loja vai ouvi-la e vir investigar.

Mordendo o lábio, vou rapidamente à porta e abro-a. Uma moça miúda mas bonita está ali, mascando chiclete e usando uma minissaia tão curta que mal lhe cobre o traseiro. Seu enorme casaco peludo, por outro lado, dá a impressão desconcertante de que ela matou a irmãzinha de Garibaldo para jogar sobre si mesma o que restou. Ela é incrivelmente linda e sorri de forma afável para mim.

— Você deve ser a Debs, não é? — pergunta, estendendo a mão. — Li sobre o anúncio. A gente se falou por telefone.

Tudo o que ela diz tem uma entonação mais alta no final. É muito afetada, e de início, não simpatizo muito com ela, apesar de seu ar alegre. Entretanto, é bastante conveniente ela ter informado que não conhece Debs, e fica claro que não são amigas. Assim, pelo menos não me exponho. Debs concluirá que ela veio e foi embora e que não quis o quarto, e quanto à possível inquilina diante de mim... Bom, hoje ela não vai conseguir um lugar para morar, é verdade, mas me foi bastante útil, apesar de irritante.

— Ah! — Finjo estar desapontada. — Sinto muito! A vaga foi ocupada hoje de manhã! Eu devia ter telefonado para você... Sinto muito mesmo!

Por um instante ela parece um pouco decepcionada, e depois força um sorriso, dá de ombros e diz:

— Ah. Bem, me avise se houver alguma mudança.

— Tenho o seu número — digo com firmeza.

Enquanto ela diz:

— Prazer em conhecê-la...

— Fecho a porta. Ela entra e sai da minha vida em menos de dois minutos. Se pelo menos eu pudesse dizer a mesma coisa de Liz...

O fato de ela ter tocado a campainha *realmente* me deixou nervosa... e não quero ficar mais aqui. Se me pegassem... O medo me faz ser rápida. Fecho a porta com cuidado e volto para a rua.

Depois de devolver a chave ao homem da loja, de nos despedirmos com cordialidade e de ele me garantir que dirá a Debs que achei o apartamento muito bom mas não exatamente o que esperava, entro satisfeita no metrô.

De volta ao West End, abro a bolsa e pego meu celular. Ligo para o telefone fixo de nossa casa, e toca sem parar. Pete não está.

Telefono para o celular dele.

— Pete? Oi, amor, sou eu. Está trabalhando em casa? Ah, está? Graças a Deus. Acabo de me lembrar de uma coisa chatíssima... Quando coloquei a Gloria lá fora hoje de manhã, esqueci de trancar a porta de trás... Eu sei, eu sei. Mas você está em casa, então será que podia dar um pulinho lá embaixo e fazer isso para mim? Olha, estou saindo mais cedo hoje. Me sentindo péssima... O quê? Não, só uma dor de cabeça terrível. Uma espécie de sinusite. É, chego aí em uma hora.

Depois desligo. Detesto saber que ele acabou de mentir para mim com tanta destreza dizendo que estava em casa, e detesto também ter conseguido enganá-lo tão facilmente. Isso o faz parecer um tolo e não me faz sentir esperta ou inteligente... somente muito, muito triste.

A única coisa boa é que ele não vai poder vê-la hoje.

Olho para o meu relógio... Pete já deve estar a caminho, mas nesse momento é provável que esteja seriamente preocupado por a casa estar vulnerável, fora que precisa chegar em casa antes de mim. Vai ter que voltar.

Frustrante é perder o trem por questão de minutos e ter que esperar 45 minutos pelo seguinte. Com o excesso de adrenalina que corre em meu organismo, estou ansiosa e agitada, e, embora ande de um lado para outro enquanto espero, para tentar desviar meus pensamentos do que acabei de fazer, não noto absolutamente nada; poderia estar diante de qualquer coisa. Lottie me irrita me ligando, e tenho que ignorar a chamada, atraindo assim olhares atravessados das pessoas, que não entendem por que não atendo meu próprio telefone.

Desço, então, no ar fresco da Trafalgar Square e em meio ao zunido do tráfego. Há uma turista que deixa os pombos pousarem em sua cabeça, mãos e ombros. Eles batem as asas em torno de seu rosto, enquanto o namorado filma a cena deslumbrado. Ela dá gritinhos de alegria, porém nervosos, enrijece os ombros e aperta os olhos, fechando-os. Vê-los alçando voo, assim tão próximos a ela a ponto de fazer seus cabelos voarem, me dá arrepios. Como essa mulher permite uma coisa dessas? Suponha que um deles cague em sua cabeça ou arranhe sua mão. Será que nunca os viu por ali mancando com um coto onde antes existia um pé, os olhinhos redondos brilhando e a cabeça para a frente e para trás?

Repugnada, fecho o casaco e tenho um sobressalto quando meu celular dispara de novo. Dessa vez é Clare. Deixo cair na caixa postal, mas ela imediatamente telefona de novo. Esse é nosso código para avisar: "Atenda, é urgente."

Não quero falar com ela no momento; estou muito estressada... mas Clare telefona mais uma vez... Droga! E se for uma emergência com mamãe? Não tenho escolha.

— Ah. *Bonjour*! — diz ela, alegre.

— E aí, tudo bem? — respondo com rapidez. — Eca!

Um pombo voa muito perto de mim, e tenho que me esquivar, quase deixando cair o telefone.

— Por onde você anda? — ela diz no mesmo instante. — O que está acontecendo aí?

— Um pombo — digo com voz fraca. — Bem no meu rosto.

— Que nojo! — percebo seu horror pelo telefone. — E eu já estou meio enjoada. Os avós de Amy lhe deram de aniversário uma caixinha de ferramentas de chocolate, e eu comi o alicate e a chave de fenda hoje, e também bebi tanta vodca ontem à noite que minha cabeça quase despencou, e agora acho que estou com insuficiência renal.

Escuto uma risada no fundo, e ela se dirigindo a alguém:

— É verdade, Amy. Estou. O quê? Não... estou te dizendo... ela estava ao lado do aquecedor... desculpa, Mi, estava contando a Amy sobre aquela aula de natureza-morta que eu fiz, em que a modelo tinha pelos tão compridos debaixo do braço que dava para fazer tranças, e sobre o cheiro dela...

— Clare! — interrompo-a. — Estou trabalhando. Você tem mesmo alguma coisa urgente para me dizer ou não?

— Certo — diz ela, ofendida. — Mas desde quando você tem pombos de verdade em seu escritório? Está bem, vou ser *rápida*, já que pelo visto você está aprontando alguma coisa. Fui convidada para visitar Barcelona daqui a umas semanas, mas não vai dar para eu ir a menos que você me empreste o dinheiro, e todo mundo vai fazer a reserva hoje. Aquele cara, o Adam, vai. Ele é um deus sexual, Mi... vou embebedá-lo com uzo.

— Isso é Grécia — digo automaticamente, olhando o relógio. Vou perder o segundo trem se não prestar atenção. Começo a caminhar.

— O quê? Barcelona é na Espanha, sua burra.

— Não... — Fecho os olhos por um momento e percebo que não posso ser incomodada. Quero chegar logo em casa. — Olha... eu te empresto o dinheiro. — Qualquer coisa para desligar o telefone; não estou com saco de falar. Só quero voltar para casa.

— Ah! — Ela faz uma pausa dramática e então solta a bomba: — Eu e o Jack terminamos.

Imediatamente me sinto mal por estar apressando-a.

— Ah, Clare... sinto muito. Ele é um perfeito idiota de perder você. E aí, você está bem?

— Não... tenho ficado na sala escutando Daniel Beddingfield, chorando e alisando uma foto dele — ela ridiculariza. — Claro que estou. Fui eu. Fui *eu* que terminei com *ele*.

Ah! Bom!

— O merdinha já está com outra namorada, o que é uma grosseria.

Como ela faz isso? Como consegue ser tão forte? Tão blasé?

— Você quer que ele volte? — pergunto sem ânimo; tudo soa muito familiar. Não posso lidar com isso agora.

Ela retruca:

— Não... a maçaneta dele é a menor do mundo.

— Certo — digo com pressa. — Que bom, então. Tenho pena dessa nova namorada... parece que não vai ser muito divertido para ela.

— É uma vadia mesmo — completa. — Ela chupou um cara numa boate... e nem foi no banheiro... embaixo de uma mesa com divisória. E bebe horrores. Eu só queria ter conhecido outra pessoa no lugar dele, mas... é aí que entra o Adam em Barcelona. *Hola!*

Levo mais uns três minutos escutando os planos superentusiasmados de Clare antes de conseguir desligar sem levantar mais suspeitas por eu não estar no trabalho. Por fim, corro de volta para a plataforma e me dirijo às catracas. Logo que entro no trem, no entanto, a viagem segue de forma tão lenta que sinto como se estivesse sendo puxada para trasˋ ou correndo num sonho, e, estranhamente, quase desejo telefonar de volta para Clare para ajudar a aguentar essa monotonia. Às 17h45 estou quase correndo pelo nosso jardim.

Encontro Pete na cozinha, como se tivesse estado ali o dia todo, a chaleira no fogo. Quando entro, ele sorri e, em seguida, boceja. Levantando os braços, diz:

— Oi, doentinha. Vem aqui me dar um abraço.

Ele não precisa pedir duas vezes.

Mais tarde, estamos tomando nosso chá em silêncio, olhos cravados na televisão, e Gloria a nossos pés.

Embora Pete esteja muito amável, me perguntado se estou bem e servindo o chá, parece distante, como se estivesse pensando em alguma coisa. Não forço nada, nem pergunto o que há de errado com ele.

Ficamos mais um tempinho vendo televisão, e aí o telefone toca.

— Querida? Sou eu.

— Mãe! — Ao contrário do que aconteceu com Clare antes, imediatamente fico feliz ao ouvir sua voz, mas minha garganta é obstruída pelas lágrimas. Pelo amor de Deus... preciso me controlar! — Onde você está? — pergunto, a voz embargada.

— Fomos a Santa Lucia hoje. É lindo lá! Nadei com as tartarugas. E você, como vai? — A linha começa a falhar: — Você... fim de semana... Clare...

— Mãe, está me escutando? Mãe? — digo desesperada.

— Alô? Alô? Estou ouvindo de novo. Ah, então... sim. Aqui é maravilhoso. Você não imagina como tenho descansado. É incrível, não é? A gente não percebe que precisa tirar umas férias até o momento em que se afasta de tudo. Tentei falar com a Clare, mas o telefone dá na caixa postal. Pode dizer a ela que liguei? E você, está bem?

Pete está ao meu lado, vendo televisão e coçando o pé. Não posso dizer nada, mesmo que quisesse... e, de qualquer forma, também não diria; ela ficaria muito preocupada. Minha mãe precisa desse descanso.

— Eu estou bem. — Fecho os olhos rapidamente. — Bem.

— Tem certeza? Sua voz não está muito boa.

Dou uma risada estranha, mais como um latido, e Pete me lança um olhar surpreso.

— Não estou me sentindo muito bem. — Dou um sorriso triste, e meus olhos enchem-se de lágrimas. — Não se preocupe comigo. — Pego um lenço do bolso e enxugo os olhos. — Não tenho andado muito bem. É só isso.

— Pobrezinha — ela diz com carinho. — Tente dormir bem e beba bastante água. Peça ao Pete para lhe dar um abraço grande por mim. Preciso ir, querida, essa ligação vai custar uma fortuna. Te amo muito.

— Amo você também — digo, e então ela desliga.

— Você está bem? — Pete olha para mim com curiosidade.

— Sinto saudades dela. — Assoo o nariz ruidosamente. — Queria ter contado a ela sobre o assalto... mas não quero que fique preocupada. — Pete me alisa o braço.

— Ela só vai passar três semanas fora! Logo vai estar de volta, e tenho certeza de que está se divertindo como nos velhos tempos. Conhecendo a sua mãe, não demora muito e ela vai comandar o navio. Ah vai, você só está cansada e indisposta. É hora de ir para a cama, eu acho.

Concordo com um gesto de cabeça, sem dizer uma palavra, ainda segurando meu lenço como uma criança de 5 anos.

— Vá. Fique calma — ele diz com carinho. — Vou logo em seguida.

Escovo os dentes, deito na cama, pego meu livro e espero por ele.

Dez minutos depois, Pete entra no quarto, tira o casaco pela cabeça e o deixa cair no chão.

— Você levou a Gloria para fora?

Dou a impressão de estar lendo há horas, mas, na verdade, permaneço na página 8 o tempo todo. Acho que não absorvi nenhuma palavra.

— Levei sim. Botei ela lá fora *e* tranquei a porta, que *não estava* destrancada... cabecinha oca. — Ele entra embaixo do cobertor e passa a mão nos meus cabelos com carinho. — Falando sério, Mi, você precisa se acalmar. Eu sei que o roubo foi horrível, mas não precisa ficar preocupada. Você não é assim de ficar tão estressada e chorosa só porque sua mãe telefonou. Não fique pensando nisso, está bem?

Faço que sim, e ele, satisfeito, dá um aperto cordial em minha perna e vira-se para o outro lado.

Meia hora depois, quando sua respiração se desacelera e ele começa a roncar, afasto-me, saio da cama devagar e desço a escada.

O celular dele está no bolso do casaco, que se encontra pendurado no fim do corrimão. Está ligado, e mostra uma nova mensagem: Liz.

Será que ele está ficando descuidado ou eu agora aprendi a procurar?

Abro-a e leio:

```
Se não queria vir hoje, devia ter dito. Por
favor, nunca minta pra mim. Porta dos fun-
dos destrancada?... O q pensa q sou?
```

Isso me deixa eufórica, como se tivesse acertado quatro números na loteria e precisasse apenas de mais um. E como sei que ela vai estar lá esperando que ele responda com uma desculpa quando ler a mensagem que acabo de ler, apago-a, pois assim Pete não a lerá.

Em seguida, clico na caixa de entrada. Há outra mensagem dela, enviada às 17h15:

```
Pq eu destruiria sua casa? Fiquei tão cha-
teada que tenha PENSADO isso de mim q não
me importo de perguntar... e se pensa que
FUI eu, pq precisa ir para casa e trancar a
porta? Não sou idiota.
```

Pete falou com ela sobre isso! Falou mesmo. Ela está em algum lugar toda irritada, e ele está na nossa cama dormindo...

Coloco com cuidado o telefone de volta no lugar onde o encontrei, depois subo, vou para a cama e, para minha surpresa, adormeço rapidamente.

Capítulo 17

— Não posso sair — digo com cuidado ao telefone, pois Pete pode me escutar. — Faltei ao trabalho nesses últimos dois dias e além do quê, simplesmente não estou com vontade.

Como eu previa, segundos depois Pete entra na sala e desaba no sofá. Ele tem andado com um inexplicável péssimo humor o dia todo.

— Bom, você não espera que vá dar de cara com seu chefe bebendo aí perto da sua casa num bar, não é? — pergunta Patrick, com razão.

— Não — respondo num sussurro.

— Quem é? — pergunta Pete baixinho, e quando digo com um movimento de boca "Patrick", ele faz um gesto de impaciência e desaparece por trás de uma revista de capa com papel brilhante chamada *Best Barns*.

— Olha, você não está se arrastando ou algo do gênero. É noite de sexta-feira e já disse que não tem planos com o Pete, a gente não se vê há séculos, e é só um drinque. Vou passar aí e pegar você daqui a uma hora... Não. — Ele aumenta a voz quando tento protestar. — Está decidido. Sem discussão.

E em seguida desliga.

Estou genuinamente cansada; esses últimos dias foram exaustivos. Para Pete, tive uma recaída em meu mal-estar... então posso ficar em casa de olho nele. Pete tem que entregar esses dias um grande orçamento e, embora esteja passando um bom tempo no escritório, sei que não a tem visto. O que é bom. Eu acho. Estou, entretanto, muito tensa em relação à próxima semana. Apesar de Pete achar que estive no trabalho na terça e na quarta-feira, não fui trabalhar a semana toda. Lottie me mandou outra mensagem de texto hoje perguntando quando volto; não posso continuar adiando as coisas.

Sinto-me pairando no ar, contorcendo-me de forma incessante. Ora tenho fixação pelo telefone de Pete e não penso em outra coisa senão em me livrar de Liz, ora fico apavorada ao pensar que estive no apartamento dela, e imagino que deve haver outra maneira de resolver esta situação. Quando estou em casa com ele, não parece que tudo isso seja real, que ele tenha outra mulher. Mas então, no quarto, pego os brincos dela, prova de que não é imaginação minha, e sei que não posso fazer de conta que ela não existe. Na noite passada, fiquei na banheira, sentada, até a água esfriar e chorei, sem saber que rumo tomar e o que fazer.

Pensei até em parar de tomar pílula, mas essa ideia me deixou assustada. Adoro Pete e não quero perdê-lo, mas quero, mais do que tudo, que isso aconteça da maneira correta, por amor e não desespero. Do contrário, como eu poderia olhar meu filho nos olhos?

— Mia. Ei! — Levanto o olhar e vejo Pete sorrindo para mim. — Você está a milhões de quilômetros daqui.

— Desculpe. O que foi?

— O que o Patrick queria? — ele pergunta, com a tensão que surge em sua voz sempre que pronuncia o nome de Patrick.

Isso me dá uma certa ideia, enquanto permaneço sentada ali no sofá. É o equivalente a uma caixa de leite longa vida ou a um pãozinho branco: tem todo o valor nutricional especificado, mas não satisfaz ninguém. De qualquer forma, como um pedaço desse pãozinho. Afinal, não é o mesmo que parar de tomar pílula intencionalmente ou bater na traseira de outro carro para forçar Pete a perceber o quanto me ama, ficando ao meu lado na cama onde eu estaria presa a tubos e aparelhos.

Porque também considerei isso nos últimos dias. Quando estou mais calma, sentada no sofá, sei que imaginar uma coisa dessas é doentio. Não tenho como justificar esse pensamento, e está longe de ser aceitável ou normal, mas quando escutei as mensagens na secretária eletrônica no apartamento dela, anunciando satisfeita que iria se encontrar com Pete, e a ouvi outra vez, mentalmente, quando estava presa no trânsito pela manhã ao voltar do mercado, olhei entorpecida pelo para-brisa para a traseira do carro que estava à minha frente e me perguntei o que aconteceria se eu batesse... Imaginei-o correndo para o lado do meu leito no hospital, segurando minha mão angustiado, dizendo: "Ela vai ficar bem, não vai, doutor? Prometa."

Então, de certa forma, o que decido fazer em seguida não parece tão mau no plano geral das coisas. Em comparação com os pensamentos que *tenho tido* ultimamente, parece até bem racional.

— Vou sair para tomar um drinque. Você não se importa, não é? — digo, decidida, e me levanto, alongando o corpo.

Pete olha para mim surpreso.

— Mas você não está bem!

Dou de ombros.

— Estou um pouco melhor hoje. Consegui comer alguma coisa mais cedo. Volto lá pelas 9.

Sei que existe a grande possibilidade de, no segundo em que eu sair de casa, ele telefonar para ela. Além do quê... fazer ciúmes ao namorado? Será que estou usando a tática de uma adolescente? Mas parece que ele não se entusiasmou muito com a ideia, e isso é melhor do que nada.

E fica ainda menos entusiasmado quando desço, 45 minutos depois, usando um vestido curto que deixa minhas pernas à mostra.

— Não acha que deveria usar uma roupa mais protegida? — ele pergunta, e, sem querer, rio um pouco do seu tom pudico.

— Você preferia que eu usasse um macacão? — digo em tom de provocação.

— É sério, Mia. Você sabe por que eu quero que você troque de roupa. — Pete muda para um tom irritadiço. — Não quero que ele fique de olho em você a noite toda e depois vá para casa tocar uma punheta.

Sua vista recai de novo na revista, e fico um pouco chocada com essa observação tão desnecessária e explícita. A campainha toca de novo.

— Deve ser ele. Não tenho tempo para trocar de roupa.

Pete não faz nenhuma observação.

— Volto logo — digo baixinho.

Ele faz que sim com a cabeça sem levantar o olhar, e eu saio.

Capítulo 18

— Então. Meu novo apartamento veio com algo extra que eu não pedi — diz Patrick quando nos sentamos com nossos drinques.

Faço o possível para me mostrar interessada.

— Ratos! — diz ele secamente, e depois ri quando franzo o nariz.

— Ah, fala sério. Como pode achar ruim? Cocô de rato por todos os cantos, pacotes de pão roídos, não saber se as garotas que levo para casa dão gritinhos porque me veem nu ou porque percebem um roedor correndo nos pés da cama. — Ele toma um gole da cerveja. — É ótimo!

— Você não colocou ratoeiras?

— Coloquei. Peguei dois hoje de manhã. Apesar de ter recebido umas sugestões alternativas interessantes. Uma das minhas colegas de trabalho me disse: "O que você precisa fazer..." — e ele imita o sotaque desleixado dela, embora não com indelicadeza — "é colocar uma tigela de água e um pouco de cimento misturado com açúcar. Aí o ratinho vai lá, primeiro cheira o açúcar, depois come o cimento, então fica com muita sede e procura a tigela com água, bebe um pouco, tudo se mistura na barriga dele e... ele vira um tijolo!"

Pela primeira vez na semana consigo dar umas boas risadas.

— Eu sei! — Ele sorri. — Brilhante, não é?

— Mas, fora os ratos, você está gostando?

Ele dá de ombros.

— É legal. Consigo chegar à estação em menos de dez minutos, a TV passou a funcionar, e o chuveiro não é só um filete de água. Não preciso de muito mais do que isso.

Patrick sempre teve um gênio bom. Na escola, fazia a turma toda rir. Praticava esportes o suficiente para não ser um geek, mas não era tão bom (para sua frustração) a ponto de fazer parte dos times colegiais; dava-se bem em todos os grupos, o que atraía várias garotas, inclusive Katie. Incansável, ela o perseguia em várias festas, até que em uma, ao som de "Smells Like Teen Spirit", do Nirvana, ele cedeu, e os dois beijaram-se e abraçaram-se apaixonadamente, num canto escuro da sala. Mais tarde, no banheiro, eufórica, ela me disse que aquele tinha sido o melhor beijo de toda a sua vida, e foi por isso que eu *e* Patrick ficamos surpresos quando, na semana seguinte, ela foi vista agarrando-se com Adam Stebbings, numa festa para ele, no quarto dos pais *dele*.

— Foi mal, Patrick. — Dei de ombros sem jeito. — Ela disse que gostava de você de verdade, mas...

— Ela gosta mais do Adam — disse Patrick, lamurioso.

— Eu acho ele um idiota. Se isso ajuda — comentei.

— Não muito, mas vou sobreviver. Quer uma bebida, hã... Mia, não é?

E assim começou uma amizade que resistiu aos acessos de mau humor de Katie, resultantes da proximidade dele. Ela o beijara apaixonadamente e o dispensara... era inconveniente tê-lo ainda por perto, atrapalhando, queixava-se

Katie. Por que eu não fazia amizade com outro garoto qualquer? Mas eu gostava de Patrick. Ele me fazia rir.

Afinal, o fato de ele e Katie não se darem bem simplesmente não fazia a menor diferença. Se fossem forçados a se falar na escola, tratavam-se friamente mas com educação, e ela desaparecia quando ele se aproximava de mim; e quando Katie e eu, por fim, nos desentendemos na universidade, ele foi maravilhoso. Recebi todo o seu apoio.

O curto período de tempo em que me senti atraída por Patrick durou apenas três meses, logo antes de conhecer Pete, mas não revelei isso a Patrick. Foi depois de termos saído numa sexta-feira à noite, quando fui até o seu apartamento, como havia feito centenas de vezes, para chamar um táxi. Nós dois havíamos bebido muito e, enquanto esperávamos pelo táxi, nos largamos no sofá e ligamos a televisão.

Não sei o que fez essa noite ser diferente das outras, mas me aconcheguei a ele e de repente percebi como aquilo era bom. Patrick é muito alto, malha bastante e tem um tórax fabuloso... não excessivamente grande, apenas másculo.

Ele me envolveu em seus braços, e eu sentia o perfume de sua loção pós-barba. Lembro-me de ter-lhe dirigido o olhar e de, pela primeira vez, desejar saber qual seria a sensação do seu beijo, o que para mim foi um pensamento inquietante. Ele deve ter percebido o meu olhar, porque olhou para mim, e houve, então, uma pausa assustadora, quando, de repente, parecia que nós dois *estávamos* a ponto de nos beijar. Ele aproximou-se um pouco mais, e senti meus olhos fecharem-se, mas nesse momento bateram à porta, e era o táxi que havia chegado. Eu nunca recuperara a sobriedade de forma tão rápida em toda a minha vida. Entreolhamo-nos e então, de um salto, levantamo-nos, e tudo parecia muito estranho: "Ah, cadê meus sapatos?" E: "Meu Deus, que *cansaço*!" E: "Caramba, não acredito que já seja tão tarde!"

Fui até a porta e me virei para dar tchau, mas, pela primeira vez na vida, não sabia o que fazer. Tudo que havia acontecido apenas um segundo antes se dissolvia no ar à nossa volta. Normalmente eu o teria beijado na bochecha para me despedir ou socado o seu braço ou coisa assim, mas de repente tive vergonha de tocá-lo, o que era ridículo.

Ficamos ali pelo que pareceu uma eternidade. Por fim, com impaciência, o taxista disse, do carro: "Para onde vai, querida?", e a sua voz quebrou aquela tensão. O clima mudou; trocamos olhares furtivos e rimos um tanto aliviados com ar de "Puxa, essa foi por pouco!". Patrick disse: "Ei, vem cá!" e me deu um abraço apertado amigável, aí fingi esmurrá-lo de leve no estômago. Então entrei no táxi, me sentindo ainda bastante confusa.

Não nos falamos na manhã seguinte, e uns três dias se passaram antes de nos encontrarmos de novo; então eu já me perguntava se não havia ficado embriagada a ponto de ter imaginado tudo aquilo. Não queria, de forma alguma, perguntar a Patrick se ele estava mais sóbrio do que eu e ter, assim, que enfrentar aquela terrível conversa: "Ah, sobre a noite passada..."

Portanto, não discutimos o assunto, e as coisas voltaram ao normal, o que significa dizer que comecei a pensar nele dessa maneira nova e confusa durante algumas semanas. Lutei comigo mesma e não sabia se me sentia atraída por ele ou se estava apenas misturando amizade com sentimentos que não eram reais. No momento em que finalmente decidi que estava mesmo gostando dele, Patrick arranjou uma namorada linda.

Quando, na noite de sexta-feira, ele entrou no bar de mãos dadas com ela, sorrindo feliz (eu estava pensando em *talvez* lhe dizer como me sentira naquela noite), meu coração se despedaçou, retomei o fôlego, dei um largo sorriso de boas-vindas e agradeci a Deus por não ter dito nada. Venci a noite aos tropeços, chorei um pouco em casa mais tarde e segui em frente, como se faz nessas situações.

De qualquer forma, foi melhor assim, porque conheci Pete pouco depois. Começamos a nos ver, e eu me encontrava em estado de êxtase, ao mesmo tempo em que Patrick e Mel (acho que era esse o nome dela) romperam o namoro.

— E então, quais são as novidades? — Patrick lança um olhar a uma mulher que passa e esbarra nele, e, em seguida, volta a atenção para mim.

Controlo-me para não rir histericamente e, por um breve instante, imagino-me ali dizendo: "Não muitas. Descobri que Pete está me traindo, encenei um assalto, saí procurando a amante dele para mandá-la desaparecer, terminei no apartamento dela e vi uma foto de Pete na sua mesinha de cabeceira. O mesmo de sempre."

— Bom, passei mal quase a semana toda, então não tem muito o que contar. E você, o que me diz?

— Na verdade, nada interessante — responde Patrick, desanimado. — O trabalho está um tédio, e estou aqui com você numa sexta-feira à noite, o que já diz tudo sobre a minha vida amorosa atual. Mas recentemente dei de cara com alguém do nosso passado...

Procuro parecer interessada, mas estou calculando há quanto tempo estou fora, e se Pete já telefonou para ela. Não consigo me desligar disso por muito tempo.

— ... Foi bem estranho. Eu estava na estação, e ela simplesmente chegou perto de mim e disse oi. Não me lembro qual foi a última vez que a vi antes disso. Deve ter sido antes de vocês duas brigarem, eu acho.

— Desculpa. — Volto a prestar atenção. — Quem?

— A Katie — diz ele, olhando por cima do meu ombro. — Quer beber mais alguma coisa, enquanto o bar ainda está calmo?

— Não, obrigada — digo rapidamente. — Ela falou sobre o quê? Alguma coisa interessante? Por onde ela tem andado?

Patrick me olha com curiosidade.

— De repente você me vem com um monte de perguntas.

Dou de ombros, demonstrando indiferença.

— Só curiosidade, mais nada. Ela está bem?

Patrick pensa por um instante.

— Um pouco magra demais, na verdade — responde ele, pensativo. — Com feições meio... angulosas. Mas não totalmente diferente. Mais velha.

— Falaram sobre o quê?

Ele pensa de novo.

— Pouca coisa... ela vai viajar.

Franzo a testa ao levar o copo à boca.

— Viajar? Para onde?

Ele dá de ombros.

— Não sei. Um desses programas, salve um iaque desamparado no Tibete, em algum lugar. Já te contei que vi o Reuben também? Você se lembra dele? Aquele garoto que pôs fogo no laboratório de ciências? Agora ele gerencia uma seção do JP's em...

— Ela disse quando ia? — interrompo-o, com insistência.

Ele fica surpreso.

— Não perguntei. Não conversamos por muito tempo.

— Ela... perguntou sobre mim? — digo, e me odeio por isso.

Ele parece incomodado; muda de posição na cadeira.

— Sinceramente, foi uma conversa de cinco segundos e...

— Então ela não perguntou?

— Não. Não perguntou. — Ele estende o braço e alisa a minha mão com carinho. — Sinto muito.

Não digo nada, só dou de ombros e tento sorrir.

— Mas sério... por que ela perguntaria, e, aliás, por que você se importaria com isso? Ela foi uma piranha com você!

Hesito. Será? Ou será que ela estava falando a verdade?

— Arriscar uma amizade por um homem uma vez já é bastante ruim... mas duas? — Ele abana a cabeça. — Desculpa dizer isso, Mia, mas eu acho que ela não perdeu o sono com essa história. Você achava que ela ainda queria resolver essa questão?

— Talvez. — Não o encaro.

— Mas talvez para ela isso não seja uma questão mal resolvida — comenta ele com delicadeza. — Talvez seja apenas para você.

E então ficamos um tempinho calados.

— Não fique chateada — diz Patrick em seguida. — Você sabe como ela é; também não perguntou nada sobre mim... Katie se interessa apenas por Katie.

Não digo nada, pois sei que nessa questão ele vai ser sempre um pouco parcial. Engraçado como um beijo quando se tem 14 anos fica marcado na gente por anos a fio.

— Ela só falou sobre si mesma, disse que precisamos nos encontrar para colocar em dia as novidades, me deu o número do celular, foi só isso.

Arregalo os olhos.

— Ela te deu o número do celular dela?

— Deu — ele responde, impaciente —, mas não vou telefonar porque a) ela só consegue pensar em si própria, b) ela foi muito injusta com você, e c) ela vai viajar. A única coisa mais chata do que escutar os planos de viagem dos outros é escutar os sonhos dos outros. Sonhei esses dias que me casava com a Mel. Lembra dela? — Ele tem um leve tremor.

— Bom, dizem que, na vida real, acontece exatamente o oposto ao que se vive nos sonhos.

Patrick franze a testa.

— Bom, embora eu espere que seja verdade no caso do meu casamento com a Mel, isso parece bobagem pura para mim. Outro dia sonhei que ia andando para o trabalho... mas da última vez que tentei, percebi que ainda não consigo voar.

— Você sonhou que ia andando para o trabalho? — Olho para ele perplexa. — Que porcaria de sonho, hein? E desde quando voar é o contrário de andar, seu mala? O que eu estava querendo dizer era que quem sonha com a morte tem uma vida longa e feliz.

— E você e o Pete, acha que vão se casar? — Patrick pergunta de repente.

Faço um ar de riso, depois dou de ombros e pisco para ele.

— Espero que sim. Ele ainda não me pediu em casamento.

— Vai pedir. — Patrick dá um gole na cerveja. — Seria um louco se não pedisse. — Patrick olha para sua esquerda quando um cara gordo dá um murro no ar e diz bem alto "Ganhei!" ao ver as moedas caírem na bandeja de uma máquina caça-níquel. — Cara sortudo!

Olho para o homem e meu coração palpita sem qualquer explicação. Quem é sortudo? Pete ou aquele gorducho ali colocando no bolso as moedas de 1 libra? Mas então meu telefone, que está em cima da mesa, acende e começa a mostrar o nome de Pete e a vibrar numa poça de Coca-Cola diet derramada.

— Alô, sou eu — diz Pete suavemente. — Já está voltando?

— O quê? Agora? Olho para meu relógio, enquanto Patrick pergunta com um movimento de lábios: "Mais um drinque?", e sorri contente para mim. O momento passou, se é que realmente existiu.

— Clare está aqui.

— O quê?... aí em casa? — Fico confusa e balanço a cabeça para Patrick, num gesto de reprovação. — O que é que ela está fazendo aí?

— Espere aí. Vou passar para ela.

Há um ruído de alguma coisa mudando de posição.

— Oi, garota — diz Clare. — Onde você se meteu?

— Estou num bar. E você, o que está fazendo aí?

— Bom, *alguém*, que atende por nossa mãe, me telefonou e disse que estava preocupada com você, e me pediu para ver se estava tudo bem. Ela disse que você estava esquisita ao telefone.

— É que eu andei doente — respondo no mesmo instante.

— Claro. E o barzinho, é legal? Eu *disse* à mamãe que você estava bem. Bom, pensei em fazer uma surpresa a você, já que estava de cama. Trouxe um fortificante, revistas e tudo o mais. E sacrifiquei a minha sexta-feira.

— Devia ter telefonado antes.

— Ah, mas aí não seria uma grande surpresa, não é? E desde quando você sai numa sexta à noite hoje em dia? Em que bar você está? Vou até aí encontrar você.

— No Bottle House, mas não se preocupe... estou indo para casa...

Ela já desligou. Maravilha, agora vou ter que esperar até ela chegar para ir embora.

— Minha irmã está vindo para cá — digo a Patrick.

Ele franze a testa.

— Ela não tem 15 anos?

— Tinha há sete anos. Faz tanto tempo assim que vocês se viram?

Ele parece confuso.

— Talvez. Já faz certo tempo. Não me lembro muito bem. Vamos pedir mais alguma coisa? O que ela vai beber? Limonada?

Retruco:

— Se você colocar quatro doses de vodca dentro, é bem provável.

Ele ainda está no bar quando Clare chega, com as faces coradas pelo clima lá fora, e joga a mochila no chão.

— Oiê. — Ela se inclina para me beijar. — Ah, sim, entendo o que a mamãe quis dizer, você parece doente *mesmo*. Só você para inventar uma coisa dessas... eu podia ter saído e encontrado um cara legal, mas mamãe foi tipo, "Deixa de ser tão egoísta". Onde está seu amigo, ou ele também é invenção sua?

— Foi pegar umas bebidas. Olha, Clare, não quero ficar mais muito tempo...

— Ah, maravilha. — Ela revira os olhos, irritada. — Ele é muito chato?

— Não! É o Patrick. Você conhece.

Ela não esboça a menor reação.

— Deve ser um bundão, não me lembro dele de jeito nenhum.

— É que eu não quero deixar o Pete sozinho a noite toda e...

— Por quê? — Ela faz uma careta. — Ele estava bem irritado quando eu cheguei. Quando pisei no jardim escutei ele gritando ao telefone. Se eu fosse você, deixava ele se entender por lá.

— Ele estava gritando com quem? — Meu coração congela.

Clare dá de ombros.

— Sei lá. Estava ao telefone quando abriu a porta e disse à pessoa que ligaria depois. Pensei que fosse você, e ia dar uns chutes no traseiro dele. Ah, oi.

Ela baixa o tom de voz e fica mais tímida quando Patrick volta para a mesa, trazendo três drinques.

— Oi. — Ele pigarreia, sorri e demonstra boas maneiras. — Hum, deixa eu colocar isso na mesa. Minhas mãos estão molhadas, desculpe. Eu sou o Patrick. Acho que não nos conhecemos.

Mas Clare olha para ele como se o resto do mundo congelasse à sua volta e eles fossem as únicas pessoas que existissem. Fico meio encabulada e me viro para Patrick para pedir desculpas, mas percebo que ele também olha para ela com intensidade.

Ah, não... Não, não, não.

— Conhecem sim — digo imediatamente. — Essa é a Clare, minha *irmãzinha*. Clare, esse é o Patrick.

Patrick arqueia as sobrancelhas até a raiz dos cabelos.

— Meu Deus! Desculpa! Pensei que fosse... Meu Deus, você mudou muito.

O rosto de Clare fica ainda mais vermelho.

— Ah, obrigada... Patrick. — Ela pronuncia o nome dele devagar, como se verificando se combina com ele. — Que bom encontrar você de novo!

Patrick senta-se e nos entrega as bebidas.

— E você... e você... Bom, hum, o que tem feito nesses últimos sete anos?

— Tirado "A" na escola, enchido a cara, roubado as minhas roupas e ido para a universidade — interfiro com antipatia, e Clare franze o cenho. — Olha, Clare, você não sabe mesmo com quem ele estava gritando?

Clare dá uma risadinha como quem diz "Não, não sei, e será que a gente pode deixar esse assunto para depois?", e em seguida diz com firmeza:

— Não tenho a menor ideia. Desculpa, mana. — Volta-se para Patrick e sorri enquanto afasta o cabelo do rosto e diz, animada: — Então, Patrick. Você trabalha por aqui?

Meia hora depois, eles estão se entendendo às mil maravilhas, e tenho a péssima impressão de que algo significante está não somente em infusão, mas numa efervescência louca. Estou também roendo as unhas até o sabugo, desesperada para chegar em casa, mas sem conseguir ver como posso fazer isso sem ser altamente indelicada e sem demonstrar que há algo no ar.

— Asas ou guelras? — pergunta Clare.

— Fácil. Guelras. Talvez eu me entenda com a Pequena Sereia — responde Patrick, num flerte. Meu Deus, não é de admirar que esteja solteiro.

— O quê? — Ambos olham para mim. — Desculpa — digo inocentemente. — Eu disse isso em voz alta? Olha, Clare, temos mesmo que...

— Muito bem — diz Clare, pensativa, ignorando-me por completo. — O que você preferiria: ser coberto de pelos ou de escamas?

— Pelos — responde Patrick —, porque ao menos eu ia poder raspar tudo e parecer quase normal.

— Ter pelos pelo *corpo todo* é normal? — provoca Clare.

— Você tem razão — ele admite. — Você preferiria... raspar a língua ou...

— ... comer uma pizza com os pelos pubianos de Dot Cotton? — completa Clare.

Patrick se engasga com a boca cheia de bebida.

— Eu tiraria *fora* a língua para não fazer isso.

— Está bem, você preferiria... dar um beijo de língua num cachorro...

— Bobagem, já fiz isso — diz Patrick. — Anda, vai... me testa.

— Um cachorro *de verdade*... ou lamber a Ann Widdecombe?

— Clare! — Ponho o meu copo na mesa. — Por favor!

Mas Patrick está rindo.

— Sem dúvida nenhuma, o cachorro.

Clare, que agora está às gargalhadas, me dirige um riso malicioso.

— Ah, desculpa. Acho que estou baixando o nível. Vamos falar de política. Você preferiria lamber o ovo do John Prescott ou enfiar o dedo no rabo do Tony Blair... sem luva?

— Hum, será que ainda teria espaço, com a mão do George Bush toda lá dentro?

— Incrível! — diz Clare, encantada. — Não só um rostinho bonito, mas satírico também. — E Patrick chega a enrubescer. Ai meu Deus!

— Muito bem... agora chega — digo com firmeza. — Eu queria lembrar a vocês que já estou doente de verdade sem precisar pensar no John Prescott.

— Mentira! — diz Clare enquanto toma um gole de sua bebida.

— Estou sim — retruco, encarando-a, e me levanto da mesa. — Preciso mesmo ir para casa agora.

— Então vá — diz Clare. — Ninguém está impedindo você.

— Mas eu preciso que você venha comigo!

— Por quê? — responde Clare com naturalidade. — Ligue para o Pete que ele vem pegar você.

Depois disso, não tenho mais nada a dizer, então fico ali por uns instantes com cara de idiota. Clare continua bebendo inocentemente, e Patrick fixa o olhar na mesa, lutando entre o desejo óbvio de ficar no bar e conversar com minha irmã e seus naturais bons modos, que lhe dizem para me levar em casa. Minha irmã vence.

— Muito bem, então — digo, esgotada. — Patrick, será que você pode acompanhar a Clare até lá em casa, por favor? Imagino que ela vá ficar lá em casa hoje, e não voltar para a universidade, não é? — Ela concorda com um movimento de cabeça.

Patrick levanta-se.

— Tem certeza de que não se importa...? — E, sem jeito, ele hesita.

— Não, não me importo.

Na verdade, me importo, sim. Vejo o que está acontecendo ali... Só um cego não veria. Mas tenho que ir para casa. Não posso querer resolver as coisas entre Pete e eu, ficar preocupada com Clare e Patrick flertando loucamente *e* ainda pensar em Katie. É demais para mim.

Pete mal me cumprimenta quando entro no carro.

— Obrigada por ter vindo me buscar — digo, cansada.

— De nada. — Ele olha para trás ao dar partida. — Eu disse que você devia ficar em casa.

— Eu sei. — Apoio as mãos na cabeça, que está fervilhando. — Me desculpe pela Clare... por ela ter aparecido assim sem avisar. Será que ela pode dormir lá em casa hoje?

— Ela ainda está por aqui? Onde? — pergunta ele, surpreso.

— Ficou no bar com o Patrick — respondo.

— Ah! — ele exclama; em seguida, um pequeno sorriso se abre em seu rosto e Pete ri. — Ó, Deus!

— Nem me fale — digo, fechando os olhos. Quem mandou eu tentar causar ciúmes?

— Tem certeza de que ela vai dormir lá em casa? — ele provoca.

— Absoluta — respondo imediatamente, um pouco mais enfática do que pretendia.

— Tudo bem, calma. — Ele parece surpreso. — Estava só brincando.

— Desculpa. — Tento manter um tom mais conciliatório. Não quero começar uma discussão com ele agora... o que preciso é que Pete fique bem comigo; é com ela que ele tem que discutir. — Como foi a sua noite?

— Tranquila.

Olho para ele de soslaio e não consigo me controlar.

— Ah! A Clare me disse que ouviu você discutindo com alguém ao telefone.

— Saiam da rua, porra! Meu Deus, vão acabar sendo atropelados! — Pete desacelera quando um grupo de jovens decide atravessar, achando, em seu estado de embriaguês, que nosso carro está mais longe do que de fato está. — Pedi comida indiana depois que você saiu. Disseram que entregariam em meia hora e já estavam muito atrasados. Perdi o controle com eles.

— Ah, então deve ter sido isso — digo, desconfiada.

Depois que arrumo o outro quarto para Clare, ficamos um tempo vendo televisão e então Pete diz que vai dormir. Digo que vou esperar pela minha irmã; ele me dá um beijo rápido e sobe. Nesse momento tenho uma ideia. Vou até a cozinha e verifico o lixo. Não há bandejas vazias de comida ali. Outra mentira.

Procuro o celular de Pete, mas não o encontro em lugar nenhum. Paro minha busca apenas para mandar uma mensagem para Clare, dizendo onde vou deixar a chave, até que desisto e vou dormir.

Capítulo 19

Acordo ao som de risadas e conversa lá embaixo. Visto o robe e vou até a cozinha, onde encontro Clare, com a roupa da noite passada, comendo cereal e Pete guardando a louça seca.

— Um ótimo dia para você — diz Clare. — Gostei das suas canecas novas. Comprou quando?

— Depois do assalto — digo sem pensar.

Ela para de mastigar.

— Que assalto? Você não me contou nada!

Faço um gesto de mão, afastando o assunto.

— Não vamos falar sobre isso; não foi nada, na verdade. Não quero falar sobre esse assunto agora. Como foi ontem depois que eu saí?

Ela parece satisfeita; consegui distraí-la com sucesso.

— Bom, acho que foi um beijo bastante polêmico...

— ... no Patrick! E ela ficou lá com ele! — diz Pete, contentíssimo.

Clare olha para Pete.

— Não foi assim. Sinceramente, Mia, é só na imaginação do seu namorado. Eu voltei para cá, mas uma cabeça oca esqueceu de deixar a chave do lado de fora. — Clare me denuncia com o olhar.

— Deixei a maldita chave do lado de fora sim — digo com indignação. — Não posso fazer nada se você estava tão bêbada que não conseguiu achar.

— *Por sorte*, Patrick veio comigo de táxi até aqui — ela me ignora — e, muito gentil, esperou até me ver entrar. Só que eu não consegui, então fui para a casa dele. E ele dormiu no sofá.

— Sei, sei... — zomba Pete.

Sento-me à mesa. — Então rolou uns amassos, hein?

— Foi. — Clare suspira feliz e coloca mais leite na tigela. — Ele está em forma. E é muito divertido.

— Vocês vão se ver de novo?

Ela dá de ombros.

— Não. Acho que não. Talvez. Não sei. Eu estou na universidade, e ele trabalha...

Eu sei o que isso significa. É falsa indiferença, caso ele não a procure mais. Ela gostou dele. Gostou muito.

— Você está só a uma hora de distância — diz Pete, com razão, colocando uns copos no armário. — Isso não é nada, e ele trabalha em Londres.

Olho fixamente para ele. É notável como de repente ele se torna o capitão do Time Patrick, desde que meu amigo não tenha, nem remotamente, interesse por mim.

— Você não se importa de eu ter ficado com o Patrick, não é? — pergunta Clare, olhando para mim com atenção.

— Importar? Por que eu iria me importar? — Dou uma risada. — Por mim, tudo bem. — Pego uma torrada e começo a passar manteiga com cuidado. — Ele pediu o seu telefone?

Clare demonstra superioridade.

— Claro. E eu anotei o dele. Registrei como McGostosão. — Ela espera, mas não digo nada. — O sobrenome dele é McDonald? — Clare diz pacientemente. — Nossa, Pete, boa sorte com essa aí hoje.

— E aquela viagem para Barcelona que você vai fazer? Não está atrás de um cara chamado Adam? — observo, esperançosa.

— Quem? — ela pergunta, sem entender. — Ah, o Adam. Não sei se ainda vou querer ir. Acho que vou preferir ficar... mais perto de casa. Se é que você me entende. — E ri maliciosamente.

Na hora do almoço Clare já está no metrô, e quando volto, após deixá-la na estação, a casa, sem ela, parece vazia e solitária. Pete está trabalhando lá em cima, fazendo seus cálculos, e eu fico zanzando, sentindo-me um pouco perdida e sem saber o que fazer. Meu amigo e minha irmã... Como se adivinhasse, meu telefone apita: mensagem de Patrick.

```
Tudo bem em relação ao que aconteceu ontem
à noite? Quer dizer, comigo e com você? Não
quero criar problemas, mas realmente gos-
taria de ligar pra Clare. Pode ser?
```

O que posso dizer em relação a isso? Respondo que tudo bem. E, de certa forma, tudo bem mesmo. Amo Clare demais, e se um cara legal como Patrick quer fazer parte da vida dela... bom, não podia ser melhor. Ela tem razão, ele está em forma e tem senso de humor; mas é também carinhoso, leal, solícito, generoso. Tudo o que eu poderia desejar para a minha irmã.

Penso neles flertando na noite passada e melancolicamente dirijo meu olhar lá para cima. Pete e eu éramos assim. Eu sei que éramos.

Mais tarde, ainda estou pensando em como Pete só precisa ser lembrado de como tem sido boa a nossa relação... eu e ele... enquanto ele ainda discute com *ela*. Então dou um telefonema... que, neste domingo, na hora do almoço, nos leva para fora da cidade. Já estamos viajando há pouco mais de meia hora quando ele percebe.

— Estamos indo ao Brown Trout? — pergunta Pete, olhando para mim. Respondo que sim, acenando com a cabeça timidamente.

A última vez que fomos ao Brown Trout foi há cerca de um ano e meio. A comida estava maravilhosa, e comemos no terraço, com uma bela vista para prados ensolarados. Depois demos um passeio de mãos dadas, com nossos copos de Pimm tilintando com os cubos de gelo. Tudo o que escutávamos eram os arrulhos dos pombos e o farfalhar das folhas movidas pela brisa. Como fica no meio do nada, talvez tenhamos a oportunidade de desfrutar de alguma paz e tranquilidade; um tempo só para nós dois.

Infelizmente, parece que as coisas mudaram um pouco desde a última vez que estivemos aqui. O terraço está trancado quando chegamos, pilhas de folhas úmidas por toda parte, e os guarda-sóis que vi balançando na brisa do verão estão dobrados e postos de lado. Não que isso importe de fato... está frio demais para nos sentarmos do lado de fora, e, de qualquer forma, eles têm uma lareira acolhedora no bar.

Mas me decepciono quando entramos. Tudo indica haver uma nova direção, e o que parecia um ambiente caloroso, confortável e tradicional — acabamento de madeira e recantos acolhedores — foi substituído por mesas angulares, um menu de coquetéis e um bar preto e cinza luzidio.

No lugar da lareira há um arranjo cheio de pontas feito com atiçadores de um vermelho vivo e lírios austeros, e em vez do assado nutritivo e revigorante que eu esperava, terminamos com um canelone ao pesto para Pete e um salmão tailandês com pastinacas caramelizadas e alho-poró para mim. Quando os pratos chegam, o de Pete está tão quente — saído do micro-ondas — que lembra uma tigela de lava, enquanto o meu está tépido e é servido com legumes cozidos gordurosos demais. Esforço-me para manter uma conversa, mas Pete está distante. Apesar de tudo, ele é agradável, mas não parece estar ali por inteiro. Simplesmente não está tentando. Nem um pouco.

Depois de comermos, sugiro um passeio. Dirigimo-nos ao portão, no final do estacionamento, e Pete olha desconfiado para o brejo que faz as vezes de campo.

— Não quero encher meu tênis de lama.
— Não se preocupe! A gente vai pelo lado. Vamos!
Tento ser convincente.

— Você se lembra daquele passeio que fizemos aqui no verão? — arrisco 15 minutos depois, de braço dado a ele, enquanto, com cuidado, escolhemos o caminho pelos cantos menos enlameados.

— Eu lembro que estava bem mais quente... e seco. — Pete estremece de frio, afastando-se de mim e fechando o casaco. — Acho que é melhor a gente voltar. Já está virando estupidez.

— Um pouquinho mais — digo, mais confiante do que de fato me sinto. — Vamos até as árvores.

— Está bem. — Pete escorrega um pouco quando tenta pular uma área de lama, evitando uma poça do outro lado. — Ainda bem que não trouxemos a Gloria... ela teria ficado imunda. Ah, MERDA!

Assustada, enquanto procuro evitar uma área difícil, levanto o olhar e vejo Pete com uma perna toda submersa na poça, olhando raivoso para mim.

— Foi por ISSO que eu disse que não achava uma boa ideia — ele diz, trincando os dentes, e tenta puxar o pé, que, afinal, se solta com o barulho de um pum.

Não consigo me controlar e rio. Ele está com uma cara de bobo ali, com um pé totalmente enlameado e disforme.

— Não tem graça nenhuma, Mia! A porcaria do meu tênis está completamente arruinado... olhe! — Pete levanta o pé e se desequilibra um pouco com o peso. — Meeeerda — diz, aflito, quando escorrega e enfia o outro pé na poça de lama.

Nós dois ficamos em silêncio.

— Bom, agora pelo menos eles estão iguais — comento, tentando ajudar.

Olhamos um para o outro, olhamos para os pés dele, e depois caímos na risada.

— Desculpa! — digo. — Você está tão engraçado! — Não sei como, mas me vejo rindo tanto que me brotam lágrimas dos olhos.

— Está desculpada — ele diz com paciência. — Na verdade estou com muito frio agora. Quando você conseguir se controlar, pode vir até aqui e me ajudar a sair dessa lama?

No carro, na volta para casa, com as meias de Pete secando no painel, ele se volta para mim.

— Obrigado pelo almoço e pelo passeio — diz ele. — Foi realmente muito agradável.

Então aperta a minha mão, e meu coração se enche de amor.

Mais tarde, quando a casa está calma e ele dormindo, desço de novo, pé ante pé, e passo pelos tênis secando no canto — que me fazem sorrir —, no meu ritual noturno em busca do telefone dele. Já estou tão acostumada a fazer isso que quase não espero encontrar nada pior do que já encontrei. Então tenho um choque enorme, terrível, apavorante, que me faz perder o fôlego, como se eu tivesse sido mergulhada num banho de água gelada, quando a tela acende, abro a caixa de mensagens e leio:

```
Haha! Aposto que ficou engraçado. Temos
que comprar novos tênis para você. Já es-
tava mesmo na hora de trocar! E obrigada
por ter pedido desculpas. Amo você! bj
```

A pequena chama de esperança que foi acesa à tarde apaga-se de repente, e fico paralisada na escuridão.

Capítulo 20

À S 9 EM ponto da manhã de segunda-feira, em Londres, após telefonar para o trabalho e deixar outra mensagem dizendo — novidade, novidade — que ainda estou me sentindo mal, entro na agência dos Correios e compro um envelope e um selo. Pego na bolsa o cartão que roubei do quarto de Liz na semana anterior e corto a parte de cima, para que o nome dela desapareça mas ainda permaneça: "Com amor eterno, Peter."

Então, disfarçando minha caligrafia, escrevo meu nome e meu endereço na frente do envelope, coloco dentro dele o meio cartão, selo-o e despacho-o. A outra metade do cartão volta para minha bolsa, para mais tarde. Em seguida, resoluta, dirijo-me à estação do metrô. Não vou mais fazer besteiras.

Quatro horas depois, Debs segura a ponta de uma fita métrica para mim, enquanto finjo anotar o tamanho da cortina de que vou precisar.

— Desculpe, *mais uma vez* a Lizzie não está. — Um movimento de olhos mostra sua preocupação. — Você não tem muita sorte com ela, hein?

— Sem problema. — Eu largo a fita, que se fecha num disparo. — Você me avisou, quando telefonei hoje de manhã, que ela com certeza não ia estar aqui, e eu *sei* que vou conhecê-la em breve.

— Claro que vai. — Debs sorri. — Ainda bem que você telefonou de novo. Não entendi por que o número que me deu não funcionou; eu sou uma *verdadeira* loura. Devo ter copiado errado, e, como o Marc está em São Francisco, não tive como confirmar com ele!

Graças a Deus por Marc e seu grande feriado gay.

— Bom, você está aqui agora. — Debs sorri para mim confiante. — Então vai mesmo querer o quarto?

Hesito. Depois digo, com cuidado:

— Vou, acho que vou. Posso me mudar imediatamente?

Debs solta gritinhos dramáticos e me dá um abraço rápido e insincero.

— Claro. Oba! — complementa. — Vamos nos divertir muito. — Em seguida, sem perder um segundo, ela me olha nos olhos e diz: — Acho que vou precisar de um cheque para depositar hoje.

— Sem problema — digo com calma.

— Então vou pegar uma chave para você, companheira! — Ela dá mais risinhos, praticamente saltando pelo corredor.

Deixada sozinha examinando o quarto que supostamente concordei em alugar, não acredito no que estou prestes a fazer, e sinto o coração palpitar forte no peito. Fecho os olhos por um instante. Isso é loucura.

Debs volta e me entrega a chave.

— Aqui está.

Olho para sua mão e logo estendo o braço; meus dedos se fecham em torno da chave.

— Obrigada — digo, guardando-a na bolsa. Ela olha para mim na expectativa, e então percebo que está esperando pelo cheque. — Ah, claro.

Começo a mexer na bolsa, e no momento em que a minha mão alcança o talão de cheques, meu coração para. Lembro que meu nome verdadeiro está no cheque, e que Debs pensa que sou Lottie... Merda.

Continuo mexendo na bolsa, fingindo que não o encontro, e continuo a procurar um pouco mais. — Onde, droga... — resmungo. — Tinha certeza de que estava com ele hoje de manhã...

Debs demonstra aborrecimento.

— Vou ter que lhe dar o cheque da próxima vez.

Mas Debs não é *nada* inexperiente.

— Certo — diz ela, insegura. — Bom, não quero ser grosseira, mas então você pode me devolver a chave? Não é porque não confie em você ou coisa assim...

Ficamos num impasse. Nenhuma das duas faz um movimento, e de repente um celular toca no bolso dela.

— Dá licença, Lotts. — Ela atende: — Alô? É, por quê? O quê? DROGA! Esqueci completamente! Ah, merda! Diga a eles que estou saindo daqui agora. Ah, me desculpa! Sim, sim. Eu SEI, sim, agora mesmo, tchau!

Ela desliga o telefone e olha para mim, aflita.

— Esqueci que tinha que experimentar uma peruca. Sinto muito, tenho que ir. — Ela estende a mão, esperando pela chave.

— Bom, olha — digo devagar. — Por que eu não fico aqui para terminar de tirar as medidas e depois, quando sair, deixo a chave na caixa de correio? Eu entendo perfeitamente que você não pode me dar as chaves sem que eu faça o depósito. Volto aqui amanhã de manhã com o valor... em espécie.

Os olhos de Debs brilham com avidez.

— Perfeito! Você é uma estrela, Lotts. Hã... assim você pode conhecer a Liz também. Ela vai estar em casa. Ah, tenho que ir... estou *atrasadíssima*! Eles vão me *odiar*! — Ela dá risadinhas, demonstrando não dar a mínima importância a isso, pega um casaco e a bolsa e diz, olhando para trás enquanto desce a escada às pressas: — Até amanhã, companheira!

— Até, companheira! — respondo, um sorriso frio fixo no rosto até a porta bater, depois que ela sai. Espero um minuto ou dois, e em seguida respiro fundo.

Olho para o meu relógio e percebo que não me sobra muito tempo para chegar ao teatro, vou ter que esperar mais cinco minutos. Não posso chegar na mesma hora que Debs, mas, por outro lado, não quero me atrasar. Vou assistir ao espetáculo de novo: uma matinê.

Quando chego, não fico nada satisfeita ao descobrir que o bilhete vai me custar 30 paus. Trinta paus! Empurrar minhas notas de 10 libras por baixo do vidro do guichê chega a me doer. Estou pagando para vê-la se apresentar, quase bancando o salário dela. Meu Deus! E peguei um lugar lá atrás!

Quando as luzes se apagam e a banda começa a tocar, fico tensa. A cortina abre-se, e eu passo a vista por todo o palco, procurando-a, no momento em que tem início a abertura do show. Enfim, avisto-a; ela é toda sorrisos e olhares, e os membros ágeis se sobressaem num figurino brilhante. Meu corpo todo se retesa com o estresse. Não consigo tirar os olhos dela... é como um acidente de carro: não quero olhar, me faz mal, mas meus olhos são atraídos por ela de forma irresistível.

Observo-a dançar e se mover com um ciúme crescente. Ela é boa, até eu vejo isso. Tem movimentos graciosos, porém sedutores quando necessário. Sem esforço, levanta a perna, apoiando-a no ombro do parceiro, e joga a cabeça para trás, enquanto ele desliza a mão pelo seu tórax. É um movimento provocante, íntimo, lento e sensual. No minuto seguinte, ela levanta-se de novo, e ele a alça para seu ombro. Ela sorri para a plateia. Para mim. As luzes incidem sobre o brilho e o fulgor de seu figurino, tornando-a luminosa. E ela é apaixonada pelo meu namorado.

A seu lado, sinto-me apagada, enfadonha, sem graça. De repente percebo como sempre escolho as mesmas tonalidades da tintura que uso no cabelo e que as raízes estão precisando de um retoque. A mediocridade das minhas roupas. Minhas reclamações aborrecem; os sussurros dela encantam.

Foi uma má ideia. Ela exala sexo no palco, oferece-o numa bandeja. Como não vi isso antes? Por que ela me passou despercebida quando viemos ver o show? Como posso ter ignorado isso?

Fico ali, minhas unhas cravadas no assento, felizmente sem ninguém ao meu lado, olhos fixos nela, imaginando o que aconteceria se eu me levantasse agora e gritasse VADIA! Na direção do palco. Nas reuniões da escola, lembro-me de me sentar no chão de pernas cruzadas, com outras crianças entediadas, pensando na reação das pessoas se eu levantasse e gritasse um palavrão.

Estou ardendo e me contraindo por dentro, de ódio e ciúmes, como se tivesse o estômago cheio de cobras retorcendo-se. Mas acho que ninguém percebe isso só de olhar para mim. De qualquer forma, estão todos com a atenção voltada para o palco.

Afinal, não grito. Observo-a saltando e sendo lançada ao ar; meus olhos seguem cada um de seus movimentos. Vejo Debs também; ela obviamente conseguiu chegar na hora para a prova. Está, sem dúvida, dando o máximo de si, mas é para Liz que dirijo minha atenção. Chegamos ao fim do primeiro ato e ao momento em que todos eles ficam parados, esperando que as cortinas se fechem. Liz não se mexe, olha para a plateia com um sorriso fixo no rosto; meu olhar está fixo, fixo nela, e por um minuto tenho a impressão de que vejo seus olhos virem em minha direção e se contraírem um pouco, mas isso é ridículo. Ela não consegue me ver no fundo do teatro, com todas aquelas luzes em cima dela. Ou será que consegue?

Saio quando cai o pano. Começa a chover lá fora, uma chuvinha fina e fraca. Já vi bastante brilho e glamour, agora quero voltar; tenho coisas a fazer, já que verifiquei que as duas estão realmente trabalhando e vão estar longe do apartamento.

Preciso girar a chave algumas vezes na fechadura, mas finalmente a porta se abre e eu subo. Pixie nem sequer late quando entro na sala, só me olha com desdém e volta para seu canto no chão, sem fazer nenhum barulho.

Observada pelo rosto sorridente e fixo de Pete, que permanece na mesinha de cabeceira, em poucos minutos estou inspecionando o armário de Liz. A bolsa ainda está lá. Ótimo. Examino melhor suas coisas dessa vez e encontro na gaveta da mesinha um pacote de camisinhas pela metade, o que me dá enjoos, e um vibrador, que me deixa ainda mais enjoada. É como descobrir que meu namorado é viciado num canal pornográfico da vida real: a garota perfeita, como uma boneca, que anda, fala e transa, com um apartamento, brinquedos sexuais e sua foto. É simplesmente irreal, e é essa realidade paralela que não consigo entender. Eu não sabia de nada disso. Ainda não sei quando nem como eles se conheceram e nem há quanto tempo estão juntos. É isso o que ele vê nela? Sexo? Prefiro que seja isso a amor.

Vou até a cama e pego um travesseiro. Cheiro-o, mas não consigo sentir a loção pós-barba de Pete. Levanto o edredom e examino a cama. Sei que é doentio, mas não me controlo. Está limpíssima. Arrumo tudo de novo, ajeito o edredom no lugar e depois me volto para a penteadeira de pinho, que está cheia de colares de contas brilhantes e bijuteria de figurinos. Leio alguns cartões que ela tem na gavetinha, mas não vejo nada interessante. Percebo então o cartão de crédito dela largado ali. Deixado em cima da penteadeira.

Apanho o cartão, vou até a sala e, quando vejo os balões vazios pendurados ali, me parece óbvio. Tenho tamanha raiva dela que não consigo me controlar. Quero machucá-la, como ela fez comigo, e sei que isso será melhor do que lhe fazer mal fisicamente.

Isso vai fazê-la parecer uma verdadeira louca.

Um telefonema rápido e descubro uma firma que envia caixas de balões de presente. Um homem gentil se cala por um instante quando lhe explico o que quero, mas depois ri, aliviado, quando digo que é para uma festa.

Recuso a oferta de um cartão para acompanhar o presente. Logo depois, dou o endereço onde os balões devem ser entregues na semana seguinte, informo o número do cartão de crédito e forneço meu nome da forma como aparece no cartão: "E. Andersen." Digo que não preciso que me enviem um recibo, e ele me deseja um bom dia.

Coloco, a seguir, o cartão de volta onde o encontrei, para que ela não perceba nada. Após usar o banheiro e parar por um breve e impensado momento para limpar a pia com as escovas das duas (um pouco cruel com Debs, mas esse é o preço que estou disposta a pagar), está na hora de ir embora. Puxo a porta até fechá-la em silêncio e então jogo a chave lá dentro pela abertura do correio.

É quando chego à estação do metrô que me dou conta do que acabo de fazer. Olho em direção ao apartamento, e minha cabeça começa a girar. Recosto-me na parede, resfolegante, levanto o braço para tirar o cabelo do rosto e noto que estou suando um pouco. Algumas pessoas que passam por mim me olham curiosas — uma senhora idosa de boina de lã, puxando um carrinho de compras xadrez, e um homem de meia-idade de óculos grossos, com um casaco manchado aberto na frente —, mas estamos em Londres: ninguém diz nada.

Tento desacelerar a respiração quando sinto palpitações no pulso. Acalme-se. Respire fundo. Olho para o apartamento onde estive há pouco tentando fazê-la passar por louca e sei que a pessoa que está com o comportamento realmente irracional sou eu. Mas não consigo me controlar. Estou muito assustada, e ela o *ama*, cacete. Será que ele lhe disse que também a ama? E se disser? Não quero que me abandone. Eu... eu não posso continuar fazendo isso. Não posso. Tenho que falar com alguém. Isso está me enlouquecendo.

Pego meu celular.

— Oi, sou eu — digo. — Olha, sei que isso é muito repentino, mas será que você pode vir aqui me encontrar para um café rápido e um lanchinho qualquer?... Por favor?... Ah, obrigada. — Fecho os olhos. — Encontro você em uma hora.

Sinto enjoo e alívio. Graças a Deus. Ah, graças a Deus. Sentindo-me um pouco melhor, ajeito meu casaco, passo a mão pelos cabelos e desço para o metrô.

Capítulo 21

Estou esperando à janela, folheando o cardápio, quando a porta é aberta. Amanda entra, examina o restaurante e abre um sorriso quando me vê.

— Oi, tudo bem? — diz ela, inclinando-se para me dar dois beijinhos.

Embora esteja frio lá fora, sua face está quentinha e rosada. Ela desenrola o lenço e tira o casaco, e então senta-se na cadeira à minha frente.

— Essa é uma ótima surpresa — diz ela. — E sabe de uma coisa? Adorei você ter me ligado. Tenho uma coisa para te contar. Mas você primeiro. Qual é a novidade? Você estava meio estranha ao telefone.

Respiro fundo, e enquanto tento encontrar as palavras, o garçom se aproxima com uma garrafa de vinho tinto que eu pedi, põe um pouco na minha taça e espera que eu experimente.

— Tenho certeza de que vai estar muito bom, obrigado.

Ergo a vista para o rapaz, e ele inclina a cabeça com modéstia, como se ele próprio tivesse amassado as uvas. Serve uma taça para cada uma de nós com bastante competência.

Tomo um gole grande do vinho, para acalmar os nervos.

Amanda me olha com curiosidade.

— Não é muito seu estilo beber na hora do almoço.

— Nem o seu não beber nada! — Com a cabeça, aponto a taça intocada dela.

Ela estende a mão e segura a haste do copo, mas em seguida hesita. Olha para mim indecisa, e noto, pela primeira vez, que seus olhos não escondem sua felicidade.

— Tenho uma coisa para contar — diz Amanda, devagar. — Ainda está bem no início, e você vai ter que guardar segredo, porque eu não disse a *ninguém* ainda... quer dizer, tirando o Nick e os nossos pais, claro... mas estou grávida de nove semanas!

Fico paralisada, boquiaberta.

— Você está o quê? Mas não é possível! — comento. — Da última vez que nos vimos, você me disse que você e o Nick não tinham... e estava bebendo!

— Eu sei, eu sei! — Ela ri. — Eu não tinha a menor ideia de que estava grávida, mas perguntei à minha médica, e ela disse que não fez mal ao bebê, e agora parei. De fumar também. O que, se quer saber, está me matando. — Amanda revira os olhos. — Vou virar uma baleia encalhada... sem fumar e comendo por dois.

— Eu... eu não sei o que dizer. — Estou totalmente chocada. — Mas... mas não sabia nem que vocês estavam tentando — deixo escapar.

— Não estávamos — admite ela. — Só Deus sabe como... aconteceu. O Nick está eufórico. Fica dizendo que seus nadadores devem ser fortes, considerando-se, como você disse muito bem, que quase não estivemos no mesmo quarto por mais de dez minutos nos últimos três meses. Deve ter sido uma camisinha de má qualidade, eu acho.

— Nossa! Isso é que é... é que é uma surpresa e... meu Deus. Parabéns!

Por fim consigo sorrir e fazer uma pequena saudação. Nós duas nos levantamos um pouco e lhe dou um abraço. *Estou* feliz por ela, de verdade. Continuo sorrindo.

Sentamo-nos e fixo o olhar nela.

— O que foi? — pergunta Amanda, rindo.

— Eu achava... achava que você não estava querendo um filho ainda, nem tão cedo. Nunca pensei... — Paro de falar, porque não sei bem o que estou tentando dizer.

— Eu sei! — ela concorda, recostando-se na cadeira. — Juro, fiquei tão surpresa quanto você está agora. Quer dizer, não somos casados; moramos numa droga de apartamento, pelo amor de Deus. Vai atrapalhar por completo as minhas chances de promoção, e aquele merdinha do Gavin, que anda atrás do meu emprego há séculos, vai dar as caras quando descobrir que vou entrar em licença-maternidade. E será até antes de começarmos a comprar tudo que precisamos para esse... — Ela aponta para a barriga de maneira acusativa, mas a mão relaxa e se apoia ali de forma protetora. Seu rosto se suaviza. — Mas, Mia, acho que já amo o bebê. Será possível? Será possível amar alguém antes mesmo de ver essa pessoa?

Ela olha para mim séria, e sinto um nó na garganta.

— Porque eu sei que às vezes o Nick é um perfeito idiota e, juro, se essa criança nascer com o nariz dele, eu mesma pago pela cirurgia, mas a gente estava na cama ontem de noite, e ele beijou a minha barriga, aquele bobo, o que é ridículo — ela revira os olhos —, porque não existe *absolutamente* nada que se possa ver, e eu pensei, ah, meu Deus, vamos ser uma *família*. E isso não me assustou, de forma alguma! Estou tão animada! — Um largo sorriso irradia seu rosto, e ela fica resplandecente. — Claro, sei que existe risco até completar 12 semanas, por isso não estamos contando a ninguém, mas eu sabia que você ia perceber! Você acredita? Quer dizer, *será que você consegue acreditar no que está acontecendo*? Mas escuta, se eu virar a Lou e começar a contar histórias de bebê e a soltar gases em público, você tem que me prometer que vai me avisar. Você avisa, não avisa?

Rio sem graça e faço que sim com a cabeça.

— Prometo.

— Tenho andado tão cansada nos últimos dias! Não sabia que seria tão difícil, mas o Nick começou a me chamar de Moggie, porque eu pareço uma gata velha quando chego em casa, querendo me enroscar, dormir e ser acariciada.

— Bem, você está formando mãozinhas e pezinhos aí. Não é de admirar que esteja cansada.

— Na verdade, os pezinhos são só bem mais tarde. Por enquanto, parece um girino esquisito com espinha dorsal. O Nick me deu um livro com fotos reais de cada um dos estágios. São incríveis... sério, é incrível mesmo; vou mostrar a você da próxima vez que for lá em casa. O Nick está muito envolvido... estou surpresa. Sabe, acho que o Pete vai ser assim quando chegar a vez de vocês. É inacreditável, Mi, você começa a olhar para eles e perceber, merda, estou presa a esse cara para sempre. Lá vai o pai do meu filho... — Ela abana a cabeça, sem acreditar. — Isso muda tudo. Eu disse ao Nick... Ei! Querida? — Ela de repente olha para mim, seu rosto contraído de preocupação. — Você está bem? Parece que está querendo chorar.

Olho para ela através das lágrimas, engulo em seco e rio.

— Estou feliz por você, é só isso! — Pego um lenço e enxugo os olhos ferozmente. — Estou mesmo. — Seguro a mão dela, e ela aperta a minha, seus olhos também lacrimejantes.

— Sei que é loucura — ela comenta baixinho. — Estamos crescendo! Quem diria?

Mais tarde naquele mesmo dia, caminho devagar ao longo da margem sul do rio, as mãos no bolso e os cabelos ao vento, admirando o Tâmisa e pensando no que diabos vou fazer.

Um casal passa por mim de braços dados, e ele dá um beijo na testa da moça. Ela ergue a vista, dirigindo-lhe o olhar com um misto de amor, orgulho e conforto... Tudo isso está naquele gesto. Ele olha para ela, puxa-a mais ainda de encontro a si, e os dois passam por mim alheios a todos à sua volta, menos um ao outro.

É tudo o que eu quero. Não preciso de bebês, não preciso nem mesmo de uma união matrimonial.

Penso na festa de casamento a que fui sozinha. Como seria fazer coisas desse tipo o tempo todo, se eu realmente *fosse* solteira? Seria como viver dentro de um desses jogos mecânicos de garra que se veem em feiras e parques de diversões. Eu, dentro de uma caixa de vidro com um monte de casais, esperando para ser fisgada pela garra gigantesca acima da minha cabeça.

Não quero ir às festas e esperar que um dos namorados das minhas amigas vá buscar uma bebida para mim, e a amiga em questão esperar até ficarmos sozinhas para dizer, solidária: "Então, como é que está, *de verdade*?", seguido da filosofia de consolo (enquanto roda no dedo distraidamente o anel de noivado e de casamento) de que estou melhor sem ele, e que há muitos outros peixes no mar.

É fácil para elas dizer isso. Não tenho nenhuma amiga solteira com quem sair, e o único cara solteiro que eu conhecia está agora se envolvendo com a minha irmã, e, de qualquer forma, por mais maravilhoso que ele seja, ele não é o Pete.

Agora, há duas coisas que estão me deixando assustada. Uma é que vou perder o Pete. Tenho muito, muito medo de perdê-lo. A outra é que não quero ser essa pessoa; não consigo mais saber quem sou. Tudo está mudando de forma tão rápida que não há mais nenhum lugar seguro onde eu possa me apoiar... no desespero, tento me agarrar aos fios que sustentam minha vida, mas eles continuam me escapando pelos dedos. Vejo-me agarrando-os como louca, mas eles desintegram-se à minha volta, e não consigo dar conta. Eu simplesmente não me reconheço mais, nem sei como cheguei a esse ponto.

Enfio a mão na bolsa e procuro, aflita, meu telefone.

— Para quê você quer isso? — Patrick pergunta, desconfiado, alguns instantes depois. — E onde você está agora? Sua voz parece que está vindo de dentro de um túnel aerodinâmico.

— Estou na cidade. Por favor... me manda por uma mensagem de texto.

Desequilibro-me um pouco, quando sinto uma rajada de vento forte. Faz um dia perfeito... o céu está azul, azul brilhante, e o ar frio deixa meus dedos vermelhos.

— Está tudo bem, Mia? — pergunta ele.

— Tudo, juro. E você, está bem? Como vai a Clare?

Há uma pausa, e então ele diz, hesitante:

— Na verdade, vou me encontrar com ela hoje à noite.

Estava curiosa para saber por que não tive notícias dela nos últimos dias.

— Que bom! — Dou um sorriso sem graça. — Dê um beijo nela por mim.

— Dou sim — ele diz, e parece aliviado. — Estou gostando dela de verdade, Mi, acho que isso pode ser o começo de alguma coisa... Bom... de qualquer forma... — ele se interrompe, constrangido. — Prometo que vou tratar bem a Clare.

— Ótimo. Você vai me mandar esse número numa mensagem agora, não vai? Te adoro. — Então desligo.

Poucos segundos depois, escuto o bipe do meu celular e lá está ele. Aperto os números com cuidado, sem me permitir parar e pensar sobre o que estou fazendo, para não perder a coragem. Ela vai entender. É a única pessoa que pode *realmente* entender.

Observando um barco que segue com determinação pelas águas revoltas, tudo o que ouço é o som do telefone chamando, e começo a me sentir um pouco fraca e tonta.

— Alôooo? — diz uma voz alegre. Ah, meu Deus... ela não parece ter mudado nada. Exatamente a mesma.

— Sou eu. — Minha voz falha.

A pausa parece continuar para sempre.

— Eu quem? — ela pergunta logo em seguida; seu tom de voz mudou.

— Sou eu, Mia... Por favor, não desligue! — suplico.

Há outro silêncio.

— Como você conseguiu esse número? — pergunta ela, sua voz de repente fria e inexpressiva.

— O Patrick me deu. Soube que você vai viajar.

Ela não diz nada.

— Então, quando você vai? — tento de novo.

— No fim do mês. O que você quer? — Ela é rude e direta.

— Olha, Katie, preciso falar com você. Eu acho... eu acho... que o Pete está tendo um caso. — As palavras saem sem controle. — Eu só... — E então não consigo terminar. Eu só o quê? — Ah, meu Deus, desculpa! — Minha voz sai entrecortada; tento me acalmar. — Desculpa. É que eu não sei o que fazer, e me lembrei daquele dia, quando brigamos, e...

— E o quê?

— Eu... eu não sei — gaguejo. — Só queria saber se...

— Saber se eu *estava* falando a verdade? Começar tudo de novo? Desculpa, Mia, não estou interessada.

— Ah, Katie, por favor! — Começo a chorar. — Não sei o que fazer...

— Você fez sua escolha, Mia. Agora resolva sozinha.

— Mas você tem que... — começo.

— Não "tenho que" nada — diz ela, me interrompendo.

— Por favor — suplico. — Por favor, pelo menos me diga se foi você ou se...

— Não me ligue de novo.

E então desliga.

Capítulo 22

Patrick veio me ver ontem d noite. Foi legal. Cada vez que nos vemos gosto mais dele. Tudo bem com vc?

Leio a mensagem feliz de Clare no café da manhã, quando Pete entra na cozinha e me encontra à mesa.

— O que você está fazendo ainda por aqui? — pergunta ele, surpreso.

— Tenho uma reunião às 10h30 — digo, com a boca cheia de cereal.

O que é uma grande mentira, porque telefonei para Bate Mais ontem e pedi o resto da semana de folga. Pedi também para não contar a Lottie e dizer apenas que estou doente. Ele não gostou muito, mas concordou, relutante, quando eu disse que não pediria se não fosse extremamente vital. — Não vale a pena ir ao escritório e depois voltar para Covent Garden de novo. Mas já estou de saída. E você? Muito trabalho hoje?

— Bastante. — Pete senta-se cansado na cadeira e boceja, passando a mão no cabelo. — Meu Deus, estou exausto.

Ficamos ali em silêncio, ouvindo apenas o barulho da minha colher batendo na tigela, enquanto ele pega o pacote de cereal. Nesse momento há um ruído na caixa do correio, e Gloria late brava, correndo para a entrada.

— É o correio — digo, sem demonstrar interesse. — Pode deixar que eu pego. — E, antes que ele tome qualquer atitude, já estou de pé e saindo da cozinha.

As cartas estão sobre o tapete. Será que está ali? Será que chegou?

Ao apanhar e examinar a correspondência, meu coração dispara quando percebo que chegou sim. Vejo minha caligrafia disfarçada no envelope que coloquei no correio ontem e volto para a cozinha.

— Uma carta para mim, escrita à mão. — Tento parecer despreocupada e abro-a.

Pete não ergue o olhar, só mistura a granola na tigela.

Faço uma pausa dramática.

— Ei? — digo, fingindo confusão. — Por que você me mandou metade de um cartão? E por que assinou *Peter*?

Pete olha para mim com o cenho franzido. Jogo o cartão para ele, que aterrissa à sua frente, na mesa, e seu rosto fica lívido ao reconhecê-lo. Ele fica paralisado.

— Não entendi — digo. — O que é isso?

— Eu, ahh....

Ele não sabe o que dizer, está completamente sem palavras. Pete! Você pode se sair melhor do que isso. Pense, pense! Sei que ainda é de manhã cedo, mas vamos! O que é que vai dizer? Como vai explicar um cartão pela metade, que mandou para outra mulher, chegando em nossa casa, e não é nem você quem o recebe?

— Não entendi. — Finjo estar confusa. — Por que você me mandou *metade* de um cartão, com uma caligrafia estranha no envelope? É algum tipo de brincadeira? Será que sou tão tapada que não consigo entender?

Pete não desvia o olhar do cartão. Só Deus sabe o que se passa na sua cabeça agora. Obviamente reconhece-o e sabe de onde vem. Vira-o de um lado para o outro, como se as respostas às minhas perguntas estivessem escritas em algum lugar ali.

— AAAAHH! — Dou um gritinho animado. — É algum jogo? Depois você manda a outra metade e tudo vai ser revelado?

É uma explicação fajuta, e ele sabe disso... mas é a melhor opção que tem. Então agarra-se a ela com unhas e dentes:

— Ninguém passa a perna em você, não é? — Ele força um sorriso. — É, tudo vai ser revelado. Não me faça perguntas e eu não direi mentiras.

Ah, Pete...

— Bom — continuo, devagar —, vou fazer o que está pedindo! Está certo, então. Vou escovar os dentes e depois tenho que ir.

Ele sorri de novo e lhe mando um beijo ao deixar a cozinha.

Desço sem fazer barulho quando estou pronta. Pete não me vê espiando pela brecha da porta; ele está de pé verificando o envelope que deixei por lá. Tusso alto quando entro, e ele, movido pela culpa, tem um sobressalto, afastando-se como se não o estivesse examinando.

— E aí, vamos a algum lugar para essa surpresa? Do que se trata? — digo, enquanto pego minha bolsa.

Ele aperta um lado do nariz e murmura:

— Nãaao sei! — É uma imitação de sotaque francês.

E o pior é que é verdade. Ele não sabe coisíssima nenhuma.

Dou uma boa gargalhada, e Pete diz que precisa ir tomar banho. Digo que também já estou indo e que nos vemos à noite. Beijamo-nos rapidamente, e bato a porta com força quando saio. Espero durante um minuto ou dois do lado de fora, antes de enfiar a chave de volta na fechadura sem fazer barulho e entrar em casa com cuidado.

Permaneço em silêncio no hall de entrada, deixando a porta aberta. Escuto a voz dele. Meu Deus, não conseguiu nem esperar, não é?

— Oi, aqui é o Peter. Pensei que estivesse acordada, mas ainda deve estar dormindo... — Faz uma pausa, como se não soubesse o que dizer em seguida, e eu nem me mexo. — Estou em casa, mas já de saída, portanto não ligue para cá. Simplesmente não sei o que dizer, não sei mesmo. Primeiro a casa, e hoje de manhã chegou o seu cartão. — Outra pausa, e é quase como se estivesse conversando com ela, em vez de deixando uma mensagem. — Não tem graça nenhuma, Liz, não tem mesmo. E por que você cortou a porra do cartão ao meio? É algum tipo de piada de mau gosto, por acaso? O que é que você está pretendendo? Está me expulsando da sua vida? Quer exclusividade? Achei que já tínhamos resolvido isso, Lizzie. Achei que você já tinha entendido. Você diz que está tudo bem e depois inventa uma coisa estúpida dessas! Eu não sei o que... Olha, te ligo depois.

Rapidamente, para que ele não venha até a entrada e perceba que ouvi tudo, bato a porta e digo bem alto:

— Sou eu! Esqueci o guarda-chuva! — Espero um instante, depois me despeço: — Tchau, amor!

— Tchau! Bom trabalho! — ele responde. Deve ter se borrado todo quando me ouviu entrando.

Lá fora, caminhando ao ar fresco em direção à estação para pegar um trem que me leve a Londres e depois um metrô que me deixe perto do prédio dela, percebo em mim uma determinação inabalável. Por um lado, não consigo acreditar que escutei Pete deixar uma mensagem para outra mulher com tanta intimidade, como se eles se falassem o tempo todo. Mas, por outro, ele estava realmente furioso. Visualizo Liz como a vi ontem, reluzente, brilhante, cintilante e com um sorriso aberto no palco.

Quem está rindo agora?

Capítulo 23

— Oi. Aqui é a Lottie. — Estou do lado de fora da estação do metrô, encostada na parede, perto de uma vendedora de flores que me dirige olhos esperançosos. — Estou a uns cinco minutos daí e só queria saber se não é cedo demais.

Celular colado ao ouvido, meu olhar está na rua que, eu sei, me levará à casa dela.

— Não, tudo bem. Já estou indo.

Ao desligar o telefone e colocá-lo de volta na bolsa, respiro fundo e fecho os olhos por alguns segundos. Não acredito que vou, enfim, conhecer a mulher que está tendo um caso com meu namorado *e* entregar-lhe dinheiro. Quatrocentas libras em espécie estão na minha bolsa, prontas para serem trocadas por uma chave da casa dela.

Alguém esbarra em mim, fazendo-me abrir os olhos de novo, e me encara com irritação. É justo; que estupidez ficar à entrada do metrô de olhos fechados. Vamos. Só você pode fazer isso. Está sozinha nisso.

Juntando forças, trinco o maxilar, endireito os ombros e, determinada, começo a caminhar. É isso. Não vou desistir agora.

A alça da minha bolsa afunda no meu ombro, mas quase não percebo. Será ela ou Debs quem vai abrir a porta? Tenho convicção de que não vai me reconhecer. Ela só me viu uma vez, no teatro, e, pelo que sei, Pete não lhe disse quem eu era, tampouco que eu estava lá. Eu podia ser uma estranha, uma pessoa qualquer sentada ao lado dele. Meu coração começa a bater forte, e fico ofegante. Tomo consciência do barulho dos carros ao meu redor, da sirene de uma viatura de polícia que passa e do ruído dos meus saltos na calçada.

Não vou desistir mesmo. Eu consigo. Ela não vai ficar com ele. Sei que o que estou fazendo está funcionando, escutei Pete dizer isso hoje de manhã. Só preciso me manter concentrada. Além disso, o que tenho a perder?

Meus sapatos incomodam bem na parte do pé em que tenho os vestígios de uma bolha, mas meus olhos permanecem fixos à frente. Quando dobro a esquina e avisto o prédio, meu pulso se acelera, minha respiração fica entrecortada.

A porta está cada vez mais próxima. *Será* ela quem vai abri-la, ou Debs?

Logo me encontro à entrada e começo a tremer, tremer de verdade. Fecho os olhos por alguns segundos e expiro todo o ar dos pulmões. Ah, meu Deus. Está prestes a acontecer. Imagino que é como estar dentro de um avião e olhar para os minúsculos campos pela portinhola aberta: o barulho ensurdecedor do vento e dos motores, a sensação de vertigem e o formigamento da adrenalina na ponta dos dedos.

Prendo a respiração por um tempo que parece uma eternidade, e então tomo coragem.

Meu dedo aperta a campainha, e ela dispara estridente.

Passos ressoam nos degraus.

É isso.

A chave gira na fechadura de tal maneira que parece ser em câmera lenta. Empertigo-me, decidida. A porta se abre, e tudo para ao meu redor. Em menos de um segundo readquiro o controle sobre mim mesma.

Olho para o rosto da mulher que se encontra diante de mim e minha calma gélida não me trai, nem por uma fração de segundo.

— Oi — digo. — Imagino que estava me esperando.

Capítulo 24

DEBS SORRI PARA mim e diz:
— Estava sim! Vamos subir! Agora você já sabe o caminho!

Conheço, e muito bem.

Ela se vira e sobe à minha frente; fecho a porta e sigo-a pela escada.

— Conseguiu experimentar sua peruca ontem? — pergunto, para iniciar uma conversa, quando entramos na sala. Tento não olhar à minha volta. Onde estará ela? No quarto? No banheiro? — Deu para chegar na hora?

Debs franze o nariz e responde, de forma grave:

— Deu sim, obrigada. Foi tudo bem. Droga de figurino. Eles acham que são os donos do lugar. Você sabe como é. Quer um chá, enquanto esperamos pela Lizzie? Dormiu na casa de uma amiga ontem, mas falei que você viria e ela já está a caminho.

— Adoraria um chá. — Tiro o casaco e coloco-o com cuidado sobre o braço do sofá.

— Ótimo. — Ela sorri e vai até a cozinha.

Expiro lentamente e cravo o olhar numa das fotos de Liz. Respiração profunda. Ela não chegou ainda. Acalme-se.

Debs retorna com duas canecas de chá nas mãos; me entrega uma e se senta no sofá laranja, dobrando as pernas embaixo do corpo como um gato.

Quando abrimos a boca para falar, o telefona toca. Debs balança a cabeça sem acreditar.

— Esse telefone! Meu Deus, não para nunca... Desculpa, Lottie. Sabe de uma coisa? Não vou atender. Agora me fale sobre você. Onde era mesmo que estava morando antes?

— Bom, eu...

No momento em que começo a falar, ouvimos uma voz metálica feminina na secretária eletrônica. — Oi, sou eu! Poxa, desculpa... vou chegar uns 15 minutos atrasada... decidi pegar uma droga de um táxi, e agora estamos presos no trânsito. Imagino que a Lottie já esteja aí. Diga a ela que sinto muito e que vou chegar o mais rápido possível. Beijos!

Debs ri e resmunga.

— Típico da Lizzie. Desculpa, Lotts. Bom, você estava dizendo...?

— Na verdade, eu moro com o meu... — começo, e *mais uma* vez o telefone toca.

— Não acredito! Que *droga*! — Debs olha para o aparelho. — Deixa pra lá. Você mora com o seu... — Ela olha para mim na expectativa.

— Namorado — digo com firmeza. — E...

— Oi, é o Peter. — Uma voz bem familiar invade a sala, e eu, em estado de choque, quase deixo cair a caneca de chá no tapete. — Lizzie, estou indo para aí... desculpa, estou no carro, e a ligação está falhando um pouco. Você disse que ia estar aí hoje de manhã, e eu acho que precisamos resolver esse assunto. Chego num minuto.

Meus olhos se esbugalham com o choque, e mal consigo respirar. Ele o quê? Ah, porra! PORRA! Tenho que ir embora... será que ele está muito perto? E por que está vindo encontrá-la, por quê? Que diabo eu faço agora?

Debs suspira e, enquanto se distrai colocando sua caneca no tapete, de forma que não percebe o momento de terror e pânico pelo qual estou passando no canto da sala.

— Dá licença, Lottie, preciso fazer uma ligação rápida.

Debs levanta-se e vai até o telefone.

— Oi, sou eu. O Peter acabou de telefonar. Ele está vindo para cá... não sei, querida... Ela está sim. — Debs me lança um olhar rápido. — É, também acho. É bem melhor.

Tudo o que me vem à mente é: Larga essa porra desse telefone... não tenho muito tempo!

Debs desliga e volta-se para mim.

— Olha, Lottie, é meio chato, e eu sinto MUITÍSSIMO, mas, bem, a Lizzie está precisando resolver um probleminha, e acho que é melhor a gente deixar isso para um outro dia. Você se importa? Posso garantir que não é sempre assim! — Ela ri, desconcertada. — Desculpa.

Não me importo. Tudo o que eu quero é sair dali antes que ele chegue.

— Tudo bem. — Pego minha bolsa e meu casaco rapidamente. — Olha, eu ligo depois.

— Obrigada — diz ela. — Você está sendo bastante compreensiva, e eu agradeço. — Quando chegamos ao último degrau da escada, ela segura a porta aberta para mim.

— Por favor, não se preocupe, Debs. — Dou um sorriso aberto, mas, no íntimo, estou em polvorosa. Tenho que ir! Ele pode chegar a qualquer momento! — Eu te ligo.

— Obrigada! — Ela sorri. — Você é um amor, Lotts! Tchau.

A porta se fecha quando saio. Deixo escapar um gemido e vasculho toda a rua. Ele está vindo de carro. Será que vou correndo para o metrô? Droga, cadê os táxis quando a gente precisa de um? Sigo cambaleante até a beira da calçada. Se ele me encontrar aqui... Meu Deus, o que me passou pela cabeça quando resolvi voltar a esse lugar outra vez? Não valeu a pena! Não deveria ter me arriscado... Eu estava me sentindo segura demais. Se eu perdê-lo...

Vejo então um ônibus aproximar-se do ponto, do outro lado da rua. Esse serve. Olho ansiosa para a direita e para a esquerda, antes de atravessar em disparada. Não importa para onde esteja indo, só preciso sair daqui.

Subo às pressas, mostro meu cartão e me jogo num assento enquanto o ônibus dá partida.

Ah, graças a Deus. Olho para trás: o prédio dela começa a desaparecer à distância. Sinto-me completamente aliviada.

Mas essa sensação dura pouco. Ele está indo para lá... ele, *eles*, é possível que os dois estejam lá nesse exato momento. Juntos. O que será que ele vai dizer ou fazer? Será que foi lá para encerrar o assunto? Ou talvez só para lhe pedir para tomar mais cuidado? Olho desesperada para fora, pela janela.

Como eu *queria* saber o que está acontecendo. Queria saber o que ele está fazendo agora.

Capítulo 25

AO CHEGAR EM casa, mais tarde, Pete está com um péssimo humor. Sobressalto-me ao ouvir a porta se fechar com um impacto e pouco tempo depois bater, quando ele sai para a academia.

Ele parece mais calmo quando volta; desaba no sofá ao meu lado.

— Desculpa — diz logo depois.

Dirijo-lhe o olhar.

— Por quê?

— Estou um pouco estressado hoje. Vou tomar um banho, e depois vamos beber um vinho?

Faço um gesto afirmativo com a cabeça, e ele parece satisfeito.

— Ótimo. Não demoro.

Mais tarde, no sofá, estendo as pernas em seu colo afetuosamente, mas com cuidado para não parecer muito pegajosa. Pete está relaxado, à vontade, e me acaricia um tanto alheio.

— Que gostoso... — digo baixinho.

Ele olha para mim e dá um sorriso.

— É, sim. — Volta-se de novo para a televisão.

Então sinto o celular vibrar em seu bolso. Pete o ignora, e, minutos depois, o telefone vibra outra vez. Mais uma mensagem de texto. Ele se mexe no sofá com cuidado. Aí começa a vibrar pra valer. Ela está ligando para ele.

Pete resmunga um palavrão e coloca a mão no bolso para desligá-lo.

— Deve ser minha mãe. Ela não tem a menor noção do fuso horário.

Nesse momento, nós dois nos sobressaltamos quando o telefone fixo toca estridente. Não! Ela não pode estar telefonando aqui para casa! Ah meu Deus!

Ele tira minhas pernas do seu colo, fica em pé de um pulo e pega o telefone. Não diz nada, nenhum alô, nada, só escuta por um segundo e depois, de costas para mim, diz com clareza:

— Não, desculpe, ninguém pediu um táxi para esse endereço.

Meus olhos se apertam. Ou isso foi uma grande coincidência, ou ele realmente teve presença de espírito.

Pete põe o fone no gancho e se volta para mim, sorrindo.

— Vamos, já é tarde... vamos dormir.

Não protesto, e quando já estou na cama, digo apenas, demonstrando surpresa, que ele deve ter lido meus pensamentos quando se oferece para descer e ir buscar um copo d'água para mim. Ele não demora muito e, meio distraído, me dá um beijo de boa-noite. Isso não me surpreende, diante de tudo o que deve estar se passando em sua cabeça.

Quando as luzes se apagam e ele está dormindo, saio da cama sorrateiramente e desço. Seu celular está embaixo da almofada do sofá. Ligo-o e olho primeiro para a lista de chamadas. Foi *ela* quem telefonou.

Depois examino as mensagens enviadas. Assim como imaginei, ele mandou uma para ela cerca de vinte minutos depois, quando desceu para pegar minha água. A mensagem é curta e direta:

```
O que há com vc? Nunca mais ligue p/ minha
casa. Falo com você amanhã. Vá dormir.
```

Desligo o celular e volto em silêncio para o quarto.

Capítulo 26

No dia seguinte, me encontro numa loja de lingerie muito chique numa parte de Londres onde a maioria dos estabelecimentos comerciais tem porteiro ou, quando não, campainhas.

As cores e as texturas à minha volta me inundam os sentidos. Aqui, sutiãs de bojo de tons doces e inocentes, amarelos e rosas glacê; ali, sutiãs meia-taça e tangas fio-dental cor de ameixa e roxas. Sutiãs e calcinhas francesas de cetim preto e verde-bordel. Baby-dolls de renda antiga de cores suaves. Não sei o que escolher. Felizmente eles têm uma atendente já acostumada com mulheres como eu, e, antes mesmo de saber direito onde estou, nós duas nos vemos num provador, admirando as curvas do meu bumbum, que eu desconhecia até então, e ela me diz que uma calcinha cavada é muito mais atrativa, e minhas pernas não parecem mais longas?

— Ele vai adorar!

A moça pisca para mim de forma conspiratória enquanto pega as peças para embrulhar em papel de seda. Meu Deus, espero que ela esteja certa. Suponho que o papel de seda deva ser amarrado com um fio de diamantes tecido por anjos, já que o valor total para um conjunto de roupa íntima (dois pares) é de 370 libras.

Isso me deixa com um troco de apenas 30 libras do total que eu tinha em espécie. Meu Deus!

Sinto-me fraca e quase entro em pânico, mas logo me lembro de Liz no palco. Não tenho escolha.

Afinal, eu costumava me vestir um pouco assim logo que o conheci; foi somente com o tempo que comecei a dar menos importância a essas coisas. Passamos a ir menos a boates, então não havia necessidade de comprar blusas curtas e cintilantes. E como não estava mais usando esse tipo de roupa, não precisava me preocupar tanto com o que comia. Macacões e blusas soltinhas são bem mais fáceis. Mas agora vejo que foi aí que comecei a errar. Tirei o olho da panela, e ela transbordou.

Em seguida, decido ir lavar e fazer o cabelo num salão de beleza careiro, que, para minha sorte, teve um cancelamento de última hora. Quando o cabeleireiro, bastante afeminado mas muito bonito, (chama-se Bernardo) termina e, com um floreio, levanta um espelhinho, sorrindo satisfeito com minhas exclamações de alegria, quase choro, mas dessa vez de alívio. Estou, bom... muito bonita! Meus cabelos estão brilhosos e esvoaçantes, cheios de vida. Essa é a associação que espero que Pete faça.

Vou fazer as unhas também. Mas toque sutil, não aquelas garras longas das garotas de Essex; quero ficar bonita sem perder a naturalidade. Ao passar pelo balcão de uma marca de produtos de maquiagem, que sempre vejo nos papéis brilhosos das revistas femininas, resolvo parar dessa vez. Em geral não tenho tempo para esse tipo de coisa, mas hoje peço conselhos à atendente, e ela não é nenhuma idiota nem usa nada pesado. Na verdade, é bastante delicada e me pinta com habilidade.

A atendente, no entanto, é bem recompensada, porque compro uma boa quantidade de produtos que custam tão caro que quase perco o fôlego com o choque. Ela percebe meu ar assustado, dá uma palmadinha no meu braço me tranquilizando, diz que vai valer cada centavo e que estou deslumbrante. Esboço um sorriso e comento que ela provavelmente deve ter que dizer isso a todas. Ela olha séria para mim e responde que sim, que esse é seu papel, mas que, no meu caso, *está sendo sincera*.

Por fim, pego um táxi e me dirijo a uma pequena butique por onde sempre passo sem me deter, por parecer careira demais, e porque lugares como esse me assustam. Tendo a achar, provavelmente com razão, que as vendedoras vão saber, no momento em que entrar, que a bolsa que levo no ombro custou 30 libras na Monsoon, e que minha calça é French Connection, não da Prada. Isso, portanto, me faz parecer uma imitadora e não alguém que pertence àquele mundo. Sempre imaginei o cenário de *Uma linda mulher*, ninguém me dando atenção. Mais uma vez, pensei errado! Ocorre que, no momento em que coloco os pés ali dentro, antes mesmo de entrar em pânico as vendedoras vêm me tratar com bastante atenção. É incrível como há tantas pessoas delicadas no mundo quando se gasta dinheiro.

A vendedora fala bastante enquanto me viro para um lado e outro, olhando-me no espelho. Diz que receberão novidades na semana que vem e que tem certeza de que algumas das peças novas ficariam maravilhosas em mim. Começa a dar detalhes sobre as roupas, e fico encantada com suas descrições de sedas cor de chocolate e de framboesa, quando, de repente, ela interrompe a conversa e dá um grito agudo, capaz de perfurar um tímpano, ao mesmo tempo em que fica batendo na própria cabeça. Noto que há algo voando de forma caótica, e ela agita os braços freneticamente. Alguma coisa cai no chão após ser atingida por ela, e, sem parar nem um segundo, ela a esmaga com seu salto alto imaculado.

Com cuidado retira o pé de cima. Ambas olhamos para o chão e vemos uma borboleta triturada no assoalho frio e brilhante. O corpo do bichinho ainda se retorce e pulsa, asas reduzidas a uma massa disforme.

— Eca! — Ela contrai os músculos do rosto numa careta. — Que coisa nojenta! Desculpe, senhora. — Repugnada, dirige-se ao balcão torcendo o lábio, pega um lenço para limpar o chão e joga o papel amassado no cesto de lixo. — Imagine uma coisa dessas nessa época do ano! — ela comenta, olhando para o chão para ver se não restou nem um pedacinho de asa. — Onde era mesmo que estávamos? — Volta a exibir o sorriso no rosto. — Ah, sim! Roupas lindas para você!

O vestido que por fim escolho me cai tão bem e é tão lindo que sou forçada a comprá-lo. Vou me arrepender para sempre, se não levá-lo. Tenho vontade de vesti-lo ali mesmo, mas não o faço. Guardo-o para mais tarde. É tão absurdamente caro que, na verdade, nem parece real quando entrego meu cartão à moça. Mas a caminho da estação, balançando sacolas brilhantes que exibem marcas famosas e caras, sei que são peças genuínas. É bom que valham o preço pago. Lingerie nova e escova no cabelo para seduzir meu namorado. Que clichê...

Já no trem de volta para casa, querendo do âmago do meu ser que ele ande mais depressa, me dou conta de alguns olhares admiradores. Dirigidos a mim!

Meu telefone toca, e é Clare. Ela está ofegante de tanto rir, antes mesmo de falar comigo, e o som de sua risada é de tal forma contagiante que, apesar de tudo, me faz abrir um largo sorriso.

— Quer ouvir uma boa? — ela diz. — Criei um novo grupo de discussão no Facebook chamado "Não preciso de homem, a universidade me fode todo dia" e... ha ha ha... ah, desculpa... — Ela se engasga e tenta se controlar. — E eu e as garotas colocamos o tópico "Você preferiria ter a vagina no lugar do umbigo ou... — ri descontroladamente de novo — ... um pau no seu ombro? — E a Amy disse... hi hi hi... Amy disse que preferia o pau, porque aí ela ia poder vestir ele como um papagaio e seria menos estranho! HA HA HA!

Dou uma gargalhada, e um homem levanta a vista do jornal e sorri antes de voltar à sua leitura. Clare está ofegante de novo.

— Ah, meu Deus... minha barriga está doendo! — Falta-lhe fôlego. — Caramba, quem... — Mas entramos num túnel e perco contato com ela.

O homem ergue a vista de novo, e desvio o olhar com timidez quando meus olhos encontram os dele. Percebo, então, o brilho de uma aliança de casamento em seu dedo, e isso acaba com o momento para mim. Imagino sua esposa, provavelmente na estação, com os filhos no assento de trás do carro, esperando, cansada, o trem dele chegar... A partir daí, não o encaro de novo, e ele percebe a mensagem, voltando a concentrar-se em seu jornal. *Não* sou o tipo de mulher que faria isso com outra, muitíssimo obrigada.

Meu telefone dá sinal outra vez, e é uma mensagem de texto. Lottie.

```
Por favor, não morra. É muito chato aqui
sem você. Bate Mais tirou meleca do nariz E
COMEU hoje cedo. ODEIO ele.
```

Decido não responder à mensagem dela, caso resolva telefonar e perceba pelo barulho que estou no trem. Ela pensa que estou praticamente em meu leito de morte, pelo tom da mensagem. Em vez disso, conto as paradas do trem e quase saio correndo quando desço na estação de tão ansiosa que estou para chegar em casa, mas não faço isso. Não quero aparecer esbaforida e suada, com a maquiagem escorrendo pelo rosto. Isso acabaria com meu plano.

Logo que a porta se fecha quando entro e me encontro no silêncio da casa, subo correndo, tiro a calcinha e visto a nova. Faço um retoque na maquiagem, retiro da sacola o vestido novo e estendo-o com cuidado em cima da cama. Sento ao lado e espero por Pete.

Não preciso esperar muito tempo. Escuto a porta de casa bater: é o meu sinal.

Começo a andar pelo quarto e escuto-o subir a escada de dois em dois degraus. Ao entrar, ele me encontra passando batom e de calcinha nova, o que dá a impressão de que estou me aprontando para sair. Dá um leve assovio, o que faz eu me sentir recompensada.

— Nossa! — ele exclama. — É nova?

Dirijo o olhar ao meu corpo e dou de ombros.

— Acho que não, por quê?

Pete olha para o meu busto, arqueia uma sobrancelha e diz:

— Acho que eu teria notado, não?

Bom, sim, imagino que teria.

— Como foi o seu dia? — pergunto, enquanto pego meus brincos.

Ele contrai os músculos numa careta.

— Uma merda. Mas agora está melhorando.

Ele sorri para mim, e meu coração se acelera. Mantenha a calma... não estrague tudo. Então percebo que ele está segurando algo: um envelope.

— O que é isso? — pergunto quando passo por ele para pegar o vestido.

Pete estende a mão.

Na frente, numa péssima tentativa de copiar minha caligrafia falsa, vejo meu nome e nosso endereço. Pete desenhou nele um selo de imitação, com uma carinha risonha colada em cima e sobre a cabeça, uma coroa.

Abro o envelope e vejo que não sou a única que foi às compras. Dentro do envelope está a parte superior do cartão que recebi ontem.

É uma metade nova, limpinha, com o meu nome e não o dela. Sorte a dele ter se lembrado onde o comprou. Embora isso doa... será que ela é tão especial que não esqueceu onde lhe comprou o cartão?

Lê-se também, *Este cartão lhe dá o direito a ir ao balé comigo... Alguém que a ama muito.* Tudo em caneta da mesma cor. Devo admitir que prestou atenção aos detalhes, mas e quanto ao conteúdo? Será que realmente deu o melhor de si? Na verdade, para o homem que me tirou do caminho com uma massagem para que pudesse ir transar com a amante dois andares acima no mesmo hotel, é um pouco frustrante.

Mas, em vez de dizer isso, exclamo:

— Ahhhh! Que lindo! — E: — Poxa! Você é muito atencioso!

Então digo que ainda não entendo por que ele cortou o cartão pela metade e mandou as partes separadas... mas não importa! Sempre quis ir ao balé, e ele foi esperto ao escolher um cartão com o desenho de uma dançarina!

Pelo menos Pete tem a decência de baixar o olhar. Coloco o cartão de lado e finjo continuar me aprontando. Não o beijo, nem o abraço. Apenas volto ao que estava fazendo.

— Vamos a algum lugar? — ele pergunta, enquanto me visto. — A propósito, seu vestido é lindo.

— Obrigada. — Sorrio. — Eu vou; você não.

Pete me olha surpreso.

— Ah.

— Mas não volto tarde. Encontrei uma velha amiga da escola... vamos sair para beber alguma coisa.

— Não é a Katie? — pergunta Pete, preocupado.

Meu coração se aperta ao pensar nela.

— Não, não é a Katie.

Passo ao seu lado, e ele segura meu punho. Puxa-me em sua direção, me beija de leve na boca. Hesito e então correspondo, com um beijo igualmente leve.

Ele me beija de novo... um pouco mais forte. Aperta-me contra a parede do quarto e coloca as mãos dentro do meu vestido.

— Preciso ir — tento protestar. Embora isso não seja verdade, pois não combinei de me encontrar com ninguém. Mas ele não sabe disso.

— Agora não — murmura ele.

Pete abre a frente do meu vestido. Passa a ponta do dedo suavemente pela renda de meu sutiã novo, puxa-o para cima, me acaricia e provoca, fazendo-me perder o fôlego e morder o lábio. Em seguida, abre o sutiã e tira meu vestido pelos ombros. O vestido e o sutiã caem no chão sem ruído. Seus dedos descem, e logo ele abre sua calça e coloca para o lado a minha calcinha linda e cara. Nunca havíamos feito sexo assim, de encontro à parede, e à medida que ele pressiona o peso do seu tronco contra mim, sinto-me espremida e esmagada, em vez de excitada. Minhas costas doem, e percebo que minhas pernas não são fortes o bastante para isso.

Mas no momento em que penso isso, ele me levanta e envolve seu corpo com minhas pernas. De repente, fica muito, muito melhor. Vejo-nos no espelho, por sobre seus ombros. Estamos nos movendo juntos instintivamente agora, sem deselegância, sem movimentos bruscos e sem desconforto. Estamos lindos. Os músculos de suas costas se movimentam enquanto ele segura minhas pernas, e eu observo quando as aperto mais em torno dele, sentindo grande prazer quando, em resposta, ele geme. Movimentamo-nos juntos com perfeição, com gemidos cada vez mais altos — até que, por fim, ambos paramos.

Sinto-me incandescente — deve haver algum tipo de brilho etéreo em torno de mim, posso jurar. Desço as pernas. Pete veste a calça, e ficamos os dois ali por um momento. Ele encosta os lábios na minha testa e sussurra, admirado:

— Você é incrível.

E me sinto assim. Sinto, de fato, que sou incrível. Por um minuto apenas, quando levanto a cabeça e busco seu olhar, *sinto* que sou incrível... amada, como deveria ser, e que ela não existe. Posso fingir que somos só Pete e eu, que ele não me traiu e que tudo que quero para nós dois ainda pode acontecer. É possível; ainda pode se tornar realidade.

Ela não é ameaça para *nós*. Nosso vínculo é forte e estamos muito apaixonados. Ele poderia me pedir o que quisesse agora que eu faria. Contaria todos os segredos que guardo, iria ao fim do mundo e voltaria por ele. Eu o amo. Amo-o de verdade.

Acaricio sua face e sussurro:

— Eu não seria capaz de amar ninguém como amo você, Pete. — E olho para ele implorando, suplicando silenciosamente que diga a mesma coisa.

Ele hesita e não diz nada... só me olha nos olhos, com ansiedade.

Permanecemos ali em silêncio. Eu nua, exceto pela calcinha, tremendo um pouco, enquanto o vento sopra com violência lá fora e faz vibrar a janela, mas sem querer me mexer para não perder o momento. Ele olha para mim como se estivesse me vendo pela primeira vez de novo, e, por uma fração de segundo, sei que é o meu Pete. O homem que era quando o conheci... ansioso para me contar o que fez, querendo ser honesto. Tenho certeza disso.

Mas não diz nada, apenas baixa a cabeça e me puxa de encontro a si, abraçando-me com uma fúria e intensidade que quase me impede de respirar. Escuto-o dizer:

— Te amo muito.

Sua voz vem de algum lugar sobre o meu ombro esquerdo, mas não consigo ver seu rosto. Afasto-me suavemente de seu tórax e digo devagar, enquanto tento forçá-lo a me olhar nos olhos:

— Você pode me dizer, Pete, se alguma coisa o estiver incomodando... Não pode haver nada tão ruim assim que não possa me contar.

Embora isso não seja verdade, claro; já é bastante ruim ter me feito agir de maneira tão desvairada como nunca imaginei ser possível. Mas, ainda assim, o perdoo.

Ele levanta a cabeça devagar. Prendo a respiração, na expectativa...

Mas seus olhos encontram os meus, e o que quer que eu tenha visto um momento antes já não está mais ali. Desapareceu. Pete me lança um olhar inexpressivo e diz:

— Não há nada para contar. É melhor você se vestir. Vai se atrasar.

Ele sai do quarto, e eu desabo no chão.

Capítulo 27

Tenho vontade de chorar, uma vontade real, mas simplesmente não há nada ali. Nem lágrimas, nem luta, nem entusiasmo. Apenas eu, largada no chão, de calcinha, pela qual desembolsei o que eu gastaria com comida para mais de uma semana, ao lado de um vestido que já não me parece mais tão especial.

Não fico ali por muito tempo; além do mais, está frio. Quando percebo que Pete desceu e que não vai voltar, não há nada a fazer senão me levantar, ir ao banheiro, me lavar e tornar a me vestir. Minha maquiagem borrou, então refaço-a.

Respiro fundo, levanto a cabeça e volto para o quarto. Ainda não acabei.

Abro a gaveta de roupa íntima e pego os brincos de Liz. Eles brilham festivos, e seguro-os diante de mim com aversão, como se estivessem infectados. São muito extravagantes; bijuteria de vidro. É óbvio que ela não é refinada o bastante para ser alérgica a metais baratos.

— Pete! — grito a plenos pulmões.

Escuto-o subir a escada devagar, e, quando aparece à porta, corro em sua direção e jogo os braços em torno dele, exclamando:

— São lindos!

Ele sorri, satisfeito e surpreso, e corresponde ao meu abraço. Então pergunta:

— O que é que é lindo?

— Os brincos.

Ele parece um pouco confuso... como é de se esperar... e eu digo:

— Achei em cima da cômoda. Que surpresa maravilhosa! Obrigada!

Nesse momento, coloco um dos brincos de Liz na orelha. Detesto fazer isso. Não suporto encostar em minha pele o que pertence a ela. É como se enfiasse em mim uma agulha contaminada.

Viro a cabeça para que Pete possa ver o brinco. Ele empalidece, branco como cera. Chego à conclusão de que ele é realmente uma daquelas pessoas que não conseguem esconder nada, mas ao mesmo tempo imagino que se você descobre que sua amante conseguiu entrar em sua casa e deixar lá os próprios brincos, intencionalmente, para que sua verdadeira namorada os encontre... bem, seria um tanto preocupante.

São brincos bem peculiares, para dizer o mínimo. Não o tipo de coisa que uma pessoa mais discreta viesse a usar. São chamativos, estilo vintage exagerado, verdadeiros candelabros de vidro verde-escuro, imitando esmeraldas. Sem dúvida, é óbvio que ele sabe a quem pertencem.

Balanço a cabeça e as pedras resplandecem e cintilam, lançando sombras sobre meu rosto.

— Vou usá-los quando formos ao balé. — Sorrio para ele. — Todos esses presentes. Sou muito sortuda. O que foi que eu fiz para merecer tudo isso? — Finjo me olhar no espelho, mas, em vez disso, lanço-lhe um olhar furtivo.

Pete parece bastante preocupado.

— Nada — ele responde baixinho. — Você **não fez nada** para merecer isso — continua à meia-voz, mas consigo escutá-lo. Encaro-o de forma questionadora, ao que ele força um sorriso e se aproxima de mim. — Pensando bem — comenta, afrouxando com cuidado as tarrachas na minha orelha —, não gosto deles. Parecem baratos. Em você cai melhor um diamante. Vou devolver, trocar por alguma outra coisa. — E guarda-os no bolso.

— Sabe de uma coisa? — digo casualmente. — Vou telefonar para a minha amiga e combinar com ela outro dia. Prefiro ficar com você. Volto logo, me dê cinco minutinhos.

Ele concorda e desce para a sala.

Por uma brecha na cortina do quarto, vejo-o indo para o jardim, iluminado pela luz da cozinha. Tem o telefone colado ao ouvido. Eu daria qualquer coisa para ouvir o que ele está dizendo. Mas faço ideia, porque, seja com quem for que estiver falando... e, ó Deus, espero que seja com ela... ele está muito, muito irritado com essa pessoa. De início, dá de ombros de forma melodramática. Imagino-o dizendo algo como: "Bom, *me diga*, então, como vieram parar aqui."

Pete passa a franzir a testa, e as acusações têm início. Ele escuta um pouco, revira os olhos, depois cerra-os e passa a mão na testa, cansado. De repente, abre os olhos de novo, diz algo curto e decisivo, encerra a ligação e afasta o aparelho do ouvido. Vejo-o ficar ali parado, com ar de exaustão. Nesse momento, o telefone dele se ilumina de novo. Ela está ligando de volta. Sem demora, Pete desliga o celular e enfia-o no bolso.

Deixo a cortina cair, sorrindo no escuro.

Capítulo 28

Sábado pela manhã, dia do casamento do primo de Pete, acordo sozinha em nossa cama. Pelo canto do olho, percebo um bilhete em seu travesseiro, o que a princípio me aterroriza, porque acho que é aquele clássico "não sei como dizer isso, mas conheci uma pessoa...". Porém, na verdade é só um aviso de que ele foi à academia.

Sentar faz minha cabeça girar. Olhando-me no espelho, na extremidade da cama, vejo uma velha me encarar de volta; uma anciã de tez acinzentada, olheiras fundas, a pele como uma massa seca e cabelos que parecem ter sido palco de uma briga entre dois esquilos.

Estou um lixo. Arrasto-me até o banheiro, tentando ignorar Gloria, que uiva na cozinha, embora o barulho penetre em meu sensível cérebro encharcado de vinho como uma faca quente enfiada em uma barra de manteiga. A segunda garrafa de vinho que Pete e eu abrimos diante da TV na noite passada, nós dois bebendo em silêncio enquanto mantínhamos os olhos grudados na tela, voltou como uma assombração. Estou podre.

Meu humor em nada melhora quando descubro que o dia está frio e úmido, ao contrário do tempo bom e claro que, tenho certeza, a noiva implorou aos céus. Preferia que não precisássemos ir.

Enquanto me maquio no nosso quarto — o que curiosamente, em vez de melhorar as coisas, como deveria, me faz parecer um travesti —, o celular toca ao meu lado.

— Alô — diz Clare, séria. — Como você está?

Reflito por um segundo.

— De uma maneira geral, acho que estou indo bem — digo, de maneira casual. — E você?

— Bom — diz Clare, parecendo disposta a uma longa conversa —, tenho uma história verdadeira para contar a você.

— Tudo bem — replico, olhando meu relógio. — Conte rapidinho. Tenho que ir a um casamento.

Ela suspira irritada.

— Está bem. Vou contar a versão resumida. Patrick veio me ver ontem à noite e disse que está apaixonado por mim, e acho que também estou gostando dele. Tchau.

— O quê? Porra! — O susto me faz deixar cair a escovinha do rímel no colo. Droga! Estou com um reflexo de merda hoje, e agora tenho um risco preto no vestido. — O que é que você está dizendo? — pergunto irritada, esfregando a tinta com raiva e vendo, apavorada, o risco se espalhar como uma mancha de óleo. — Vocês se conheceram há menos de uma semana! Não seja ridícula!

Há uma pausa, e, em seguida, ela retruca com sarcasmo:

— Não é *bem* a reação que eu esperava, mas acho que é melhor do que "Ele é *meu* amigo".

— Você não está falando sério! Clare, você ainda está na faculdade, está estudando. Devia estar enchendo a cara e gastando o dinheiro do seu financiamento estudantil na Topshop.

— É? E depois?

— Mas o Patrick trabalha, não é mais um estudante, e...

— Merda, você tem razão! — ela retruca, simulando medo. — Além disso, ele *não* faz compras na Topshop. O que foi que me passou pela cabeça? Não vai funcionar *nunca*. — Clare estala a língua com impaciência. — Por que é que todo mundo acha que só porque você é estudante é uma espécie qualquer de subespécie, que só sabe andar por aí procurando alguém para transar e passar o resto do tempo vendo *Neighbours*? Só para você saber, eu trabalho muito, gasto o pouco dinheiro que tenho com aluguel e alimentação, e sou capaz de ter um sentimento verdadeiro. Não foi você que me disse que eu saberia quando encontrasse a pessoa certa?

— Bom, foi — começo. — Mas... Clare, faz só uma semana, e...

— Não importa... acontece que eu sei — ela me interrompe de forma abrupta.

— E é o Patrick, e...

— Eu simplesmente sei — ela diz, com um tom mais suave. — E *sei* que ele sabe também, Mi. É um sentimento maravilhoso.

Seguro o telefone ao ouvido por um momento e fico escutando.

— E estou tão, tão feliz de ter ouvido você e não ter me conformado com uma segunda opção! Antes, com o Jack e os outros caras, eu vivia sempre ansiosa, achando que, sim, estava tudo bem... mas que eu podia encontrar alguma coisa melhor. Alguém que pudesse me dar mais. Mas com o Patrick, eu sei que não tem como melhorar.

Ah, por favor.

— Clare... você é tão novinha — insisto. — Ainda tem tanto tempo pela frente!

— Para fazer o quê? — ela pergunta, surpresa. — E posso fazer tudo... mas agora com ele também. Vai ser muito bom!

— E o Patrick disse que está apaixonado por você? — pergunto, com ar de dúvida.

Ela ri.

— Disse, e não foi imaginação minha, sei que foi sincero. Eu simplesmente sei. Não dá para descrever, Mia... e não é só sexo.

Por favor, sem detalhes, digo a mim mesma. Pelo menos poupe-me disso.

— Não é possível que vocês dois tenham essa certeza de que se amam!

— Por quê? — ela insiste. — Por que não posso saber se amo o Patrick?

Não tenho uma resposta para isso.

— Estou tão feliz que não dá nem para explicar. Será que você não pode ficar feliz por mim também?

Suavizo:

— Claro que posso.

— Êeee! — ela exclama, e depois grita: — Estou apaixonada! Viva!

Na igreja, poucas horas depois, usando outro vestido, penso na possibilidade inquietante de que, agora, até mesmo minha irmã mais nova vai ser levada ao altar antes de mim, e estou começando a achar que isso nunca vai acontecer comigo. Nunca.

No entanto, tenho certeza de que nenhum dos presentes à cerimônia é capaz de dizer, só de olhar para mim, que estou morrendo devagar por dentro pois meu namorado tem um caso com outra mulher. Sentada ali, naquela igreja fria e empoeirada, esperando pela entrada da noiva com Pete ao lado puxando a gravata, irritado, e dizendo que tem certeza de que vamos levar uma multa por causa do local onde estacionamos o carro, e eu pedindo a ele para ficar quieto, parecemos um casal normal.

Olho para os bancos ao meu redor, e as variações sobre o mesmo tema ocorrem em toda parte. As mulheres esticam o pescoço para ver o que as pessoas estão usando e depois baixam a cabeça, agitadas, para comentar com os maridos, que parecem entediados. Alguns homens cumprimentam-se alegremente e explodem em risadas... e, sentadas ao lado deles, veem-se esposas nervosas como passarinhos. Nem todos parecem enfastiados, claro... afinal, é uma ocasião alegre... mas agora, depois dessas duas últimas semanas, vejo que nem tudo é o que aparenta ser à primeira vista.

Quando tem início a marcha nupcial, todos se levantam e se viram para ver a noiva entrar. Ela é uma moça esbelta, de andar oscilante, e nervosa. Seu vestido já está meio frouxo nos ombros, e ela tenta se manter no compasso da música ao mesmo tempo que se empenha em puxar o pai, que está ansioso para que esse momento tão tenso termine logo. Ela olha timidamente toda a igreja, e a expectativa a faz morder o lábio inferior... mas logo que avista o noivo deixa escapar nitidamente um suspiro de alívio, e um sorriso doce e suave começa a desabrochar em seu rosto. Todo o seu corpo libera a tensão, e ela passa do estado de inquietação ao de serenidade, calma, elegância e beleza, enquanto desliza em direção a ele.

Segurando minha bolsa e o folheto com as instruções da cerimônia religiosa, observo-a. Pete está de pé com as mãos nas costas. Entre nós dois há um espaço de uns 30 centímetros. De repente, lembro-me de um casamento a que fomos juntos, no início de nossa relação. Enquanto o noivo e a noiva faziam os votos, tropeçando nas palavras em sua sinceridade, Pete e eu entrelaçávamos as mãos, encostados um ao outro, e nos entreolhávamos de forma tímida e significativa, demonstrando que um dia talvez fôssemos nós a dizer que queríamos ficar juntos para sempre, até que a morte nos separasse.

E agora assisto a este casamento, os noivos fazendo promessas que espero que consigam cumprir e entoando os votos de serem fiéis e carinhosos um para com o outro. Percebo o espaço que há entre Pete e eu e me indago com tristeza se eu conseguiria, agora, casar com ele, sabendo do que ocorreu. Fecho os olhos por um instante e, de repente, me vejo ao seu lado de vestido de noiva. Estamos de costas para os convidados, quando a porta é aberta em câmera lenta e vejo Liz, cercada de uma luz etérea, confiante, prestes a se lançar pela nave da igreja gritando "Nãaaaaao!", fora de controle, como numa cena de um filme ruim.

Oscilo um pouco, e Pete, franzindo o cenho, estende o braço para me segurar. Ele me lança um olhar estranho e pergunta, apenas movendo os lábios:

— Tudo bem?

Faço que sim e baixo a cabeça.

O restante da cerimônia é realmente muito bonito, embora o vigário quase provoque um ataque cardíaco na mãe da noiva ao fazer um sermão que exige o uso de tesouras de jardim e um arranjo de flores que se encontra próximo a ele para ilustrar como duas metades se juntam para formar um todo extraordinário. Isso é dito ao mesmo tempo que uma inocente e provavelmente caríssima dália é cortada ao meio e vai ao chão. Para a tranquilidade de todos, no momento em que a mãe da noiva parece estar prestes a vomitar, ele para e coloca a tesoura de lado. Logo depois, conta uma piada que não tem muita graça, mas que assim mesmo provoca um riso de alívio.

Depois da cerimônia, os recém-casados atravessam a nave da igreja, ele com um largo sorriso no rosto, ela de braço dado a ele, girando, orgulhosa, a aliança no dedo. Melancólica, observo-os, pensando como têm sorte.

Então Pete se inclina e diz que é melhor irmos logo para a recepção, porque ele não está nem um pouco disposto a ter mais problemas para estacionar lá.

Ao chegarmos, abrimos caminho pela lama dos jardins do hotel de campo, junto com os outros convidados. Está muito frio para permanecer do lado de fora, então todos conversam no foyer, enquanto as fotografias são tiradas. Observamos a mãe da noiva, resfolegante, ir com ar determinado atrás de duas daminhas de honra, que prefeririam estar correndo pelo gramado lamacento, guinchando como porquinhos, arrastando atrás seus adornos de cabeça, a posar para fotos.

Depois, então, entramos na fila para a recepção e enfim estamos todos sentados às mesas, de modo que se iniciam as enfadonhas apresentações e as perguntas sobre como cada um conheceu os noivos. Estou ao lado de um homem que, estranhamente, se apresenta como Fish. Pete está junto da outra metade de Fish, uma loura com uma roupa que mal lhe cobre os enormes seios bronzeados. Ela cutuca Pete e diz:

— Tenho certeza de que nós dois vamos nos entender muito bem.

Pete sorri com educação, mas, do outro lado da mesa, me lança um olhar desesperado, um apelo silencioso que me faz rir dentro da minha taça de champanhe quente. Ao vê-lo corresponder a meu sorriso, percebo que as dúvidas e a tensão geradas na igreja aliviam-se, e de repente parece que, no fim das contas, a tarde vai ser divertida.

Infelizmente, acontece que ao servirem a comida a única coisa quente são as bebidas. Servimo-nos de carne morna e batatas frias e pastosas, enquanto as garçonetes atrapalhadas, dispensando as formalidades, despejam os legumes no nosso prato. Na outra extremidade da sala, algumas mesas já estão nos pudins, então nós, os últimos no páreo, tentamos correr para compensar o atraso.

Fish, no entanto, está determinado a se embebedar e nos levar junto com ele.

— Vamos, garota — ruge o homem, enquanto enche a minha taça. — Beba um pouco mais. É de graça, não é? Vamos aproveitar.

As bochechas dele já estão avermelhadas e ele se torna atrevido, aproximando-se de mim mais do que é necessário. A Sra. Fish está também às gargalhadas com algum comentário de Pete, que no entanto parece meio alarmado com a reação exagerada dela.

A despeito da tagarelice de Fish, e de sua história completamente inadequada do que fez com um cara que lhe devia 250 libras por uma televisão, tento me divertir. As pessoas começam a se erguer das mesas e a caminhar pelo recinto no intervalo entre o cafezinho e os discursos, e uma tia de Pete, que até então eu não conhecia, aproxima-se bamboleando e o envolve num abraço de seda lilás. Ela está alegre e empoada, e, com uma cutucada e um piscar de olhos, pergunta a Pete quando ele vai fazer de mim uma mulher honesta; claro que em breve os sinos do casamento devem soar para nós, não é? Fico mais do que desconcertada ao ver que eu e Pete pigarreamos e nos apressamos em dizer:

— Ah, ainda vamos esperar mais um pouco!

Todo o meu prazer se esvai como alguém que esvazia um balão, e discretamente me encolho de volta na cadeira, mal percebendo a conversa da tia, que lamenta o fato de os pais de Pete não estarem presentes, e quando vão voltar da viagem à África?

Uma batidinha é dada no copo, e os discursos começam. São monotonamente longos; o pai da noiva, por ter exagerado no vinho, acrescenta histórias que não havia planejado, o que resulta em algo tão engraçado quanto descobrir que alguém cagou em seus dois sapatos. Quando estamos quase caindo no sono, um celular toca e todos despertam com o susto. É o de Pete. Ele faz o possível para desligá-lo, mas, na pressa, não encontra a tecla, então segura-o de encontro ao ouvido e, ao ouvir reclamações, sai da sala levantando a mão para se desculpar, enquanto um gaiato grita: "ESTOU NUM CASAMENTO... NÃO, ESTÁ UMA MERDA!", enfurecendo a mãe da noiva e fazendo-a franzir os lábios como o orifício de um gato.

Não consigo me concentrar nos outros discursos, pois tudo em que penso é com quem será que ele está falando? *Com quem será que ele está falando?* Será com ela? Eles devem estar juntos de novo... Sentindo-me mal, olho ansiosamente pela janela para o jardim, mas não o vejo. Tomo um grande gole de vinho, mas engasgo e tenho um acesso de tosse. Para me ajudar, Fish bate nas minhas costas e um pouco de vinho tinto jorra da minha boca, o que é bom.

Pete retorna sem ruído quando estamos todos de pé para o brinde final. O padrinho anuncia que vão tirar as mesas para podermos dançar, e todos nos sentamos e agradecemos aos céus por termos sobrevivido aos discursos. Fish percebe que Pete voltou e diz:

— Olha quem está de volta! E aí, tudo bem com a sua outra gata?

Ele pisca o olho para Pete e dá uma gargalhada. Pete fica sem ação por um segundo, força uma risada e diz, em tom jocoso:

— Ah, ela está ótima, obrigado.

Fish completa rapidamente:

— Vai com calma, cara! Não quero saber como ela é na cama... não com a Princesa aqui. — Ele me dá uma cotovelada, depois inclina-se e, tocando o nariz, murmura: — Me conta depois! — E solta outra gargalhada.

Não aguento mais essa situação, então levanto-me e vou, meio desequilibrada, passando por entre as mesas. Pete não me segue; provavelmente acha que bebi demais e que preciso ir ao banheiro. Lá fora, no ar frio, o sol se encaminha para o ocaso e o céu é de um vermelho magnífico. É, sem dúvida, a melhor vista do dia, mas já faz bastante tempo que o fotógrafo guardou tudo e foi para casa.

O ar frio penetra em meus pulmões; sinto o cheiro de madeira queimando nas casas vizinhas e a umidade crescente vinda das árvores da redondeza. Dois garçons magérrimos, de cabelos espinhosos e costas arqueadas, que deram uma escapada para fumar um cigarro, estão em frente à porta de vidro, andando de um lado a outro para se manterem quentes em suas camisas brancas tão finas. O cheiro do cigarro deles vem em minha direção, deixando-me um pouco enjoada. Sinto tonturas e um mal-estar, e meu pulso se acelera um pouco. Mais uma vez, sou uma mulher numa missão, penso, enquanto me dirijo ao estacionamento tentando me equilibrar sobre os saltos.

Uma missão furtiva, mas vou me sair muito bem. Tenho as chaves de Pete na minha bolsa, e também uma outra coisinha; quase solto risinhos malévolos quando chego ao carro. Mas no momento em que me vejo no assento do motorista e fecho a porta, lembro por que estou ali, o que estou prestes a fazer — que na verdade não é nada engraçado. Olhando para trás, para me certificar de que ele não me seguiu, enfio a mão na bolsa e pego uma calcinha cor de pêssego, que roubei do apartamento de Liz. Enfio-a embaixo do banco do carona e verifico se está completamente escondida antes de sair do carro e trancá-lo outra vez.

Retorno àquele ambiente abafado num intervalo de cinco minutos.

As mesas foram afastadas, e a banda está acabando de testar os microfones com "um dois, um dois", enquanto o pajem, que roda cada vez mais rápido no meio da pista, fica tonto e cai no chão feliz.

Logo a seguir, a primeira dança é anunciada aos aplausos e assovios, e o feliz casal dirige-se ao meio do salão. De início, com todos os olhares voltados para eles, os dois hesitam, mas quando a banda começa a tocar "Something Stupid", os noivos ficam coladinhos. Ela, dirigindo-lhe o olhar, em devaneio sussurra algo ao seu ouvido, e ele, admirando-a com orgulho, cinge-lhe a cintura de forma protetora. Parecem tão felizes que quase me levam às lágrimas. Assisto à cena, sentindo uma solidão que nunca antes havia experimentado, e é quando percebo braços me enlaçarem a cintura: Pete está ali.

Olho para o casal dançando à minha frente e tento nos imaginar em seu lugar... mas não consigo. Cravo os olhos neles com tal intensidade que a imagem sai de foco. Subitamente, não quero mais estar ali... quero ir para casa.

Digo a Pete que quero ir embora, e ele, aproveitando feliz a oportunidade, pega meu casaco e me conduz ao carro.

No caminho, comenta como aquele cara que estava sentado ao meu lado era um verdadeiro imbecil e diz que ainda está com fome, será que tem alguma coisa para comer em casa?

Calculo quando devo tirar a calcinha de sob o assento.

Espero até o momento em que chegamos em casa e ele desliga o motor; então finjo me baixar para pegar minha bolsa. Sinto meus dedos segurarem o tecido fino. É agora.

— Opa! — digo. — Tem alguma coisa macia aqui embaixo! Que diabo é isso? — Finjo olhar. — Espera aí, parece que é um lencinho de papel. — Puxo a calcinha cuidadosamente dobrada e digo: — Não, não é... Acho que é pano. O que é isso?... Acende a luz, Pete.

Ele suspira cansado e acende a luz, dizendo alguma coisa sobre estar querendo entrar em casa. As palavras morrem nos seus lábios quando eu, deliberadamente e com muito cuidado, desdobro a calcinha. Deixo a informação assentar e depois digo, de forma ameaçadora:

— Você pode explicar o que essa calcinha está fazendo no seu carro?

Capítulo 29

Pete está boquiaberto como um cachorrinho à procura de água, e por uma fração de segundo quase sinto pena dele. Mas não paro aí.

— De quem é isso, Pete? Minha não é... Ah, meu Deus! — Levo as mãos ao rosto, como se tivesse acabado de entender. — Você está... você tem... tem outra mulher?

Olhando para a calcinha, ele diz, com voz fraca:

— Eu... eu... não, claro que não!

Seu cretino mentiroso.

Procuro a maçaneta da porta, saio às pressas do carro e sigo correndo pela entrada, tentando enfiar a chave na fechadura para entrar em casa.

Escuto-o dizer "Merda!" quando saio do carro, e depois gritar "Espere!".

Arranco os sapatos e subo depressa, ao som dos latidos de Gloria, antes de bater a porta do banheiro e trancá-la. Então espero. Vamos, Pete. Essa é a deixa para você vir atrás de mim e negar tudo.

Ele sobe os degraus de dois em dois e bate à porta.

— Querida, me deixe entrar! — ele suplica. — Não sei como isso foi parar ali! Nunca vi essa calcinha antes!

Não preciso forçar uma risada, mas torno minha voz um pouco trêmula.

— Não me venha com essa! — explodo, num timbre alto de voz. — Calcinha no carro? É um tanto banal, não acha? O que vocês estavam fazendo? Saíram para uma trepada rápida? Ela deixou a CALCINHA lá? Ah, meu Deus!

Agora que preciso de lágrimas, onde elas estão? Já chorei o suficiente para fazer flutuar a Arca... e o que consegui realmente? Nada. Porra de inferno!

Ele ainda está batendo à porta.

— Pare com isso, Mia... é ridículo! Eu? Ter um caso? Não seja boba!

Isso me dá mais raiva ainda. Estou furiosa. Podia muito bem sair daqui e socar a cara dele. Pete deve achar que sou algum tipo de idiota. Não está tendo um caso? Filho da puta mentiroso!

As lágrimas parecem tão distantes agora que preciso passar um pouco de sabão no dedo e esfregá-lo de leve nos meus olhos quentes e ressecados. Funciona, fazendo-os arder e lacrimejar imediatamente. Olhada rápida no espelho... Sim, parece que andei chorando. Escancaro a porta.

— Como foi parar lá, então? — grito, em tom acusatório.

A pergunta fica suspensa no ar, enquanto ele anda de um lado para o outro e depois diz:

— Olha, vou te contar a verdade, mas não se altere, está bem?

Essa vai ser muito boa, sabendo, como sei, que fui eu que a coloquei ali duas horas antes.

— Conheci uma garota... — começa Pete, e acho que vou desmaiar quando as palavras atingem meus ouvidos. Meu coração despenca dez andares em dois segundos e logo lágrimas reais surgem nos meus olhos. Ouvi-lo contar tudo é enfim que me atinge. Afasto-me dele choramingando.

Pete diz com ar sério:

— Não, não, querida... não é o que você está pensando. Me deixe explicar. — Ele respira fundo. — Conheci uma garota, uma atriz, num bar, quando fui encontrar alguns colegas de trabalho.

Ah, meu Deus, ele vai mesmo me contar a verdade. Tento recobrar o fôlego e oscilo levemente, fitando-o com olhos assustados.

— Não foi nada... só conversamos, só isso, sobre o meu trabalho e o dela. Quase todo o pessoal estava exagerando na bebida e eu ia ter que dirigir, então foi um alívio encontrar alguém sóbrio com quem conversar. No fim da noite, ela disse que tinha gostado muito de mim e sugeriu nos encontrarmos de novo. Eu disse que me sentia lisonjeado, mas que tinha uma namorada... e aí fui embora. Mas ela deve ter ficado lá e conseguido o número do meu celular com algum dos meus colegas, porque me telefonou no dia seguinte. Eu devia ter dito a ela para não me ligar de novo, mas não quis ser grosseiro... e ela parecia uma pessoa normal, um bom papo, e sabia que eu tinha uma namorada. Ela telefonou também dois dias depois, e nós conversamos de novo, mas logo passou de um ou dois telefonemas para ela começar a, bem, me importunar.

"Percebi que ela tinha muitos problemas... e eram *muitos* mesmo... mas que estava só querendo alguém com quem conversar. Ela disse que precisava de um amigo, e que eu era autêntico, não autocentrado como as pessoas com quem trabalhava, que não eram realmente suas amigas. Me contou um montão de coisas sobre sua vida... coisas terríveis mesmo... e depois, quando eu disse que não podia ser o amigo que ela procurava, ela começou a chorar e disse que sempre terminava aborrecendo as pessoas, que não sabia mais o que fazer, e desligou na minha cara. Então liguei de volta e conversei com ela... quer dizer, ela deixou bem claro que estava falando em dar um fim à própria vida."

Ele faz uma pausa, para deixar que eu absorva as palavras.

— Simplesmente me deixei envolver demais. Acho que ela gostou da atenção e de tudo girando a sua volta. Então conseguiu um papel num show e fiquei contente por ela. A gente se encontrou para um café, eu lhe mandei um cartão e tal... eu disse até que ia ver o show. Na verdade, nós fomos: foi aquele espetáculo a que eu levei você, na cidade.

Permaneço sem dizer uma palavra. Só concordo com um gesto de cabeça, mas começo a ficar um pouco preocupada. Essa história está começando a parecer... bem, quase plausível.

Pete se larga no chão e coloca as mãos na cabeça.

— Mas o tiro saiu pela culatra. Ela pensou que eu tinha ido com a intenção de encontrá-la. Eu tinha mencionado o hotel onde ia ficar. Acho que ela não sabia que íamos juntos e, quando chegamos lá, quando você estava fazendo sua massagem, recebi um telefonema... ela também tinha reservado um quarto no hotel! Acho que estava pensando que eu queria... bem, você sabe. — Ele olha para mim, bastante envergonhado. — Ou talvez tenha pensado que conseguiria me convencer a... De qualquer forma, fui até o quarto dela para pedir que fosse embora, e chegou champanhe e tudo... Aí comecei a ficar irritado e disse a ela que aquilo nunca ia acontecer e que ela precisava parar com aqueles telefonemas. Ela pediu muitas desculpas e disse que tudo bem, que sentia muito por ter interpretado mal meu gesto e que não me incomodaria mais, se era isso o que eu queria, mas perguntou se não podíamos continuar amigos. Fiquei bastante aliviado e disse que sim, que podíamos continuar amigos e tal... — Pete olha para mim com ar de súplica. — Mas eu realmente não tive a intenção. Disse por dizer, sabe? Ela ficou um dia sem telefonar, mas depois recomeçou. Me ligou aos prantos, reclamando que tinha sido assaltada...

Arqueio as sobrancelhas.

— Ela foi assaltada?

Ele dirige o olhar ao chão.

— Ah, meu Deus, como fui idiota. Ela foi assaltada e me telefonou chorando, dizendo que não podia pagar uma tal bolsa que fazia SÉCULOS tinha vontade de ter, porque seus cartões tinham sido roubados, e perguntando por que as coisas ruins só aconteciam com ela. Aí eu tive tanta pena que fui e comprei a tal bolsa. Liguei dizendo que a bolsa estava comigo e que ela podia me pagar quando tivesse dinheiro. Achei que tinha feito um grande bem, e ela ficou muito feliz, mas aí você encontrou a bolsa embaixo da cama. — Ele sorri para mim com um ar de arrependimento. — Então tive que dar aquela a você e depois comprar outra para ela. Um gesto que me saiu bem caro.

Minhas pernas começam a ficar bambas, e eu desabo na cadeira. Olho para ele paralisada e, num timbre grave, bem baixo, digo:

— Continue. — Mas não quero que ele continue. Isso não pode ser verdade, não pode!

— Pensei naquilo que você me disse de o assalto aqui em casa não parecer verdadeiro e dar a impressão de ter sido feito só com o intuito de destruir o lugar. As coisas pareciam fazer sentido e tudo levava a ela. Então fiquei perturbado e telefonei para ela. Uma coisa são telefonemas, mas invadir nossa casa? Isso é pura loucura. — Ele abana a cabeça como quem não acredita. — Ela negou totalmente, mas eu disse que ia chamar a polícia. Ela disse que se mataria se eu fizesse isso, e que o louco era eu, não ela. Como eu podia numa hora ser tão atencioso e em outra me virar contra ela e acusá-la de uma coisa que nunca tinha feito e nunca faria? A garota chorou e disse que tinha se apaixonado por mim — ele enrubesce —, e que estava magoada de verdade por eu dizer uma coisa dessas a ela, e que pensava que éramos amigos. Diante disso, eu não soube o que dizer, então desliguei o telefone e não fiz nada... só esperei que ela desaparecesse, eu acho. A minha impressão é que ela não quer agredir nem a mim nem a você, só está obcecada por mim.

Não digo nada. Não consigo.

— Como se já não fosse bastante estranho, você recebeu aquele cartão. Bom, aquele foi metade do cartão de boa sorte que eu tinha mandado para ela... Só consigo imaginar que tenha sido planejado para fazer você perguntar se existia alguma coisa acontecendo que precisava saber, ou talvez ela estivesse querendo dizer que eu era dela. Não sei. — Ele me olha com um ar cansado. — Ela é louca, totalmente louca. Quando consegui me sair bem dessa com você... bom, então aconteceu o caso dos *brincos*. Eu não deixei eles ali para você, amor... acho que ela entrou aqui em casa e deixou os brincos, de propósito, para você encontrar.

Ele olha para mim com um ar de desespero estampado no rosto.

— E agora, a calcinha... Ela me quer só para ela! Está decidida a acabar com o nosso relacionamento... e é só porque você é tão inocente e tem um coração tão puro que consegui esconder isso de você até agora. Eu pedi, suppliquei, para ela nos deixar em paz, e tudo que ela insiste em dizer é que não foi ela, que não está fazendo nada, e que o louco *sou eu*. Mas continua acontecendo... Não sei mais o que fazer. Vou ter que chamar a polícia.

Ah, Deus! Ah, meu Deus, o que foi que eu fiz? Que merda que eu fiz? Estou completamente horrorizada e sinto um enjoo na boca do estômago. Sinto o ácido começar a se agitar e querer subir. Quer dizer que ele não estava tendo um caso? E tudo o que fiz foi forjar a loucura de uma garota inocente com uma paixão de adolescente... e fazê-lo, na verdade, falar com ela mais do que ele teria falado se eu tivesse deixado tudo como estava? Minha Nossa! Ele não está tendo um caso... Não sei nem o que dizer. Fico ali parada, tentando assimilar tudo.

— Por que você não me contou o que estava acontecendo?

Ele olha para mim de forma direta e desafiadora.

— Você teria acreditado em mim?

Paro e penso. Teria acreditado?

Acredito?

Penso na foto que vi na mesinha de cabeceira dela. Pode ter sido tirada contra a vontade dele... pode ter sido num bar, será? Ela é jovem, eu acho... Eu tinha no meu quarto fotos de garotos por quem me apaixonava sem nunca tê-los sequer beijado, mas é claro que eu devia ter uns 15 anos mais ou menos nessa época; ela já tem mais de 20!

Talvez ela seja apenas uma garota inocente que, embora tenha problemas (e quem não tem?), se apaixonou por Pete, e agora ele lhe telefona o tempo todo, com críticas injustas, acusando-a de coisas que ela não fez e das quais não tem o menor conhecimento. Quer dizer, claro que sei que ela não é louca e não fez todas essas coisas, porque fui eu quem fez.

Não sei no que acreditar... tudo parece tão plausível, e tudo se encaixa... Será que ele está falando a verdade? Mas e quanto à afirmação de Debs de que "o namorado da Lizzie é arquiteto"?

Talvez Liz seja mesmo maluca; talvez *tenha dito* a Debs que Pete é namorado dela, e Debs não tenha questionado isso... Se ao menos eu tivesse tido a oportunidade de falar com ela direito ontem... Se ao menos ele não tivesse telefonado e dito que estava indo para lá... Espere. Ele foi vê-la! Mas não posso perguntar-lhe diretamente sobre isso. Como eu poderia saber disso?

— Então, quantas vezes você disse a ela para se afastar? — pergunto de forma direta. — Você só disse isso por telefone?

— Ah, não — ele responde com firmeza. — Acredite, eu disse a ela cara a cara também. Nada parece funcionar. Ela não bate bem.

Certo, isso se encaixa, e Debs estava lá quando ele foi ao apartamento. Isso sugere que ele estava indo lá para acertar as contas com ela. Ah, meu Deus. O que é que vai acontecer quando aqueles balões chegarem na segunda-feira?

— Ela me ligou até durante o casamento... — Ele abana a cabeça. — Continua insistindo que não fez isso, nada disso. Mas aí acontece o que aconteceu. Não sei como ela está fazendo essas coisas... Como foi que conseguiu entrar na porra do meu carro? — Ele morde o lábio. — Está começando a ficar assustador. Sinto muito, muito mesmo não ter contado a você. Tive muito medo de que você me abandonasse. Mas acho que agora precisamos tomar uma atitude a respeito disso. Uma coisa são telefonemas, mas essas duas semanas passaram dos limites... a invasão da nossa casa, essas coisas malucas que ela está enviando... O que acha, é melhor chamarmos a polícia?

Nãaaao! Essa é a última coisa que eu quero! De repente, vejo o papel estranho que *eu* faria se tudo viesse à tona: "O caso é o seguinte, delegado, achei que o meu namorado estivesse tendo um caso e o choque me deixou tão perturbada que enlouqueci e destruí a nossa casa, depois fui procurar a mulher em questão no trabalho dela. Consegui entrar na casa dela por meio de um ardil. Uma vez lá, roubei artigos que pertenciam a ela e, entre outras maluquices, coloquei no correio, endereçada a mim, uma dessas coisas. Além disso, comprei balões com o cartão de crédito dela para fazê-la parecer louca."

Por que, POR QUE simplesmente não perguntei a ele o que estava acontecendo, quando descobri as mensagens de texto? O que teria acontecido? Parece que ele teria contado a verdade, e eu teria me poupado duas semanas de um verdadeiro inferno. Eu não teria revirado a casa pelo avesso e dito essas mentiras, não teria me desgastado para encontrá-la nem me comportado como uma louca. Não teria sequer ficado abalada... E, meu Deus... não teria desenterrado toda aquela história com Katie, não teria *telefonado* para ela nem teria lhe dado a chance de cagar na minha cabeça de novo, de uma altura tão grande.

Devia ter somente perguntado a ele sobre as mensagens do celular, mas tinha tanto medo de perdê-lo... e se ele descobrir o que fiz, vai terminar comigo, com certeza. *Eu terminaria*... Agora, não tenho escolha senão continuar o que comecei.

Respiro fundo e digo:

— Está bem, eu acredito em você. Mas se ela é mesmo maluca assim, você tem que mudar o número do seu telefone imediatamente e avisar a sua operadora que ela está assediando você.

Ele hesita por uma fração de segundo e então diz:

— Mas isso pode fazer com que ela enlouqueça por completo.

Hum, acho que talvez eu já tenha feito isso.

— Não é responsabilidade sua — digo com firmeza. — Faça agora mesmo. Isso acaba aqui.

E ele o faz. Escuto-o mudar de número... ouço-o denunciá-la... e começo a me sentir muitíssimo culpada pela campanha que desencadeei contra ela.

Quando termina, ele olha para mim.

— Você acha que devemos telefonar para a polícia também?

Com bastante cuidado, finjo considerar a questão.

— Não, acho que não. Não temos prova de que foi ela quem invadiu a nossa casa... E daí que ela tenha mandado coisas bobas para mim pelo correio? Ela é só uma garota que se diverte com joguinhos. Aposto, agora que você mudou o número do seu celular e que ela não vai mais conseguir se comunicar com você, que isso vai parar... E, de qualquer forma, o que ela pode fazer para piorar? Já sei de tudo, então não vai haver mais nada para ela ameaçar você. É melhor deixar como está, eu acho... vai parar naturalmente.

Ele concorda com um gesto de cabeça e diz:

— Talvez você tenha razão. — Seu semblante está exausto. — Eu só quero que isso acabe. Só queria nunca ter conhecido essa garota. Desculpe, eu devia ter contado a você.

Ele me puxa para si, e eu me entrego agradecida em seus braços. Ficamos ali unidos... sem dizer uma única palavra.

Naquela noite, na cama, não consigo dormir. Não porque precise me levantar e verificar seu telefone, mas porque penso em Liz lá no seu quarto branco... e no fato de ela ter se apaixonado por um homem que passa a acusá-la de coisas que ela sabe que não fez, mas que, de alguma forma, ele tem provas que ela não consegue explicar. Acho que está louca de raiva e deve se perguntar como é que objetos seus foram parar em minhas mãos. Não é de admirar que esteja se achando um pouco louca.

Penso nas mensagens curtas e tristes dela para ele e sinto um pouco de culpa. Lembro-me bem do sentimento que é ter uma paixão tão forte a ponto de achar que se ama alguém, uma obsessão tomada por amor, mas que na verdade não é. Afinal, como poderia ser quando nem sequer se conhece a pessoa? Amor não é telefonar para alguém de forma obsessiva o tempo todo; é poder fazer as pequenas coisas da vida, como apanhar a caneca da pessoa amada no sofá dia após dia, embora você esteja cansada de dizer que elas não vão andando sozinhas para a pia; é fazer coisas como essa e amá-la *apesar disso*.

Olho para Pete, que flutua num sono sem preocupações. Seu semblante está sereno; sua respiração, profunda e relaxada. Não parece um homem que quase perdeu a namorada essa noite e que está sendo perseguido por uma desequilibrada.

Uma pequena dúvida me vem à mente. Se ele estiver mentindo para mim, se essa tiver sido uma história cuidadosamente inventada, construída em especial para esse momento, então ele é um homem muitíssimo desonesto, e não o conheço de forma alguma.

E se Pete *estiver* tendo um caso, se meu plano tiver mesmo dado certo, e ele achar que ela está louca de verdade? Será que não inventaria algo para encobrir seus rastros, tirando-a da jogada, algo que ainda lhe permitisse levar adiante uma vida bastante cômoda comigo?

Ah, isso está me deixando enlouquecida, completamente, totalmente enlouquecida.

Não sei mais o que pensar, mas sei que, de alguma forma, vou ter que interceptar aqueles balões na segunda-feira, porque se Pete estiver falando a verdade, quando os balões chegarem e ele vir a mensagem neles, vai chamar a polícia. Disso tenho certeza.

Capítulo 30

O DOMINGO PASSA muito lentamente. Só o que faço é pensar em como cancelar a entrega daqueles balões antes de amanhã. Estou uma pilha de nervos, mordendo o lábio, repassando mentalmente as últimas duas semanas. Quando Pete os vir, é ele quem vai enlouquecer.

Mas, por enquanto, ele ainda não sabe, e isso lhe permite ficar em paz. Ele está muito atencioso comigo, cuidando disso e daquilo, como uma galinha atrás dos pintinhos; parece até que eu estou doente. Ele diz que foi um alívio ter deixado tudo às claras finalmente, que pode, afinal, relaxar, que detestou esconder isso de mim e como eu estava linda ontem no casamento... Talvez fosse bom começar a pensar em quando *nós* gostaríamos, como ele diz, de "formalizar" as coisas.

Isso, claro, deveria me fazer mais feliz do que nunca; ele praticamente disse que vamos nos casar. No entanto, por mais estranho que pareça, não sinto euforia nem alívio por minha vida ter voltado aos trilhos e não se desviado do caminho. Tenho o que sempre quis, mas tudo que o consigo fazer é me movimentar pela casa como um fantasma, pensando *nela*.

Embora Pete tenha mudado seu número, permaneço atenta, aguardando, por pura força do hábito, mas seu celular não toca durante o dia inteiro. Ainda não consigo afastar a dúvida. Será que ele está dizendo a verdade? Mesmo? Tudo se encaixou, não foi? E por que eu deveria duvidar de meu namorado de tantos anos por causa de uma atriz qualquer?

Quando disponho de cinco minutos para mim mesma, telefono para a empresa de balões para ver se consigo cancelar meu pedido, mas tudo o que escuto é uma mensagem gravada que me dá o horário de funcionamento do escritório de segunda a sexta-feira. Vou precisar estar em casa para recebê-los antes de Pete vê-los... que ótimo! Telefono então para Bate Mais tentando tirar o dia de folga amanhã. Ele não fica nada satisfeito de receber um telefonema em casa, num domingo, o que é compreensível.

Digo-lhe que apesar de ter estado ausente do trabalho por duas semanas, e duas semanas completas, ainda estou com alguns problemas e não tenho condições de pegar nenhuma condução, então será que eu poderia trabalhar em casa amanhã? Bate Mais parece claramente contrariado. Ele me diz, em linguagem bem clara, que se eu não estiver no escritório amanhã de manhã quando ele chegar, às 9h30, ele espera me ver sem um dos membros quando eu retornar, ou pelo menos com uma declaração do meu médico confirmando o grave estado terminal em que me encontro.

Depois de me fazer confirmar que nenhuma pessoa morreu ou está prestes a morrer, e que não estou envolvida na extradição de um parente de um país politicamente instável, Bate Mais diz que, embora não conheça ninguém tão solidário como ele, está tentando fazer uma empresa funcionar — e uma empresa, de certa forma, pequena.

Minha última tentativa patética é dizer que não quis contar antes, mas que estou com "problemas femininos". Bate Mais responde de forma rápida que ele também está —

comigo. Será que eu, por favor, poderia calar a boca e desligar o telefone para deixá-lo aproveitar seu dia de descanso? Por fim, ele concorda, se eu desejar, em me dar uma semana de licença sem remuneração e contratar um temporário, a que retruco, irritada, que não obrigada. Ele *sabe* que não tenho condições de abrir mão do salário de uma semana. Então, não tenho escolha. Não estarei em casa quando os balões chegarem.

Na segunda-feira de manhã, me encontro saindo da estação do metrô de Old Street e discando um número no meu celular enquanto caminho até o escritório. Ainda não há resposta, somente uma gravação dizendo que ainda não abriram, e eu não gostaria de deixar uma mensagem? Sim, gostaria... cheguem ao trabalho e atendam a droga desse telefone. Não deveria ser tão difícil impedir a entrega de uns balões.

Graças aos trens, estou um pouco atrasada, e quando afinal subo os degraus, sem fôlego, e entro no escritório, Bate Mais já está instalado a sua mesa, em plena atividade em seu terno de riscas de giz. Os olhos de Lottie se iluminam, e ela abre a boca para me dar as boas-vindas, mas Bate Mais se adianta, observando de forma cáustica que está muito aliviado de ver que sobrevivi à minha jornada épica de volta ao trabalho, e que Lottie me dará todas as diretrizes para a semana. Meus Deus!

Por sorte, ele tem reuniões seguidas durante todo o dia e já está de saída às 10h15, nos dando ordens, à medida que pega suas coisas às pressas, sem perceber, quando sai, o dedo que lhe mostrei pelas costas.

No momento em que a porta se fecha e ele desaparece, Lottie empurra a cadeira onde está sentada e diz:

— Meu Deus, você voltou! Eu estava tão preocupada com você, coitadinha, emagreceu tanto! Isso, prepare um chá, e quando eu voltar do banheiro quero saber de tudo. Pegue uns biscoitinhos também.

Mas já estou grudada ao telefone. Fazia uma hora e 15 minutos que eu esperava para fazer essa ligação, ficando cada vez mais ansiosa. Disco com rapidez e espero... mas tudo o que consigo é sinal de ocupado.

— Merda! — explodo. — Larguem essa porra desse telefone!

Disco outra vez como uma desvairada e espero... Continua ocupado. Irritada, bato o telefone na base e cravo os olhos no aparelho. Dou um minuto e tento novamente. Tenho que conseguir... Não acredito que esteja demorando tanto.

— Anda, anda! — resmungo baixinho. Então tenho uma ideia. Pego o fone, disco de novo, aperto a tecla de solicitação de retorno, e então atendem. Agora basta esperar.

Levanto o olhar e vejo que Lottie não se mexeu, apenas me encara.

— Muito bem — diz ela, devagar. — O que está acontecendo?

Horas depois — ou ao menos é o que parece, pois ainda estou esperando eles me ligarem —, Lottie está em sua cadeira, os olhos arregalados e a boca aberta, sem acreditar. Estranhamente, não me sinto muito melhor por ter confessado tudo, e o cansaço é tão grande que não me deixa sentir vergonha.

— E agora você não sabe se o Pete está falando a verdade ou não?

— É isso aí. — Consigo dar um sorriso.

— E você até ligou para a Katie, de tão desesperada?
— Foi.
— Mas a Katie se recusou a dizer se tinha contado a verdade sobre ele e ela... e basicamente te deu o fora?

Dou de ombros e tento sorrir de novo.

— Exatamente.
— Ah, Mia.

Permanecemos sentadas em silêncio por um instante.

— Na verdade, é uma merda, não é mesmo? — Dou um riso estranho que soa como um latido. — E ainda tenho que resolver essa história dos balões. Podem até já ter sido entregues. Pete com certeza não vai abri-los, mas é claro que vai querer saber do que se trata.

— Que merda! — diz Lottie, simplesmente. — Que merda!

— É — concordo, cansada. — Em suma, é isso.

Então Lottie faz algo inesperado. Levanta-se, dá a volta na minha mesa, estende os braços e me abraça.

Agora Lottie e eu somos íntimas; trabalhamos juntas há séculos. Somos parte do tecido da vida diária uma da outra, mas não diria que ela é minha melhor amiga. Não conheço a mãe dela, por exemplo, nem mesmo Jake. Não saímos nos fins de semana, nem tiramos férias juntas. E, com certeza, não damos abraços e beijos quando nos encontramos e nos despedimos. Portanto, sentir seus braços em torno de mim é estranho e um pouquinho constrangedor.

— Ah, coitada! — diz ela baixinho. — Puxa, que confusão essa, não?

E isso basta. Seu abraço é tão sincero, tão carinhoso e tão inesperado que desato a chorar. Só que essas não são as lágrimas que *ando* chorando, lágrimas assustadas, ressentidas, sofridas; são profundas, represadas, de alívio de stress, que vêm do âmago do meu ser. Acho que a própria Lottie está um pouco surpresa.

— Desculpa! — digo chorando, e procuro em cima da mesa algo com que assoar o nariz. — É que tem sido terrível... e agora eu nem sei o que pensar... Não ter falado com ninguém sobre isso... Ah, desculpa! — Enxugo os olhos e fito-a desesperada. — Eu devia estar contente! Consegui o que queria, não foi? Tirei a outra de cena. Ela já vai ser passado essa noite. Faz alguma diferença a maneira como isso aconteceu? Claro que o mais importante é que ela não está mais por perto, e que agora temos chance de resolver tudo de verdade. Quer dizer, ele até disse que devíamos pensar em formalizar a situação, depois que voltamos daquele casamento. — Olho para ela ansiosa. — É nesse pé que as coisas estão, quase resolvidas.

— Formalizar a situação? — Lottie franze o cenho, voltando para sua mesa e me entregando um lencinho de papel. — Não estou entendendo.

— Ele quis dizer casar.

Ela arqueia uma sobrancelha e senta-se.

— Ah, entendo — diz devagar. — Que romântico!

Quando ela diz isso, dessa maneira, soa estranho. Enquanto ambas tentamos pensar em algo positivo para dizer, há uma pausa, que é quebrada pelo som do telefone: estão retornando a ligação. Graças a Deus.

Enfim escuto o sinal de chamada. Um rapaz com voz jovial atende e pergunta, alegre:

— Em que posso ajudar?

Quase atropelo as palavras, de tanto alívio, quando ele me diz que não vê nenhum problema em cancelar a entrega, e que ele próprio, Max, vai fazer isso para mim.

— Ah, muito obrigada. — Respiro aliviada, e Lottie sorri para mim com carinho, entendendo a conversa.

Desligo o telefone, afundo na cadeira e fecho os olhos, em total silêncio.

— Bom, graças a Deus — diz Lottie. — Acho que está na hora de uma xícara de chá.

À tarde, começamos a trabalhar. Foi um dia muito estranho. Lottie está quieta, e eu, tão aliviada e cansada que não tenho vontade de falar.

Olho para a tela do computador, franzo a testa diante das informações e só tenho vontade de voltar para casa, quando Lottie de repente diz:

— Acho que nunca lhe falei sobre a minha amiga Leah, falei?

Tento me lembrar, mas nada me vem à mente.

Lottie empurra a cadeira dela para trás.

— Ela se casou com um rapaz com quem namorava desde o sétimo ano. Eles ficaram juntos até terminar a faculdade... rompendo e reatando... apesar de todas nós insistirmos para que ela terminasse. Bom, resumindo, eles estavam casados havia três anos e aí, surpresa, surpresa, tudo começou a dar errado. Ela sabia disso também, mas não tinha coragem nem vontade de enfrentar a situação, então não fez nada. Ficou esperando que alguma coisa mudasse, tentando adiar o momento crítico. E não só por ela, para bem da verdade... ela queria muito evitar que ele sofresse, e teria feito qualquer coisa para que o relacionamento desse certo. Acho até que se tivesse uma varinha de condão, teria usado para remendar os buracos.

"Mas sabe o que ela me disse depois? Naquele período, em que nada acontecia... eles não iam nem para a frente nem para trás, nem viam mudança nenhuma... esperar sem ver a lógica de como as coisas *poderiam* mudar foi o que bastou para ir aos poucos acabando com ela.

Lottie me encara sem desviar o olhar, e eu sustento esse olhar, sem dizer uma palavra.

— Enfim, quando ela estava mais do que infeliz e começou a definhar, num relacionamento que, apesar de não fazê-la sofrer, não deixava que ela amadurecesse, o marido tomou as rédeas. Entende? Ela estava tão ocupada tentando ajudá-lo que nem notou que *ele vinha* observando-a. Ele percebeu como ela estava ficando infeliz e sufocada.

"Não existe nada que destrua mais a alma da pessoa do que saber que não está sendo bastante para quem ama, mesmo que essa pessoa queira muito que você seja. Então, quando ele percebeu que ela não o amava como deveria, e que ele não aguentava mais aquilo, ele a deixou. Num certo dia, simplesmente foi embora.

"Ela ficou arrasada quando percebeu que ele tinha ido embora, e acho que ela sabia o tempo todo que o amor deles, por várias razões, não tinha se tornado o que os dois esperavam que se tornasse, e o que aquilo inevitavelmente significaria, embora ela desse tudo para que fosse diferente, porque amava o marido.

"Mas mesmo sofrendo muito com a falta dele, querendo saber onde ele estava, o que estava fazendo e com quem andava... mesmo isso tudo não era tão ruim como estar presa àquele relacionamento; tentar fazer dela mesma algo que ela não era. Essa parte, ela disse, era como morrer um pouquinho a cada dia.

"E sabe de uma coisa? Ela está ótima agora."

Lottie ainda me encara, e eu continuo sem dizer nada. Há uma longa pausa, e então ela pigarreia.

— Acho que o que estou tentando dizer é que ela tinha uma escolha a fazer. Apesar de não perceber isso, fazia escolhas o tempo todo... aquilo não estava apenas acontecendo a ela; ela *escolheu* deixar acontecer.

Lottie para, olha para mim séria e espera. Espera que eu diga alguma coisa, mas não digo. Não consigo.

— Será que ficar sozinha de novo seria assim tão ruim para você? — pergunta ela, de forma carinhosa, e começa a arrastar a cadeira para perto de mim. — Não seria melhor do que isso? Você teria a garantia de que algo realmente bom e lindo surgiria em sua vida de novo. E isso aconteceria, aconteceria mesmo. Mas não vai acontecer enquanto você... você *se deixar* prender dessa forma. Você é amada por tanta gente, e nós...

— Ah, por favor, não me venha com essa conversa de "você não precisa de um homem" — interrompo-a, e dou uma risada amarga, que é abafada pelas lágrimas que se acumulam no fundo da minha garganta e dos meus olhos. — Eu sei que não preciso. Sei que ficaria bem se eu quisesse... sem ele. Mas não sou como a sua amiga, eu amo o Pete de verdade.

— Mas você não sabe nem se ele está falando a verdade sobre essa mulher! Ok... então parece que tudo se encaixa, mas e se ele estiver mentindo? Você tem certeza de que quer escolher... porque nesse caso você tem escolha, Mia, você não está presa nisso sem nenhuma outra saída. Tem certeza de que quer *escolher* ficar com um homem em quem não pode confiar? Será que isso é amor verdadeiro?

— Eu acredito que ele esteja dizendo a verdade.

— Mas você não pode acreditar! Por que então telefonou para Katie, se não tinha nenhuma dúvida?

— Ah, eu telefonei para ela antes de ele me explicar tudo. — Pego um lenço e assoo o nariz de forma violenta. — Foi pura idiotice, eu estava... acho que só queria falar com alguém que realmente me conhecesse, e, para ser sincera, acho que queria que ela me dissesse que tudo tinha sido culpa dela... que ele não tinha tentado aquilo naquela época, que eu não tinha por que me preocupar agora com essa mulher... e que aquilo nunca iria acontecer. Quer dizer, o que eu estava *pensando* ao telefonar para ela? — Olho para Lottie desesperada. — Como se pode ser tão idiota? O que eu podia esperar de positivo numa conversa dessas?

Lottie dá de ombros e balança a cabeça.

— Não sei.

— O que eu esperava que ela me dissesse? "Ah, Mia, que bom que você ligou para eu poder confessar meu segredo horrendo para você. Três anos e meio atrás, voltei para a sua vida e depois de ter roubado seu amor de infância, decidi beijar o homem que você conheceu logo depois e pelo qual se apaixonou loucamente. Não sei por quê, e foi muito errado da minha parte. Devia ter contado a verdade, mas eu queria que você continuasse minha amiga, então menti e disse que foi tudo culpa dele. Mas agora... você não é mais minha amiga mesmo, então resolvi dizer a verdade."

Faço uma pausa e pego mais um lenço, arrancando-o da caixa e assoando o nariz de novo.

— "*Foi* mesmo tudo culpa minha" — continuo, em minha imitação num timbre agudo. — "O Pete nunca tentou me beijar; eu maliciosamente tentei seduzi-lo, porque estava tão infeliz na época que queria para mim o que era seu." — Faço uma bola do lenço e jogo-a em direção à cesta, mas não acerto. — "Não é possível que ele esteja tendo um caso com essa tal de Liz. Você é a única mulher para ele. Me desculpe. Vou viajar e sei que você nunca vai me perdoar, mas pelo menos fizemos as pazes agora, e você sabe que tem um homem bom ao seu lado. Fique com ele..." Sim, como se isso fosse acontecer.

Lottie suspira.

— Um toque irreal, talvez. Você mesma disse. Em que é que aquilo podia dar? Ora... você cometeu um erro. Não se martirize por causa disso. O que importa é o aqui e o agora. Ela não tem nada a ver com você e o Pete.

Inspiro fundo e tento me acalmar.

— Olha, você nunca vai saber o que se passou naquela sala entre eles dois... quem fez o quê, de quem foi o erro, quem a traiu. Você tomou a decisão que achou correta naquela ocasião, e isso é a única coisa que a gente pode fazer. Você só tinha o que sabia sobre ela para se basear, e você viu a Katie na cama com o Dan, com seus próprios olhos. E daí que você só tinha 21 anos?

— Vinte — digo de modo casual.

— Não importa. O fato é que ela fez isso. Você teria feito a mesma coisa com ela?

— Não. Ela era a minha melhor amiga. — Minha voz falha e treme um pouco, e fecho os olhos, tentando me controlar. — Sei que você tem razão... mas é que a minha maldita burrice... — Abro os olhos e fito Lottie. — O que me dá raiva é que mesmo agora, depois de todos esses anos, eu ainda queria mais. Não parei para pensar em quem tinha feito o quê, a quem e quando. A verdade é que eu tinha esperanças de que ainda existisse amizade suficiente para me ajudar a superar o que foi, sem dúvida, a pior fase da minha vida. Mas não existia. Não existe. E não vai existir de novo. Não vamos nunca mais nos sentar e acertar as coisas. Nunca vou saber por que ela não tentou entrar em contato comigo novamente depois daquela noite, como o que era tudo acabou virando nada. E, um dia, quando eu estiver velha, alguém vai me dizer de passagem que ela morreu, e sei, sei que vou desejar de todo o meu coração que tivesse sido diferente. Às vezes penso nas meninas que fomos um dia, dançando e girando como duas malucas pela sala dela, rindo como loucas. — Para minha frustração, as lágrimas me enchem os olhos de novo. — Meu Deus, eu queria parar de chorar! — Fecho os olhos com força.

— Talvez haja amizades que não sejam para durar até a idade adulta e que não resistam a um exame minucioso — diz Lottie com carinho, e segura minha mão.

— Talvez — reconheço. — Ou quem sabe ela não gostava de mim como eu achava que gostava. Nunca vou saber. A vida é assim.

Lottie respira fundo.

— Acho que às vezes é melhor deixar algumas coisas para trás, mesmo que doa de verdade e que você não compreenda por que não conseguiu resolvê-las. Algumas coisas simplesmente não têm jeito.

— Eu sei — digo, e aperto a mão dela, agradecida, retirando-a em seguida para secar os olhos. — Acho que, finalmente, estou começando a aprender isso. Meu Deus! As amizades podem ser difíceis de dar certo, até mais do que relacionamentos amorosos!

Lottie se mexe na cadeira, incomodada.

— Eu não estava falando sobre Katie — diz ela com cuidado.

Suas palavras ficam no ar.

— Eu amo o Pete — digo baixinho, e, como bolhas delicadas, tudo o que Lottie acabou de dizer estoura em silêncio, desaparecendo sem deixar rastros.

— Mas eu não devia estar dizendo essas coisas, desculpe.

Lottie levanta-se resignada e começa a pegar nossas xícaras, levando-as para a cozinha. Hesita quando chega à porta.

— É bom saber que ele merece tudo isso; o que você tem passado. Afinal, não importa o que os outros pensem. A única pessoa a quem você não pode enganar é a você mesma, e, é claro, você não está fazendo isso, então... está tudo bem, não está?

Ignoro-a.

— Acho que vou dar uma saída e comprar leite.

— Olha, Mia, — Lottie continua —, se eu ultrapassei...

— Quer alguma coisa? — interfiro desesperada, numa súplica silenciosa para que ela não diga mais nada.

— Não. — Ela suspira. — Você está certa.

Fico apenas um pouco animada quando Patrick inesperadamente aparece no escritório em torno das 17 horas, comendo um saco de balas, como se tivesse uns 10 anos, e me convidando para ir beber alguma coisa.

Acabo de dar um alegre "Oi!" e um "O que é que você está fazendo aqui?", e ele acaba de dizer "Terminei o trabalho cedo, estava passando aqui em frente e resolvi aparecer". Depois há o incômodo "Como vai minha irmã?", e aquele "Ela vai bem, obrigado", o que vai demorar um certo tempo para eu me acostumar, e então começa o "E aí, como vai o trabalho?", quando Lottie, obviamente cansada dessa conversinha, diz:

— Ei, Patrick. O que acha disso? — Ela tira as pernas de sob a mesa e olha firme para ele. — Pete disse que... — ela faz um sinal de cabeça em minha direção — eles devem formalizar as coisas.

Eu olho surpresa para ela, enquanto Patrick franze o cenho e exprime sua opinião:

— Caramba! Grande decisão. Hum! Mas acho que essa não é uma boa hora para comprar um patrimônio. — Ele mastiga sua bala pensativo e olha para mim com ar sério. — O mercado está um tanto volátil no momento, mas pode ser um investimento, creio eu. Basta ter cuidado para assinar os papéis certos para proteger o seu dinheiro e...

— Não é comprar uma casa, eles estão pensando em casar — diz Lottie, interrompendo-o bruscamente. — Não é romântico?

Só que ela disse isso novamente com o mesmo tom de voz de quem diz: "Ah, uma viagem de graça para Bagdá! Que maravilha!"

Patrick mastiga mais devagar por um instante. Seu sorriso desaparece, e ele para. E então é como se alguém o ligasse na tomada de novo. O sorriso lhe volta ao rosto, vindo de algum lugar, e ele diz:

— Caramba! Parabéns! — Aproxima-se e me dá um abraço. — Que vocês sejam um casal muito feliz e amado; o que todos desejamos!

— Ele ainda não me pediu em casamento — esclareço, me soltando de Patrick, que usa um perfume agradável, acabo de notar: loção pós-barba bastante cara, de sândalo e anis. Sorte de Clare. — Mas é como se tivesse. E eu não recusei. É legal, não é? — Observo preocupada a reação de Patrick.

Ele olha para Lottie, que baixa a vista.

— Humm — murmura ele. — Humm.

Mas logo é todo sorrisos de novo.

— Claro que é legal! — observa. — Se você está feliz, eu também estou! Você *está* feliz, não está? Ele olha para mim procurando a resposta.

Faço uma breve pausa. Se estou? Acho que sim. É certo que estou aliviada.

— Eu vou me casar! — digo com timidez.

Patrick faz um gesto lento com a cabeça e diz:

— É, vai... Bom, então está decidido. *Temos* que sair para comemorar!

— Não posso — lamento, levantando-me. — Tenho que ir para casa, de verdade. E você, está bem? Minha irmã está sendo legal com você?

— Ela é maravilhosa — ele diz, colocando na boca uma bala sabor Coca-Cola e dirigindo-se à porta. — Acho que nunca fui tão feliz. Bom — ele me joga um beijo —, você sabe onde me encontrar se precisar de mim.

Faço um movimento de cabeça, agradecendo, e mando um beijo para ele também. Ele pisca para Lottie, faz uma saudação para mim e em seguida vai embora. Como sempre, quando Patrick deixa o lugar, tudo fica um pouco mais quieto e mais chato.

Lottie suspira.

— Que bom que a Clare e ele estão juntos! É estranho para você?

— Um pouco — respondo com sinceridade. — Mas o Patrick é tão bacana que fico satisfeita por eles estarem felizes. Olha, desculpa sobre antes. Obrigada pelo dia de hoje. Fico muito agradecida mesmo.

— Sem problema — ela diz, com um sorriso um pouco triste. — Até amanhã. Boa noite.

A caminho de casa, depois que deixo a estação uma hora depois, penso em como podemos começar a passar mais tempo um com o outro agora, eu e Pete. Talvez algum hobby em comum ajude.

Assim que entro pela porta da frente, tiro os sapatos e grito: — Cheguei! — Dou meia-volta.

No meio da sala há uma caixa grande com uma etiqueta em que vem escrito nitidamente meu nome.

Meu coração para. Ah não... ah, por favor, não. Max disse que ele mesmo cuidava disso...

Totalmente chocada, vou correndo até o embrulho e, perturbada, examino a nota de entrega. Pete assinou-a às 14h30. Cheguei atrasada demais. Ele já viu. Meu Jesus, eu *achei* que aquele idiota tinha uma voz muito jovem. Devo ter falado com um funcionário novo que não sabia porra nenhuma. Devia ter telefonado outra vez para me certificar.

Pete aparece no topo da escada e me encontra olhando para o pacote, petrificada.

— Você sabe quem mandou isso? — é o que ele diz. — Estava esperando alguma encomenda?

Aceno a cabeça negativamente.

— Foi você? — me arrisco, sem firmeza.

Ele está sério.

— Não, eu não, mas acho que sei quem foi.

Nós dois sabemos o que ele está sugerindo.

— Acho melhor abrirmos — ele diz, sem muita convicção. — Vou buscar uma faca.

Capítulo 31

Quando Pete passa a lâmina pela fita adesiva, a tampa abre-se para os lados da caixa, e dois balões saem do fundo escuro e sobem silenciosamente. Um deles é um esqueleto vaporoso, e o outro, todo preto, com a frente brilhosa e zombadora exibindo "RIP" em branco.

Pete fica lívido e sussurra:

— Porra! Que inferno!

Olho para os balões flutuando festivos e depois o observo de soslaio. Ele está visivelmente abalado.

Mas então, recobra o ânimo e se lança em direção à caixa, livrando-se do papel de embrulho e procurando um cartão. Mas, claro, não pedi para incluírem, portanto ele não encontra nada. Ele fica em pé de um salto e diz:

— Dessa vez ela foi longe demais. É pura loucura. Agora chega! Isso acaba *aqui*!

Pete está transtornado. Percebo uma veia pulsando em seu pescoço, e seus olhos estão menores, brilhando como os de uma cobra. Ele sai da sala, e eu corro atrás dele, gritando:

— Espera! Pete! Pode não ter sido ela! Pode ser brincadeira de outra pessoa... O que é que você vai fazer?

Ele já tem o telefone em mãos e escuta enquanto espera atenderem do outro lado. Ignora minha agitação ao seu lado, e ouço seus dentes rangerem. Nunca o vi nesse estado. Ele está com raiva, mas mantém uma calma e uma concentração assustadoras.

— Deixa pra lá a porra do alô — ele diz ao telefone, com um timbre grave e um leve tremor que parece mais fúria do que raiva. — Você mandou ou não mandou uns balões mórbidos para a minha namorada hoje? Num deles escrito RIP?

Pete escuta por um minuto, fecha os olhos e continua:

— Não minta para mim, Liz. Não piore as coisas, porque eu *vou* descobrir. Mandou ou não mandou?

Não consigo perceber o que ela diz, mas ouço uma voz com um tom crescente de alarme no outro lado da linha. Fito-o, e ele me encara de volta, escutando-a sem dizer nada.

Então deixa escapar uma risada explosiva, mas é um riso amargo e agressivo que significa "Não acredito em você".

— Ah, nem se dê ao trabalho! — ele diz. — Ela sabe tudo sobre você, então não vai adiantar nada. Na verdade, ela está aqui do meu lado, se quiser dar uma palavrinha.

Encolho-me, abanando a cabeça violentamente. Não quero falar com ela! Ele olha para mim e franze a testa como quem diz: "Não se preocupe, eu não tinha a menor intenção."

— Só me diga a verdade. Foi você quem mandou? — ele continua, implacável. — Pare de chorar... isso é patético — diz, quase cuspindo no telefone. — Veja o seu estado! É muito ridículo! Controle-se, porra!

Até eu estou um pouco chocada com isso. Certo, não gosto dela. Na verdade, eu a odeio, mas ele não disse que ela tem tendências suicidas? Nunca o vi nesse estado... tão duro, tão rude.

— Só quero que me diga! — continua ele. — Mandou aqueles balões?

Há um silêncio, exceto pela enxurrada de berros agudos que vem do telefone.

Pete não diz nada, deixa-a gritar.

— Bom, você sabe que isso não vai acontecer. Não pode acontecer. Já falamos sobre isso — ele diz simplesmente, sem nenhuma emoção na voz.

Sobre o que eles estavam falando?

— Agora chega, encheu. — Ele a interrompe grosseiramente e, com uma ênfase em cada palavra que até então eu desconhecia, diz: — O que sei é que alguém enviou uns balões nada agradáveis, com tudo que eles insinuam, para a minha namorada, que eu amo. — Pete segura minha mão e aperta-a, reconfortando-me. — E eu não vou tolerar isso. Infelizmente, sabendo que você foi louca o suficiente para mandar todo tipo de merda para ela essa semana, que, não importa o que diga, *só* pode ter vindo de você, quando uns balões malucos apareceram do nada aqui em casa, quem você acha que me veio à cabeça? O engraçado é que quando diz "Não, não fui eu, e você tem que acreditar em mim", você não me convence. Acho que devia chamar a polícia. Isso já está passando dos limites.

O que ele diz, é claro, surte efeito; ouço outro berro agudo. Ele para e fica em silêncio de novo, e depois abana a cabeça, escutando o que ela está dizendo.

Depois completa:

— Bom, é isso então, não é? Você mesma disse que não está entendendo nada. Você está maluca, Liz, louca. — Ele toca no lado da cabeça de forma brusca. — Se lembra do que eu disse a você? Não se aproxime mais de nós dois, certo? Acabou. ACABOU.

Pete então desliga e joga o telefone no chão.

— Desculpe — é só o que ele diz. — Desculpe por ter que ouvir tudo isso. Mas com certeza foi ela. Quando eu disse que ia chamar a polícia, ela perdeu o controle e confessou que uma certa quantia *tinha* aparecido na fatura do cartão de crédito dela, mas que ela não sabia o que estava sendo cobrado, e que alguém deve ter usado o número do cartão. Dá para acreditar? Até onde ela consegue chegar... meu Deus! Está maluca... inteiramente desequilibrada. — Ele balança a cabeça sem acreditar.

Mas não escuto o que diz. Alguma coisa na maneira como ele disse "Acabou" não soou bem. Ele falou como alguém diria "Está tudo acabado *entre nós*". Como no fim de um relacionamento.

— O que "acabou", Pete? — pergunto, ignorando o que ele acabou de dizer.

Ele levanta o olhar e me encara.

— Como assim?

— Você falou: "Se lembra do que eu disse... Acabou." O que foi que você quis dizer com isso?

Ele parece confuso.

— Isso aí, a obsessão dela por mim. Tudo isso. — Ele aponta para a caixa. — Os cartões, as porras dos presentes.

— Nada entre você e ela, então? Nada que signifique que você mentiu para mim e que escondeu alguma coisa que eu deveria saber? Você não estaria tomando decisões sobre a minha vida sem que eu tivesse total conhecimento dos fatos? Estaria? — pergunto com calma.

Pete me olha nos olhos, segura minhas mãos e diz devagar:

— Eu te amo e não fiz nada, você não precisa ficar preocupada. É *ela* que é a desequilibrada. Ainda acho que devia chamar a polícia. E se ela realmente quiser fazer algum mal a você... ou a mim? — Ele dirige um olhar preocupado ao esqueleto flutuante.

Com esse pensamento inquietante, para ele pelo menos, sentamo-nos em silêncio, olhando para os balões. Não sei em que ele está pensando, mas tudo o que se passa em minha cabeça, num circuito contínuo e exaustivo, é que mesmo que Pete esteja mentindo para mim, levando em consideração o que causei a Liz e todas as minhas mentiras, será que sou mesmo melhor do que ele? Ou pior?

Capítulo 32

MAIS TARDE NA mesma noite, estamos tentando ver TV e ignorar os balões no canto da sala. Quero estourá-los e jogá-los fora, mas Pete acha que devemos guardá-los intactos, caso precisemos deles como prova. Como isso pôde sair do meu controle e dar tão errado?

E os balões não são a única coisa que está nos deixando tensos. Desde o momento em que Pete desligou o telefone na cara de Liz, o celular dele não parou de tocar, até que, por fim, ele o desligou, xingando baixinho, antes de voltar a dirigir o olhar vazio para a tela da TV.

No outro sofá, me pergunto como ela pode ter o novo número do telefone se ele o trocou. Pete, ainda claramente inflamado de ódio, diz que estava com tanta raiva quando ligou para ela mais cedo que esqueceu de bloquear o número. Então foi assim.

— Não é o que você está pensando! — disse ele, lançando-me um olhar raivoso que diz "não venha me acusar"!

Peço desculpas e digo que não o estava acusando de nada e que vou pegar alguma coisa para beber, ele quer também? Pete faz que não em silêncio e depois diz:

— Desculpe, não estou querendo descontar em você.

Sorrio e me dirijo ao hall. Meu sorriso some assim que estou fora de vista, e faço uma pausa para suspirar, encostando a cabeça na parede por um instante. Isso é um verdadeiro inferno. O que foi que eu fiz? Talvez se me sentar quieta e não disser nada, tudo passe. Não há mais nada para acontecer, nada que eu tenha planejado. Isso pode terminar agora. Pode mesmo. Afinal, ele realmente pensa que ela é louca. Acho que ele não está nem um pouco interessado agora... mesmo que estivesse antes.

Acho que estou ficando com dor de cabeça. Sinto uma leve pulsação nas têmporas, que se espalha pela testa. É melhor tomar um paracetamol e ir para a cama. Tudo vai estar melhor pela manhã.

Nesse meio-tempo em que ficamos na sala, escurece lá fora, e não consigo ver nada no hall com a luz apagada. Tateio para encontrar a tomada, quando por acaso olho para a porta da frente, que tem a parte superior do vidro coberta de gelo. Ali, em contraste com o brilho incandescente, alaranjado e lúgubre que vem da rua, vejo delineado o nítido contorno de um vulto.

Há uma pessoa lá fora, parada no degrau da entrada.

Fico paralisada, totalmente incapaz de me mexer ou emitir um som. Sinto meu tórax se comprimir e meu coração disparar. Então, enquanto observo horrorizada, o vulto se inclina devagar e em silêncio pressiona o rosto contra o vidro.

Não consigo distinguir os traços, tenho apenas a impressão de um nariz, um olho e alguns cachos longos de cabelo. A cabeça se move um tanto agitada, enquanto fico ali no escuro, petrificada de medo. Tento gritar, mas não consigo. Deixo escapar um som rouco, áspero, grave demais para ser ouvido:

— Pete! — Estou ofegante. — Pete!

É terrível, como todos os meus piores pesadelos, quando tento fugir de algo que sei que vai me ferir. Quero correr, mas, inexplicavelmente, é como se eu estivesse caminhando sobre um gel espesso, que prende minhas pernas.

A cabeça vira para trás devagar e, em seguida, o vulto começa a se abaixar, agachando-se como um animal pronto para atacar. Espera ali um instante, e depois, sem ruídos, a abertura do correio na porta, lá embaixo, começa a se abrir, e vejo pontas de dedos movendo-se devagar em torno das bordas. Continuo sem conseguir emitir nenhum som. Então, quando aqueles dedos seguram a portinha aberta, olhos aparecem. Grandes, enlouquecidos, fixos; olhos vermelhos, violentos. Eles vasculham o lugar rapidamente, observando cada objeto... depois pousam em mim. Fitam-me por um instante, e eu devolvo o olhar. Então, graças a Deus, de algum lugar me vem o som e eu grito:

— Pete!

No momento em que minha voz corta o silêncio, os dedos retraem-se, e a portinha do correio fecha-se com um ruído. O vulto desaparece, e quando Pete chega apressado ao hall, me encontra tremendo e atordoada, apontando para a porta, mas não vê nada ali.

Assim que Pete consegue fazer com que eu fale, abre a porta e corre para a rua, mas não há nada nem ninguém à vista. Apenas um silêncio mortal, marcado pelo miado triste e distante de um gato, enquanto uma corrente de ar frio e úmido da noite passa por mim e entra na casa.

Depois que ele retorna, me abraça e garante que provavelmente eram apenas crianças brincando, embora ele próprio não pareça muito convencido, eu me acalmo um pouco. Ele diz que vai preparar um chá para mim, mas peço que volte para a sala, assegurando-lhe que estou bem e que posso fazer isso. Ele me beija na cabeça e, depois de me lançar um olhar preocupado, volta para a sala.

No banheiro do térreo, respiro fundo algumas vezes. Afinal, do *que* posso ter medo? *Eu fiz* tudo o que ele acha que foi Liz. É provável que tenham sido crianças. Sentindo-me melhor, entro devagar na cozinha, um pouco nervosa. Começa a chover lá fora, e olho pela janela enquanto pego a chaleira e me dirijo à pia para enchê-la.

Gotas espessas de chuva escorrem em fios pelo vidro. Não enxergo nada na escuridão do jardim, vejo apenas meu reflexo, que me devolve o olhar. O tempo está ruim lá fora, muito frio e deprimente. Talvez umas férias nos fizessem bem, a mim e a Pete. E nos ajudassem a esquecer tudo isso. Em algum lugar quente. Preciso tomar um pouco de sol no rosto. Volto-me para colocar a chaleira cheia na base e pegar uma xícara para lavar. Enquanto a enxáguo, viro-me para cima outra vez e olho pela janela, e então dou um pulo enquanto berro, deixando cair a xícara, que se espatifa no chão, porque ali, do outro lado do vidro, os olhos cravados em mim, os cabelos grudados à cabeça e a maquiagem começando a lhe escorrer pelas faces, está Liz.

O grito faz Gloria começar a latir na sala, e ela sai correndo e escorregando pelo assoalho. Há pedaços de porcelana por toda parte, e de repente me dou conta de que não quero que ela machuque as patas. Liz me encara, sem se abalar com os latidos e rosnados de Gloria. Pete irrompe na cozinha, dizendo:

— O que aconteceu? O que... cacete!

Ele vê Liz e fica paralisado, fitando-a. Ela não me encara mais... olha apenas para ele, e em seguida reage. Começa a bater na janela, a bolsa na mão, gritando. É um grito abafado, através do vidro. Ela faz pressão contra a janela e eu consigo entender quase tudo o que está dizendo:

— ... não pode ser assim, Peter! Por favor, não faça isso! Olha! Venha aqui e... veja o que eu tenho nas mãos! — Ela mostra a bolsa. — É dela! Dela! — E aponta para mim, então olho e percebo que *é* a minha bolsa... a que deixei no seu armário. Eu pretendia telefonar para a polícia e usar a bolsa como prova de que tinha sido *ela* que assaltara nossa casa. AH MERDA... *havia* algo que eu tinha esquecido.

— ... você precisa acreditar em mim! — ela grita, arranhando, desesperada, o vidro com as unhas. É ela! — Aponta-me com o dedo. — Só pode ser ela!

Pete está se dirigindo à porta e abrindo-a.

— Não abra, Pete! — grito, alarmada. — Ela pode ter uma faca na mão ou uma coisa assim! — Acho que nesse momento estou tão envolvida com tudo que realmente acredito nisso.

Mas Pete não me dá ouvidos e abre a porta. Ela entra sem perder tempo, encharcando a cozinha, minha cozinha, e implora:

— Peter, desculpe, desculpe eu estar fazendo isso, mas não sei mais o que fazer! Você tem que acreditar em mim! Eu não fiz nada! Eu amo você! Você sabe disso!

— Cala a boca! — ele diz com violência, e segura-a com força pelo pulso. Liz grita, e ele arrasta-a pela cozinha até o hall. Agora ela soluça, suplicando: — Por favor, não faça isso!... Ai! Peter... me solta, você está me machucando! — Sigo-os, horrorizada. Não tive essa intenção. Tive?

Ele continua puxando-a com tanta fúria e tão rápido que Liz tropeça nos meus sapatos no hall e cai de joelhos. Ele segura-a pelo braço, como se ela fosse uma criança que tivesse caído de propósito e não quisesse pôr-se de pé, e diz:

— Levanta, Liz, levanta!

É difícil dizer o que são lágrimas e o que é chuva em seu rosto. Ela está encharcada, e o rímel escorre-lhe em fios pelas faces. — Por favor, não faça isso, Peter. — Ela soluça desolada. — O que é que eu preciso fazer para você acreditar em mim?

Pete abre a porta da frente e tenta forçá-la a sair.

— Não! — grita ela. — Isso não é justo! Você disse que me amava! Você disse! Não sou eu que estou fazendo isso, Peter... eu juro!

— Liz, você precisa de ajuda! — ele grita para ela. — Por favor... vá embora. Deixe a gente em paz!

— Você me prometeu! — ela continua, tentando como uma desvairada se agarrar no batente da porta. — Eu quero você, Peter, não posso viver sem você.

Ele passa os braços pela cinturinha de Liz e levanta-a, puxando-a com violência. Os dedos dela agarram a moldura da porta, mas escorregam, e ela cai em cima de Pete, passando os braços pelo pescoço dele e soluçando: — Eu amo você e juro que não fui eu!

Ele a coloca no chão e tenta desvencilhar-se dos seus braços.

— Não! Por favor, não! — grita ela. Há um movimento de cortinas no vizinho e no outro lado da rua.

Ele a empurra, e ela se desequilibra um pouco, cambaleando como se estivesse bêbada. Então cai no chão e começa a chorar como se seu coração estivesse a ponto de se despedaçar.

— Você disse que me amava! — é tudo o que ela diz. — Você disse que seríamos *nós* dois. — Ela abraça a si mesma, como se estivesse literalmente tentando se controlar.

Olho para Pete no exato momento em que consigo perceber uma expressão de profunda tristeza em seu rosto ao ouvir as palavras dela. Por um instante, parece que ele vai dizer alguma coisa, mas então prefere ficar calado. Minha mente me leva de volta a nosso quarto, depois de termos feito sexo e eu ter perguntado a Pete se havia alguma coisa que ele queria me dizer, e ele hesitou.

— A gente estava bem antes de tudo isso começar! — ela continua, desconsolada, olhando para ele. — Eu nunca te pedi para deixá-la! Eu disse que esperava! Por que eu faria uma coisa dessas? Você ainda estaria comigo se isso não estivesse acontecendo. Você sabe que estaria! Você me ama, não me ama? — ela implora.

— Não, eu não amo você! — Ele ri, nervoso, e ela grita, como se ele a tivesse espancado ou algo do gênero. A voz dele falha por um segundo, como se estivesse engolindo as lágrimas. — Como posso amar uma pessoa que faz todas essas coisas? — ele diz, incrédulo. — Você é louca!

Pete respira, tenta acalmar-se, ergue a cabeça e encara-a.

— Eu não amo você. E nunca amei — ele encerra simplesmente. — Vá para casa, Liz.

Ela cai no chão, derrotada, e começa a soluçar, ofegante como um animal ferido.

Pete se retrai com o barulho, mas, apesar disso, volta-se para mim.

— Venha. Vamos entrar. Deixe ela aí — diz.

Agora, no entanto, não consigo me mover, olhando-a... a mulher que passei a odiar. Ela não é a mesma por quem fiquei obcecada, aquela do chapéu charmoso que joga os cabelos para trás segura de si e caminha empertigada na rua. Não é aquela que enfrenta o público e pisca com seus cílios postiços, nem aquela com sorriso sedutor nas páginas do programa do show, e certamente não é aquela que imaginei abraçada a meu namorado na cama.

Ela está despedaçada, está arrasada. Assim como eu estava nessa semana.

Pete me puxa para dentro de casa com carinho, e Liz olha para mim pela primeira vez. — O que ela tem que eu não tenho? — lamuria-se, apontando para mim e dirigindo-se a Pete. — Eu faço qualquer coisa, qualquer coisa! — O desespero humilhante em sua voz me fere como uma faca. — Eu encontrei a bolsa dela... ela colocou lá. Ah Deus! — Ela soluça, afundando a cabeça nas mãos.

Nesse momento um carro freia cantando pneus, a porta bate e há um ruído de saltos. Meu coração para quando vejo Debs vir correndo em direção à casa.

— Que merda, Liz! Eu disse para você não fazer isso! Eu disse! — Ela se apressa em direção a Liz e tenta levantá-la do chão. — Está feliz agora, seu crápula? — ela diz, virando-se enfurecida para Pete. — Veja o que você fez com ela! Seu namorado é um canalha mentiroso! — Ela volta-se para mim. — O que quer que ele tenha dito a você, é mentira! Você... — As palavras desaparecem dos seus lábios quando ela me reconhece.

— Lotts? — ela diz, confusa. — O que está fazendo aqui?

Debs para, e então compreende. Não é tão burra quanto eu achei.

— Ah meu Deus! Liz, ela é a garota que foi ao nosso apartamento. A que ia alugar o quarto!

Liz olha para mim com curiosidade, como se só agora tivesse notado minha presença.

— Foi assim que suas coisas vieram parar aqui. Você tinha razão! Não era você! — Debs diz, triunfante.

Há uma pausa, e em seguida Liz pergunta:

— Ela foi ao nosso apartamento?

— Foi sim — diz Debs rapidamente. — Disse que era amiga do Marc. Entrou no seu quarto e tudo!

Eu não digo nada, mas meu coração dispara. Ah não, ah não, ah não...

Então Liz entende.

— Ah meu Deus. Como pôde fazer isso? — Ela empurra os cabelos para trás e fica de pé, e eu vejo uma centelha de esperança acender-se em seu rosto. Liz volta-se para Pete. — Ela mentiu para você, Peter. *Ela* mentiu. Não eu! Está vendo, essa é a bolsa dela! — Liz ergue-a, ansiosa. — Ela deixou a bolsa no fundo do meu armário. *Colocou* lá de propósito! De que outra forma a bolsa podia ter vindo parar nas minhas mãos? Está vendo, essa é a prova!

Continuo calada. E permaneço onde estou.

Mas Pete balança a cabeça negativamente.

— Vejam o que estão dizendo! Vocês são duas desequilibradas! Claro que você está com a bolsa dela! Você pegou quando destruiu a nossa casa! Eu sei que você sabe o quanto ela vale... o que era que você ia fazer? Colocar à venda no eBay, por acaso? — Ele olha para as duas e faz um gesto de reprovação com a cabeça. — Quantas vezes vou ter que dizer isso? DEIXEM A GENTE EM PAZ! — ele grita. — Ela nunca foi ao apartamento de vocês! Você foi?

Pete não me olha, só espera que eu confirme o que diz. Liz fixa os olhos em mim. Em silêncio, ela me implora que eu diga a verdade, enquanto, ao mesmo tempo, me odeia tanto quanto a odiei.

Pete continua esperando, e quando não digo nada, ele se vira para mim e me encara.

— Você não esteve lá... esteve?

Ele já não parece tão seguro como há um segundo.

Respiro fundo. Todos esperam que eu fale. Olho para Debs, seus braços em torno da amiga, protegendo-a, o ódio claramente estampado na face; em seguida, me volto para Liz. Ela sabe a verdade, sabe o que eu fiz, e firma o olhar em mim; afinal, essa é sua última chance para que tudo dê certo.

Fito-a com frieza.

— Não, não estive — digo sem titubear. — E nunca vi essa mulher na minha vida. — Faço um gesto com a cabeça indicando Debs. — Vamos, Pete. Vamos entrar. — Seguro o braço dele. Liz estende a mão para ele e insiste, desesperada:

— Ela está mentindo, está mentindo! Você sabe que eu amo você, você sabe!

Aperto o braço de Pete e começo a puxá-lo para dentro de casa. Os dedos de Liz tentam segurar a manga da camisa dele, mas sou mais rápida e arrasto-o com força, deixando-a pegar somente o ar. Ele a observa tristonho. Empurro-o à minha frente para que ele entre, e então, forçando passagem entre ele e Liz, paro e me volto para ela e Debs:

— Se eu vir uma de vocês perto da minha casa ou do meu noivo... — Faço uma pausa para que isso fique bem entendido; os olhos de Liz abrem-se com o choque, e ela desfalece. Debs precisa segurá-la com mais força para ampará-la. — Eu chamo a polícia. Vocês entenderam? — Viro-me para entrar.

— Peter, por favor... eu te amo! — grita Liz atrás de mim.

Vejo Pete agarrar com força o batente da porta ao perceber o sofrimento na voz dela, então empurro-o, desesperada, para o hall de entrada, para que eu possa entrar e fechar a porta, deixando-a às lágrimas do lado de fora.

— Vá para a sala — ordeno. — Eu resolvo isso.

Física e mentalmente exausto, ele consegue apenas concordar com um aceno de cabeça e desaparece na escuridão de dentro da casa. Abro a porta e saio em direção à entrada para automóveis.

Debs está tentando persuadir Liz a entrar no carro dela.

— Vamos, querida, ele não vale suas lágrimas — diz ela num tom de súplica, tentando acalmá-la. — Você precisa seguir em frente, Peter fez a escolha dele. Eu sei que dói, eu sei, mas ele fez.

Elas se surpreendem ao me ver de novo, e ficam sem ação. Falando baixo para que Pete não me ouça, digo, com a voz estrangulada:

— Se eu chamar a polícia, eles vão achar o que estão procurando no seu apartamento. Uma comprovação de que foi você quem assaltou nossa casa, entendeu? Você pensa que a bolsa foi a única coisa que deixei lá? Bem, não foi. E você não vai encontrar mesmo que procure. Está escondido, só aguardando o momento em que eu precisar.

Estou blefando, claro; tudo o que fiz foi jogar aqueles dois broches no fundo do armário dela, mas ela não sabe disso.

— Não o procure, não telefone. Ele não é mais nada para você.

Debs me fita com desprezo e diz:

— Ela já entendeu.

— Não... quem entendeu fui *eu* — respondo, tentando manter-me firme.

Em seguida, dou meia-volta e dirijo-me à casa.

— Sua vaca! — Liz grita enquanto me retiro. — Você arruinou a minha vida e a dele. Peter devia ser meu. Eu o amo de verdade, e ele também me ama de verdade. Isso você não vai conseguir mudar, não importa o que faça. Ele nunca vai ser seu. Vocês dois nunca vão dar certo.

Continuo andando, a cabeça erguida, tentando não lhe dar ouvidos.

Bato a porta depois que entro e encontro Pete esperando por mim ali. Ficamos atentos até o carro sair. Pete não diz nada por um instante e depois fala, devagar e com cuidado:

— Desculpa. Ela é louca. Totalmente louca.

Olho para ele de esguelha por um segundo, recostando-me na parede.

— Acabou, Pete? — pergunto, cansada, meus olhos fechando-se.

Há uma pausa, e então ele diz:

— Acabou. Espero que sim.

— Não quero "espero que sim" — digo. — Isso não basta para mim. Acabou mesmo? — Abro os olhos e o encaro, com determinação.

— Acabou sim — diz Pete, enfim, baixando a vista.

Balanço a cabeça em aprovação, sem dizer nenhuma palavra, e fecho os olhos. Graças a Deus por isso. Tudo encerrado. Ganhei... fiquei com ele. Eu me agarrei a nossas vidas. Tudo pode voltar ao normal outra vez. Vai precisar de esforço, mas voltará ao normal. Posso fazer esse esforço, sei que posso. Eu amo Pete. Ele me ama. Podemos ter tudo.

Em seguida Pete pigarreia nervoso e diz: — Bem pensado dizer "meu noivo"... — E ele ri, sem convencer muito.

Abro os olhos e o encaro.

— O quê?

— Bom, nós não... quer dizer, eu não... você sabe. Não exatamente.

Não sei o que dizer diante disso, então digo o que estou sentindo. Uma vez na vida:

— Bem, nós dois nos amamos — digo simplesmente. — Já estamos juntos há muito tempo. Não é o que as pessoas apaixonadas fazem? Casam-se, têm filhos e envelhecem juntos? São felizes? Formalizar o relacionamento, você disse. Você me ama, não ama?

Mas ao dizer essas palavras, tudo o que consigo ver mentalmente é Liz, destroçada, sentada na entrada do lado de fora da casa, chorando por ele em desespero. Penso em Patrick dizendo "Ela é maravilhosa" e em Clare repetindo "Eu amo o Patrick". Penso em Amanda afirmando "Vamos ser uma *família!*" e em Katie sugerindo "Agora resolva sozinha". E, por fim, penso em Lottie me encarando: "É bom saber que ele merece tudo isso".

Então fecho os olhos bem apertado e forço tudo isso a sair da minha cabeça. Tudo isso... toda a confusão de coisas que giram sem parar em minha mente. Quando abro os olhos de novo, Pete ainda está onde o deixei, e percebo que ele não respondeu à minha pergunta.

— Eu amo você — digo com carinho, e espero que ele diga o mesmo para selar nosso relacionamento.

— Eu sei que você me ama — diz ele.

Então passa por mim e se dirige à sala, afunda na cadeira e aumenta o volume da TV, como se nada tivesse acontecido. Nada mesmo.

Este livro foi composto na tipologia Minion Pro,
em corpo 11,5/15, e impresso em papel off-white 80g/m²
no Sistema Cameron da Divisão Gráfica
da Distribuidora Record.